suhrkamp taschenbuch 3829

Was wäre, wenn der Sinn des Lebens das Leben selbst ist? Das wäre doch eine ziemlich aufregende Möglichkeit. »Hochinteressant!« würde Karla Distelkamp, Schriftstellerin »sine spe«, rufen und umgehend einen neuen Schreibversuch wagen. Ihre Freundin Ella Hermann hat leider keine Zeit für die ganz großen Fragen: Sie muß sich um die Löcher im Dach jener Mühle kümmern, die sich die beiden Aufgeregten im Zuge ihres Selbstverwirklichungsdrangs angeschafft haben. Um den drohenden Ruin abzuwenden, soll Karla ihre hochtrabenden literarischen Pläne aufgeben und endlich den »Großen Groschenroman« schreiben. Den Roman, den das Leben selbst schreibt. Schon sind wir mitten in einer Geschichte, prall wie eine Wundertüte.

»Da räsonieren wilde Damen über Alter und Krankheit, Jugend und Tod, über Geld und andere Sorgen, über Süchte und Therapien: raffiniert, souverän und ganz ultimativ entspannt.« *die tageszeitung*

»So hintergründig und witzig ist über den zweiten Lebensabschnitt selten geschrieben worden.« *Michael Krüger*

Karin Kersten studierte Komparatistik in Göttingen und Berlin, wo sie heute lebt. Sie arbeitet als freie Autorin für mehrere Rundfunkanstalten und als Übersetzerin, u.a. von Djuna Barnes, Doris Lessing und Virginia Woolf.

Karin Kersten
Die Aufgeregten
Ein Großstadtroman

Suhrkamp

suhrkamp taschenbuch 3829
Erste Auflage 2007

Lizenzausgabe mit freundlicher Genehmigung von
Klöpfer und Meyer, Tübingen
Suhrkamp Taschenbuch Verlag

Druck: Druckhaus Nomos, Sinzheim
Umschlag: Göllner, Michels, Zegarzewski
Printed in Germany
ISBN 978-3-518-45829-7

1 2 3 4 5 6 – 12 11 10 09 08 07

Die Aufgeregten

Stille und laute Straßen

Ist es nicht so? Auf vielen Straßen setzt der Lärm plötzlich aus, und man erkennt ihre Stille. Es sind, spürt man in solchen Augenblicken, eigentlich stille Straßen, und das Laute, ihr Lärm ist nur das, was kommt und geht, wie die Wolken vor dem Blau des Himmels das Unbeständige sind. Andere Straßen haben die Stille vor sich wie einen Vorhang, und wenn man nur will, kann man fernen Lärm als ihren unwandelbaren Hintergrund erkennen.

Auch die Larnaca Allee ist so eine Straße, die still und laut ist zugleich, nur hat sie obendrein die Besonderheit, daß man bei ihr nicht von einem Davor oder Dahinter sprechen kann. Denn sie ist, wenn man in nördlicher Richtung blickt, links laut und rechts leise. Man kann, auf dem rechten Bürgersteig stadteinwärts gehend, den Eindruck haben, auf einem Ohr taub zu sein, so still ist es zumeist hinter dem übermannshohen Zaun, der sie an der Westseite bis fast an ihr Ende, die Einmündung in den Sargasso Platz, begrenzt. Es ist schon eigenartig, so vom Lärm des fließenden Verkehrs und der Anwohner, die etwa ihre Haus- oder Autotüren oder auch die Deckel ihrer Mülltonnen zuschlagen, und zugleich der Stille eines großen Ackers bedrängt zu werden. Gar schon, wenn man der Straße den Rücken zukehrt, wie es zumindest Spaziergänger hin und wieder tun, und durch die grünen Maschen des Zauns – übrigens eine Hinterlassenschaft der Amerikaner – die landwirtschaftliche Szenerie dahinter betrachtet. Straßenlärm im Rükken, horcht man in eine Stille, die etwas von Unveränderlichkeit, von Unbeweglichkeit, von Trägheit hat. Man muß meinen, jegliche Regung sei zum Erliegen gekommen, und doch und doch ...

Stilleben

Horch ich mein fast
Nichts regt sich
Aber das Schöpfrad knarrt
Da ist Hoffnung

Und sieh
In der Ferne
Das ewige Pünktchen

Der Zigeuner
Mein ich
Kämpft sich durch zum Studium

Vor vier Jahren war Karla Distelkamp an einem frühen Sommermorgen zum ersten Mal von ihrer neuen Wohnung am südlichen Ende der Larnaca Allee aufgebrochen, um in ihr Büro an deren nördlichem Ende zu gehen. Wie jeder Mensch kannte sie zwar Straßen, die zugleich still und laut waren, aber keine wie die Larnaca Allee. Sie hatte nach links geschaut und Villen gesehen, nichts Besonderes, das vertraute Stilgemisch, das übliche Nebeneinander von Geschäftlichem und Privatem, dazwischen, das hatte sie an der unvertrauten Flagge erkannt, die Botschaft eines kleinen Landes. Nichts Feines, diese Allee, jedenfalls heute nicht mehr – überquellende Müllcontainer, von Flaschen umringt, von Zeitungspapier umkränzt, eine ganze Reihe rollender Verkaufsstände, die am Straßenrand offenbar einen bequemen Parkplatz bis zum nächsten Markttag gefunden hatten. Der Verkehr strömte lautstark auf seinen vier Spuren stadtein- wie stadtauswärts, es war Zeit, die Häuser zu verlassen, Menschen machten sich auf den Weg.

Und Karla hatte sich damals nach rechts gewandt,

den Schritt immer mehr verlangsamt, unwiderstehlich angezogen von – ja, wovon eigentlich? Der Stille? Der ungeheuerlichen Trägheit, die das Gelände hinter dem Zaun ausstrahlte? Ein Sog war das gewesen, so hatte sie später erklärt, als sie schon viele Stunden und Tage mit dem Stilleben dieses stadtnahen Wiesen- und Ackerlands beschäftigt gewesen war.

Heute nun, fast auf den Tag vier Jahre später, war das nicht mehr so. Von einem Sog, einem mottentypischen Hingezogensein, auch nur einem milden Interesse konnte offenbar keine Rede mehr sein. Mit ihrem flatternden Staubmantel, dem eiligen Schritt sah Karla Distelkamp wie eine gefragte Privatdetektivin aus. Den Kopf leicht gesenkt, strebte sie ohne einen einzigen Seitenblick ihrem Arbeitsplatz zu.

Vor vier Jahren, dachte sie jetzt, als sie kurz den Kopf hob und in einiger Entfernung die Gestalt eines weißhaarigen Mannes erblickte, der ihr mit weitausholendem Spazierstock entgegenkam, hatte sie etwa auf halbem Weg aus dem Augenwinkel zum ersten Mal Friedrich Tergeune erblickt. Wie ein Ortskundiger auf seinem Morgenspaziergang hatte er auf sie gewirkt – was er in der Tat auch gewesen war –, und sie hatte die Finger aus den grünen Maschen des Zauns gelöst, sich nach ihm umgewandt und ihn angesprochen. Ob das nicht merkwürdig sei, etwas Landwirtschaftliches so nah beim Zentrum, hatte sie ihn gefragt. In Tergeunes blasse Habichtsaugen, die sie freundlich gemustert hatten, war ein boshaftes Funkeln getreten. »Nicht merkwürdiger als alles andere auch«, hatte er ihr geantwortet und mit dem Spazierstock auf eine kleine Gruppe von Menschen gewiesen, die sich in einiger Entfernung hinter dem grünen Zaun versammelt hatten und offenbar lebhaft miteinander sprachen. »Die da zum Beispiel, und es sind nicht die einzigen«, hatte Tergeune erklärt.

»Erst waren sie alle weg, ausgeflogen, und nun sind sie alle wieder da. In ihrem Gehege. Die haben sich nicht auswildern lassen«, er kicherte. »Scheint ihnen nicht so gefallen zu haben im Freien, muß man annehmen. Und nun maulen sie. Wie ihnen früher alles zu eng war, so bis ins Kleinste umhegt, wie sie waren, so ist ihnen heute alles zu weit. So hätten sie sich die Bewegungsfreiheit nicht vorgestellt, erklären sie dir. Ja, wie denn auch? Und nun stehen sie wieder da. Erschreckend, einerseits, aber andererseits – ob sie nun hier stehen oder fünfzig Kilometer weiter draußen, wen interessiert das schon?« Mit einem kleinen Schnauben hatte der alte Tergeune sich an die Mütze getippt und seinen Spaziergang fortgesetzt.

»Mich«, hatte Karla ihm nachgerufen, »mich interessiert das!« Das war ja hochinteressant, hatte sie gefunden, dieses merkwürdige Phänomen einer freiwillig-unfreiwilligen Rückkehr. Und sie hatte beschlossen, eine Chronik der vermutlich kleinen, aber wenn man nur die nötige Geduld, die nötige Neugier mitbrächte, gewiß fesselnden Begebenheiten auf diesem Gelände zu schreiben. Von dem sich, Karla sah es noch heute deutlich vor Augen, gerade die letzten Dunstschwaden zu heben begonnen hatten.

So war das gewesen. Karla seufzte, hob noch einmal den Blick und beschloß, als sie den alten Tergeune jetzt, auf seinen Stock gestützt, vor dem Zaun stehen sah, noch einen letzten Blick nach rechts zu riskieren. Was sollte das schaden? Ihr Entschluß stand fest. »Ich verlasse euch«, sagte sie laut in die dunstige Landschaft und gönnte sich an diesem Freitagmorgen wie an so vielen Morgen zuvor einen ausgiebigen Blick durch die grünen Maschen, bewunderte einmal mehr diesen meisterlichen Prospekt eines Illusionisten, der sich täglich aus Wind- und Lichtverhältnissen seine Kulisse schuf ... Noch vor wenigen Tagen wäre aus dem Anblick dieser selbstversunkenen Wiesen und Äcker der Anfang eines neuen Kapitels geworden. Im rechten Augenblick traf Karlas schweifender Blick auf eine Kuh. Hera? Helga? Welche von beiden mochte es sein? Die braune Harzkuh stand ein Stück rechts von ihr auf einem struppigen Wiesenstück und rührte sich nicht. »Gut, daß ich dich treffe, Hera«, sagte Karla in festem Ton, »und vielen Dank für alles.«

Die Sonnenwärme hatte begonnen, die reglose weiße Decke des Morgendunsts, der eben noch unbewegt über der Mitte des Geländes gelegen hatte, zu Schwaden auseinanderzuziehen, unendlich langsam, so schien es, und aus Fadenscheinigkeit wurde Zerschlissenheit und aus Zerschlissenheit schließlich eine Zerlumptheit, deren weiße Fetzen hier und da Pfähle, dürre Bäumchen und schließlich ganz weit hinten eine menschliche Gestalt entblößten.

»Halblang«, murmelte Karla gerührt. »Was macht er denn heute wieder? Warum steht er denn so unbequem?« Wenn sie aus dieser Entfernung richtig sah, hatte er das eine Bein angezogen. Der alte Mann hatte Karla gleich bei ihrer ersten Begegnung erklärt, er sei ein philosophierender Autodidakt – oder auch umgekehrt, ganz wie sie wolle. Und hatte dieser Eröffnung sein etwas atemloses keckerndes Lachen hinterhergeschickt, das sie in den folgenden Jahren noch häufig hören sollte. Karla wußte noch, daß sie sich unter einem philosophierenden Autodidakten – oder umgekehrt – etwas ziemlich Schreckliches vorgestellt hatte. War das womöglich so ein Mensch, der aus Mangel an Bildung von der Einbildung zehrte, jeden brauchbaren Gedanken als erster gefaßt zu haben? Oder der, schlimmer noch, zwischen brauchbar und unbrauchbar gar nicht zu unterscheiden vermochte? Dem alles im Kopf durchher ging? Und wenn schon, hatte sie alsbald befunden, der alte Mann nahm damit doch niemandem etwas weg, und so war sie längst so etwas wie seine heimliche Gönnerin geworden – selbstverständlich heimliche, denn da war schließlich von Anbeginn auch noch Friedrich Tergeune gewesen, der Mann, der die halben Sachen haßte und sich über diesen Menschen, der ihm im täglichen Wortgefecht als unzulänglicher Sparringspartner diente und zu allem Überfluß auch noch Halblang hieß, schwarz ärgern konnte. »Dich verlasse ich nicht«, sagte Karla, »jedenfalls nicht im Leben« und löste den Blick von dem fernen Stelzvogel.

Friedrich Tergeune hatte sich wieder in Bewegung gesetzt und war nur noch wenige Schritte von ihr entfernt.

»Ei Kalla«, sagte er, eine letzte Reminiszenz an seine hessische Heimat.

Die Krise

»Herr Tergeune«, sagte Karla und griff nach seinem Arm. Ihr Freund, denn das war er längst geworden, blickte sie prüfend an.

»Und?« fragte er nach einer Weile. »Kleine Schaffenskrise?« Karla schüttelte den Kopf und wies achselzuckend auf die ländliche Szenerie, die mittlerweile in einer keineswegs nur schmeichelhaften Nacktheit im Sonnenlicht lag. Aus der einen fernen Figur waren fünf geworden, die keinerlei Anstalten machten, sich fortzubewegen, und deren lebhafte Gesten diese Tatsache noch unterstrichen.

»Meine Figuren finden einfach keinen rechten Anklang«, erklärte Karla schließlich.

»Kein Wunder bei den Vorbildern, würde ich sagen.« Wie der Federschmuck eines gezausten Kampfhahns wippte Tergeunes weißer Haarkranz.

»Es fehlt ihnen etwas Entscheidendes –«, setzte Karla tapfer an.

»Bewegung!« sagte Tergeune wie aus der Pistole geschossen. »Ich sage doch – kein Wunder bei den Vorbildern. Sehen Sie sich die Bagage doch an.« Er klang gereizt. »Was wollen Sie mit denen denn anfangen? Die bringen Sie hier im Leben nicht runter. Und wozu auch? Lassen Sie sie doch einfach stehen. Dann wird man ja sehen. Aber das sollte dann auch genügen. Werfen Sie Ballast ab.«

»Ich dachte ... Ich wollte ...«, kurz nur, ganz kurz verspürte Karla nun doch einen schmerzhaften Druck in der Kehle, und als spürte er ihn am eigenen Leibe, drückte Friedrich Tergeune ihren Arm.

»Heute ist jedenfalls Schluß. Ich komme nur mittags noch einmal kurz her und erledige ein paar letzte Formalitäten, dann gehe ich und komme nicht wieder.«

»Letzte Formalitäten«, sagte Tergeune. »Gut. Das ist gut.« Er lächelte voller Genugtuung, als hätte er Karla Distelkamp höchstpersönlich zu sittlicher Größe erzogen.

»Und außerdem muß ich mich jetzt sowieso um die Mühle kümmern. Es gibt da ein größeres Problem – Sie haben es wohl gehört?«

»Weiß Gott«, sagte Tergeune. Karla grinste ihm zu und setzte sich wieder in Bewegung.

Tergeune, den sein Spaziergang heute im Gegenuhrzeigersinn um das Stadtgut herumführte, blieb stehen und sah ihr eine ganze Weile nach. Weiß Gott hatte er es gehört. Warum schreien diese Frauen bloß immer alles über? Hatte er sich gefragt. Da blieb wirklich wenig Spielraum für echte Notfälle. Denn beim ersten durchdringenden »Kaaarla!« war sein Krisenfühler am Vortag heftig ausgeschlagen. Eilends hatte er, vor weitgeöffnetem Fenster, auf dem blauen Teppich seines Büros Posten bezogen. Heute, im Rückblick, erheiterte ihn die Szene, deren Zeuge er weder unabsichtlich noch heimlich geworden war. Der Eröffnungsschrei war eindeutig von Ella Hermann, Karlas enger Freundin und ferner Verwandter, gekommen. Sie hatte ihren überlangen Oberkörper noch weiter aus der Fensteröffnung ihrer Wohnung im Quergebäude am Ende des Hofes gereckt, während Karla erst wie ein Pampastier unter der heranzischenden Bola des Gauchos – jedenfalls war Tergeune, dem Weitgereisten, dieses Bild durch den Sinn geschossen – in die Knie gebrochen und dann herumgefahren war, die Rechte ans Ohr gehoben. »Vergiß bitte unser kleines Problem nicht, Karla!« hatte Ella geschrien. »Problem?« hatte Karla so unschuldig, wie das in einer Welt voller Probleme eben möglich war, zurückgerufen, allerdings etwas leiser, denn schon, auch Tergeune war es nicht entgangen, hatte sich der Gittertüll hinter dem Erdgeschoßfenster der alten Krickel in unzweideutiger Manier vorgewölbt. Ella hatte mit lüsterner Miene Daumen und Zeigefinger aneinandergerieben und »Four-letter-word!« geschrien. »Obszön«, hatte Karla daraufhin in Tergeunes Richtung gesagt, denn natürlich hatte sie ihn aus dem Augenwinkel längst entdeckt. Etwas lauter hatte sie dann in den Hof gerufen: »Morgen nachmittag so um zwei würde es mir gut passen!« Wahrscheinlich hatte sie gar nicht mehr mitbekommen, wie Ella einen Lachanfall mimte, ehe sie das Fenster zuknallte, so entschlossen war sie durch die Toreinfahrt auf den Sargasso Platz hinausgestürmt, vermutlich weiteren Feld- und Wiesenstudien entgegen.

Geld, dachte Friedrich Tergeune auch heute wieder, während er Karla ganz am Ende der Allee verschwinden sah. Ach Gottchen. Solange das Problem sich mit vier

Buchstaben schrieb und nicht etwa mit fünf wie Liebe, konnte von Krise wohl im Ernst nicht die Rede sein. Alle übrigen Probleme meinte er, seines Zeichens Berater für fast alle Lebenslagen, mit Umsicht und Entschlossenheit meistern zu können. Wenn sein Rat denn gefragt wäre. Er jedenfalls war bereit, und mehr war nicht gefordert. Und er setzte seine Morgenrunde fort.

Die Krise

Da kommt ja die Krise
Ist das ein Riese!
Oder vielmehr
Ist die klein und häßlich!
Richtig bläßlich
Krise, Krise, ach, verschwinde
Wie die Dauerwurst im Spinde

Ballast abwerfen

Als Karla den Sargasso Platz überquerte, schien sie gegen jede weitere Ablenkung gefeit. Ihr Schritt war sehr lang geworden, ja, sie nahm tatsächlich beim Gehen die Arme mit, und ihr grauer Mantel flog ihr, als sie in die Toreinfahrt von Henks Mühle einbog, hinterdrein wie eine säumige Standarte.

Zielstrebig durchquerte sie das Hofgeviert, das noch menschenleer in völligem Schatten lag, und schloß ihre Bürotür ganz am Ende des ehemaligen Stallgebäudes auf. Sie trat in den schummrigen, kurzen Flur und spürte gleich hinter der Tür auf dem Linoleum ein Blatt Papier unter dem Fuß.

»So kommt eins zum andern«, erklärte sie seufzend und hängte ihren Mantel auf.

Das Blatt in der Hand, es war, wie sie sehr wohl wußte, ein Brief, setzte sie sich in den Sessel an ihrem Schreibtisch und suchte die ergonomisch richtige Position für weitere Nackenschläge. Denn es war ja nun keineswegs so, daß nur ein kürzlich aufgetretenes PROBLEM Karlas Abkehr von ihren Figuren bewirkt hätte. Da war eins zum andern gekommen. Mal ganz abgesehen davon, überlegte sie, daß Ella, die doch ewig Langmütige, seit es überhaupt Figuren gab und nicht nur kuriose Studienobjekte, diesem Vorhaben, eine Chronik zu schreiben, mit äußerster Skepsis gegenübergestanden hatte. Bald schon hatte Ella das ganze Projekt mit dem Kürzel EW (für Ewige Wiese) bedacht und Karlas Figuren als Bagage, als Käfighühner und wer weiß was noch alles verunglimpft. Nach und nach hatte sie immer mehr Fahrt aufgenommen. Was Karla bloß immer wieder dahin treibe, zu diesem armseligen, struppigen Fetzen Ackerland? Zu diesen pickenden, nickenden, ratlos blickenden Gestalten? Was das denn geben solle?

Karla erinnerte sich genau an ihre Antwort. »Ein Kultbuch«, hatte sie zunächst nur aufs Geratewohl, später dann in störrischem Beharren geantwortet.

»Ein Kultbuch für den Zwangscharakter«, hatte Ella beim erstenmal erwidert. Bei anderer Gelegenheit hatte Karla gesagt: »Eine Art Chronik, wenn dir das lieber ist. Alles hängt doch davon ab, ob wir Treue halten können.«

»Oder müssen«, hatte Ella widersprochen, »oder müssen. Treue ist nicht selten nur Obsession.«

»Und? Ändert das etwas an der Sache?«

»Ach doch«, hatte Ella gefunden, »Ach iwo«, Karla insistiert. Karla rückte unbehaglich die angewinkelten Beine auf der Schreibtischplatte zurecht. Ella hatte natürlich schon immer recht gehabt. (Doch seit wann genügte es, recht zu haben?) Obsession war nicht gut genug. Form war gut, Form war Treue genug. Form gegen das schiere Vergehen, Verlassen, Vergessen, Auseinanderlaufen ... Dieser Einsicht, die am Ende maßgeblich zu Karlas Entschluß beigetragen hatte, sich der ganzen Bagage zu entledigen, hatte lange Zeit ein sentimentales Beharren im Wege gestanden, sie nannte es jetzt einfach Anhänglichkeit. Gute Figuren waren das fast zwei Jahre lang gewesen. Irgend etwas war gut an ihnen gewesen, davon war Karla auch heute noch überzeugt. Eine Zeitlang hatte sie sich dann allerdings gegen alle bessere Einsicht nur noch an sie geklammert – »Wirf einfach Ballast ab, Karla!« Ella hatte lange vor Tergeune zu diesem Ausdruck gegriffen –, doch wenn zuerst sie es gewesen war, die sich an ihre Figuren geklammert hatte, so klammerten sie sich für ihr Gefühl in letzter Zeit selbst so sehr an sie, daß sie nicht mehr wußte, wer wen stützte oder niederzog. Das war weiß Gott nicht schön.

Zur Bekräftigung dieser allerneusten Einsicht stemmte Karla sich ziemlich heftig aus ihrem Sessel empor, so daß der Tisch ein Stück in Richtung Fenster rutschte.

»Und nun haben wir auch noch ein PROBLEM«, haderte sie, doch es klang fast schon erleichtert.

Was nun ausgerechnet diesen Freitag zum Tag der unumstößlichen Entscheidung hatte werden lassen, war aber wohl, daß sie, die gewissenhaft ihre Träume notierte und fast jeden Morgen Gewinn aus diesen nächtlichen Großveranstaltungen zog – wahre Schlachtgemälde waren das häufig, ein Gewoge heftigster Aktionen –, frühmorgens, als sie die Füße auf den Bettvorleger gestellt und zum Notizbuch gegriffen hatte, erkennen mußte, daß sie nichts zu notieren hatte. Zum zweiten Mal nichts zu notieren hatte, wenn sie es genau bedachte. Das ging ihr nun entschieden zu weit. Denn sie hatte ja etwas geträumt, sie erinnerte sich mit der größten Deutlichkeit, daß sie am Vortag von einem Fädchen geträumt hatte, das sich unter Schlängelbewegungen aus dem Nichts abhaspelte und dann, ein verworrenes Fadengebilde, in schlaffer Reglosigkeit am Boden liegenblieb. Ein Fädchen! Seidig schimmernd, selbstverliebt, kokett – läppisch, hatte Karla gedacht und die Erinnerung an dieses Träumchen abzustreifen versucht.

Heute morgen war es noch ärger gewesen. Sie hatte von einer Tasse geträumt, geträumt, wie sie diese Tasse, in der nichts drin und um die nichts herum gewesen war, lange Zeit angestarrt hatte, ihre starre Fertigkeit immer nur angestarrt und dabei das Gefühl gehabt hatte, selbst einer Art lähmender Endgültigkeit verfallen zu sein.

Mir träumte heut von einer Tasse
In der nichts drin war
Und auch sonst kein Rahmen
Da täte wohl selbst Freud erlahmen

Was will ich mir damit sagen? hatte Karla sich gefragt, halbherzig nur, denn lag das nicht auf der Hand? Nach kurzem Gegrübel über ihrem Morgenkaffee hatte sie kurzerhand erklärt: »Ich will die ganze Bagage nicht mehr sehen« und wenig später nach ihrem Mantel gegriffen.

Und nun war sie bereit. Bereit auch, den Brief zu lesen, den sie möglichst weit von sich weggeschoben hatte.

Eine Birne und ein Stück Holz

Ich weiß, liebe Karla, schrieb Elena Kullen, die drei Bürotüren weiter mit ihrem Mann Glen eine Schreibschule betrieb, *daß ein Tableau, ein Stilleben, was weiß ich – selbst eine Birne und ein Stück Holz eine große Faszination auf den Betrachter auszuüben vermögen. Nur bedenken Sie, wenn Sie eine Geschichte erzählen, daß Menschen – und Geschichten müssen doch in irgendeiner Weise von Menschen handeln? – etwas von einer Birne und einem Stück Holz Grundverschiedenes sind* – (an dieser Stelle verwischte Elena Kullens schöne, kraftvolle Handschrift ein wenig, so daß Karla ein boshaftes »nämlich?« einzuschieben wagte, das allerdings sogleich eine Aufwallung von Scham auslöste) *sagen wir so: Der Mensch ist seiner Bestimmung und seinem ganzen Wesen nach prinzipiell immer in Bewegung.* »Im Leben, Elena? Meinst du, im Leben?« fragte Karla, aber kannte sie die Antwort nicht bereits? Und so las sie den Brief ohne weitere Einreden mit ergebener Gefaßtheit zu Ende bis hinunter zu den tröstlich gemeinten, aber nichtsdestoweniger kompromißlosen Schlußzeilen: *Verzeihen Sie, liebe Karla, aber auch diese letzte Geschichte über einen merkwürdig uninteressanten Ort, an dem sich, gelinde gesagt, merkwürdig bewegungsarme Gestalten aufhalten, ist auf ihre Art wieder außerordentlich gelungen, durchaus ein Kleinod auf ihre Art – doch lachen Sie nicht, wo Sie weinen sollten, denn diese Art Kunst ist nun einmal die am wenigsten zugängliche. Sie werden Ihre Leser, und Sie wollen doch Leser?, wohl kaum durch die enge Pforte anfänglichen Unverständnisses zu locken vermögen, und winkten dahinter auch die lieblichsten Auen. Warum nur wirken Ihre Figuren immer wie in Aspik gegossen? Das darf doch nicht sein.* Karlas Blick überflog die unausbleiblichen Kondolenzfloskeln – *Aber bitte – geben Sie nur niemals* (das nächste Wort war dreifach unterstrichen) *auf ... Denken Sie einfach an die wunderschönen Verse »Sei dennoch unverzagt/*

Gib dennoch unverloren« – wie immer herzlich, Ihre Elena Kullen.

Eine Weile starrte Karla nur vor sich hin. Nicht, daß sie im mindesten überrascht oder gar zutiefst erschüttert gewesen wäre. Schließlich hatte das Haupt schon im Korb gelegen, ehe das Fallbeil niedergegangen war. Schließlich war, sie selbst hatte es gesagt, eins zum anderen gekommen. Nein, sie horchte nur eben noch einmal in sich hinein. Äußerlich unbewegt, ließ sie das erwartete Gerechte und Gezeter sattsam bekannter moralischer Instanzen, das umgehend einsetzte, über sich ergehen.

»Was ist das für eine Schriftstellerin, die ihre Geschöpfe nicht schützen kann?« fragte Hohe Warte von oben herab.

»Eine Rabenautorin, eine korrupte«, höhnte Niedriger Beweggrund von unten herauf.

Und Ewiges Dilemma jammerte vor sich hin wie ein altes Schifferklavier.

Karla erhob sich aus ihrem Sessel. »Pschscht jetzt!« sagte sie energisch. Am besten, sie brachte es hinter sich.

Aus der obersten Schreibtischschublade holte sie ein dickes Oktavheft hervor und steckte es ein. Das Unterpfand, dachte sie.

Wen sollen wir bewahren?

Es war schon nach Mittag. Nach allem, was wir wissen, drängte die Zeit. Schließlich hatte Karla um zwei Uhr einen unaufschiebbaren Termin. Doch ganz still saß sie, Schriftstellerin sine spe, immer noch auf der weißen Bank am Knüppelweg, der das landwirtschaftliche Gelände nach Norden begrenzte, und blickte durch ein Loch in der Benjeschen Hecke, einer Art Totholzwall, so teilte eine Informationstafel mit. Diese ökologisch sinnvolle Erfindung sollte sich mehr oder minder aus eigener Kraft begrünen und peu à peu allerhand Getier in einer idealtypischen Lindenstraßenmischung eine Bleibe bieten.

»Das lenkt jetzt nur ab!« rief Karla sich streng zur Ordnung. Sie hatte den mittagsmüden Blick eine Weile über die Hecke kriechen lassen, wie es eigentlich Aufgabe der Ruten von Rosa Canina gewesen wäre, die allerdings längst ebenso tot waren wie das, was sie hätten beleben sollen.

Manche Tage, dachte Karla noch, sind wie zwei oder drei. Nicht etwa, weil an ihnen doppelt und dreifach so viel passiert. Solche gehen doch meist im Handumdrehen dahin. Nein, man verdoppelt sie, weil sie einen ständig an zurückliegende Tage erinnern, und verdreifacht sie, indem man sie obendrein in die Zukunft verlängert. An sich begrüßenswert – doch das lenkt jetzt auch wieder nur ab. Sie seufzte wieder einmal, setzte sich auf, holte das dicke Oktavheft aus der Manteltasche und schlug es auf wie ein Brevier.

(Ein Spaziergänger, vielleicht hinter dem grünen Zaun, hätte sich wohl über die Frau unbestimmten Alters gewundert, die in unzweckmäßiger Kleidung in der Mittagshitze saß und einen übertrieben temperamentvollen Umgang mit einem Büchlein pflegte, das sie mal auf-, mal zuklappte, mal von sich weghielt, mal dicht vor die Augen führte, als traue sie ihnen nicht. So, wie diese Frau mehrfach vor sich hinlachte und das Büchlein dann wieder gereizt, wie es schien, auf die Knie niederhieb, hätte er nur folgern können, daß dem armen Ding nur noch eine sehr kurze Lebensspanne vergönnt sein würde.)

»Na sag mal!« sagte Karla laut. Was sie da in der Hand hielt, schien ihr das Werk einer Zerrissenheit, die ihr nun doch in krassem Mißverhältnis zu der in ausdrucksloser Trägheit verharrenden Szenerie samt den dort versammelten Protagonisten zu stehen schien. Es war der »Mittagstrupp«, der dort den üblichen Stehkonvent abhielt und sich auch heute kaum von seinem Vorgänger, dem »Morgentrupp«, unterschied. Nun gut, Karla hatte nach einiger Überlegung nicht die – wenigen – ausgeschriebenen Kapitel ihrer Chronik mitgenommen, sondern das ramponierte, längst unansehnlich gewordene Dokument ihrer Anfänge. Zerrissenheit ist wohl zu hoch gegriffen, dachte sie nun nach mehrfachem Vor- und Zurückblättern. Unentschiedenheit, das traf es schon eher. Mißbilligend starrte sie auf die Überschrift ganz am Anfang des Oktavhefts nieder – *Enzyklopädie und/oder? Almanach des Wiesenjahrs* las sie. Ja was denn nun? Nicht nur, daß viele ihrer Eintragungen einen dick hervorgehobenen Anfangsbuchstaben, Merkmal vieler Enzyklopädien, hatten – irgendwo in dessen Nähe warteten sie obendrein mit einem Datum auf, wie man es aus Jahrbüchern kannte. Und über die offensichtliche Zwitterhaftigkeit des Dokuments hinaus wies es sich auch noch als Fragment aus – nicht nur, indem die Aufzeichnungen häufig einfach abrissen und auf diese herkömmliche Weise ihre Unvollendetheit geradezu herausschrien, nein, sie waren überdies von zahlreichen kleinen Auslassungen geradezu durchsiebt. Kurz, sie waren auch noch lückenhaft.

»Na sag mal!« sagte Karla noch einmal, peinlich berührt. Doch auch das, befand sie, lenkte wieder nur ab. Alles mußte heute bündig sein, auf das Wesentliche konzentriert. Sie warf einen flüchtigen Blick durch das Loch in der Benjeschen Hecke und drehte das Oktavheft um, so daß die Schrift im vorderen Teil auf dem Kopf stand, im hinteren aber, auf den sie sich fortan konzentrieren wollte, auf den Füßen. Denn so war es einmal angelegt worden – der einfacheren Handhabung halber. Sie schnaubte spöttisch.

Die Überschrift des zweiten Teils war, obwohl sie ihrer eigenen Hand entstammte, kaum mehr zu entziffern, ihre Tinte verwischt. »Wiesengänger, Personen«, sagte sie laut. »Bündig« hieß, auf die gerade anwesenden Personen bezogen. Anders als bei großen Katastrophen, bei denen den Opfern oft ein schlichtes Kreuz genügen mußte, weil ihnen nichts Persönliches mehr zuzuordnen war, hatte man es hier mit einigen bestens bekannten Personen zu tun, die sich hilfreicherweise noch immer nicht von der Stelle bewegten. Und die für viele andere stehen mußten – sehr viele, wie Karla beim Weiterblättern feststellte. *Anwältinnen, die zwei,* stand dort beispielsweise. Weiter. *Frau Hose.* Weiter. *Waldameisen – woher?* In der Tat, wo kamen die denn her? Kribbelnde Ungeduld ergriff sie. (»Gleich, krisenmeisternde Ella, gleich komme ich. Hab noch ein bißchen Geduld!« murmelte sie.) Karla blätterte jetzt so energisch nach den Namen der Anwesenden, daß sie fast die Seiten in der Hand behielt.

Andermatte, Waltraud, rief sie den ersten der fünf Namen auf. Die Andermatte war eine popelinegekleidete, lebhafte Frau, deren Zeigefinger gerade wieder einmal auf den am Boden sitzenden glatzköpfigen jüngeren Mann hinabstach. Karla lächelte. *Pensionierte Lehrerin, Sprachpflegerin, engagiert, penibel, hat es besonders auf den Auwacki abgesehen, der sie mit seinen Sprachgewohnheiten auf die Palme bringt.*

Der Auwacki hob gerade den Kopf und die Andermatte daraufhin den rechten Arm wie eine Polizeikelle. Karla erinnerte sich, daß es beim letzten Mal, als er den Unmut der Sprachpflegerin erregt hatte, um die Vielzahl der Löcher auf dem Gelände gegangen war. Er hatte gesagt: »Löscher jips hier, auwacki.« »Löcher«, hatte die Andermatte erwidert, »Löcher heißt das und nicht Löscher.« »Böh!« hatte die Antwort des Auwacki gelautet, für einen maulfaulen Menschen wie ihn eine adäquate Meinungsäußerung, fand Karla auch heute noch, setzte einen Haken hinter den Namen Andermatte, überflog noch das Kurzporträt des Auwacki – *Auwacki, der. Bezeichnung für Manfred »Manne« Mahnke, arbeitsloser Betriebsschlosser, maulfaul, vielfach beschäftigt als Haushandwerker, tierlieb, nicht ohne Witz. Sagt Au wacki oder au wacki nee statt au weia, au warte oder au Backe* – und verzierte auch seinen Namen mit einem Haken.

Wieder richtete sie den Blick auf das Grüppchen jenseits der Hecke. Gerade eben erhob sich der Auwacki, eine Stange, vermutlich wieder diesen Metalldetektor, mit dem er gelegentlich Schlüsselbunde aufspürte, geschultert, und setzte sich mit seinem nasenlastigen Gang in Bewegung. Karla wußte aus Erfahrung: Gewöhnlich währte so ein Stehkonvent, der Stunden dauern konnte, nach dem Abgang eines seiner Teilnehmer nicht mehr lange. Und tatsächlich zeigte nun auch die Redden, eine Immobilienmaklerin, die Karla und Ella vor drei Jahren Henks Mühle vermittelt hatte, durch energische Gesten ihren bevorstehenden Aufbruch an. Schlußstrichmentalität, dachte Karla und fand ihren Namen auf Anhieb. *Redden, Eleonore: als Maklerin ständig auf Abruf bereit und obendrein Regionalvorsitzende ihres Berufsverbandes, kennt sie keine scharfe Trennung zwischen Beruf und Freizeit und folglich auch nicht zwischen Berufs- und Freizeitkleidung.* (»Man schläft praktisch in den Schuhen«, hatte sie Karla einmal erklärt.) *Da sie, zumindest was Hut und Cape betrifft, mit dem Bild des Toreros spielt, wirkt sie in jeder Umgebung mit Ausnahme der Stierkampf-*

arena deplaziert. Auf einem staubigen Stück Wiese ist das nicht anders. Nach einem letzten erfreuten Blick auf die Redden hakte Karla auch ihren Namen ab und schlug nach kurzem Blättern *Halblang, Johann* auf. *Rentner,* las sie, *früher Industriekaufmann, Autodidakt, Gesprächspartner von Friedrich Tergeune, den er fast täglich auf seinem Spaziergang abpaßt. T. will von seinen Freundschaftsangeboten jedoch nichts wissen. Hat ihn mehrfach als ›charakterlos‹ bezeichnet.* Das hätte Karla zwar nicht ohne weiteres unterschrieben, aber da das nicht verlangt war, lachte sie jedesmal – so auch jetzt – darüber. Sie wußte genau, worauf Tergeune mit diesem einst, in vorpsychologischen Zeiten, gefürchteten Urteil abzielte. Sie selbst fand den alten Halblang zwar rührend, liebenswürdig, aber vielleicht war er das ja tatsächlich – *charakterlos?* Um ihn herum mochten Freund und Feind hinsinken – so sah es jedenfalls Tergeune –, er stand und hielt sich etwas zugute auf seine Seelenruhe, was ihm, Tergeune zufolge, gar nicht zustand: Die Ruhe eines Unreifen sei das doch, eine milde Form von Idiotie, die in ewig lächelndem Selbstgenuß ihre Erfüllung finde. Halblang wiederum fand Tergeunes Geißelungen geradezu erbaulich, mußte Karla glauben, denn er lachte oft herzhaft darüber und drohte dem Gleichaltrigen allenfalls mit dem Zeigefinger wie einem allzu naseweisen Bengel. »Nu aber«, war das Äußerste an Protest, was Karla und andere Ohrenzeugen bei solchen Gelegenheiten aus seinem Munde vernommen hatten. Er hatte dann meist das bessere Teil für sich, denn der hochintelligente, aber auch hochreizbare Tergeune schien sich wie in höchster Luftnot nur noch ins Freie retten zu können und stürmte unvermittelt auf dem Fußweg an der Ostseite des Geländes, der nur durch einen niedrigen Zaun begrenzten Archivseite, davon. Seit längerem schon verfocht er seine Standpunkte nur noch von jenseits der hüfthohen Einfriedung.

»Wenn die mich hier weghaben wollen«, hatte Halblang, wenn es einmal wieder um Sinn und Nutzen dieser landwirtschaftlichen Enklave ging, stets stoisch erklärt, »müssen sie mich schon raustragen.«

»Und mich müssen sie reintragen, wenn ich mich da drin noch einmal sehen lassen soll«, hatte ein verachtungschnaubender Tergeune eines Tages versetzt.

Karla setzte einen Haken hinter Halblangs Kurzporträt und blickte nur kurz auf den Namen *Tergeune, Friedrich.* Seine Eintragung, die längste überhaupt, strich sie ohne Zögern einfach durch. Was seine künftige Rolle in ihrem Leben betraf, so hatte das Leben selbst bereits Vorsorge getroffen. Er war längst ihr Hausgenosse geworden. Und ihr Freund. Karla lächelte und schickte sich an, von der Bank aufzustehen.

»Ach herrje«, sagte sie dann laut. Ein weiterer alter Mann hatte soeben die Gattertür am Ende des Knüppelwegs durchschritten und zuckelte ohne jedes Anzeichen von Eile auf das Grüppchen los, das sich bereits aufzulösen begonnen hatte. »Na, ob wir beide uns im Leben wohl noch einmal wiedersehen?« sagte Karla in seine Richtung. Anstandshalber schlug sie jedoch seine Seite in ihrem Oktavheft auf. *Wattmann, ?, Rentner,* begann die Eintragung über ihn. *Wattmann dürfte in meiner Chronik wohl keine große Rolle spielen, wie ich überhaupt wenig über ihn zu sagen weiß. Er hat nun einmal dieses dröselige Temperament, das heißt, anders als Tergeune oder auch Halblang, ist er kein Greis, der entschlossen auf sich hält. Er ist kein »schmucker« oder tatkräftiger Greis, sondern einer von denen, die sich erst entfärben, dann schrumpfen und welken und schließlich ... Ein Jammer.* Nach kurzer Überlegung setzte sie ein Häkchen und ein Fragezeichen dahinter.

Und sie stand auf. Mit geradezu genießerischem Ingrimm preßte sie das Oktavheft in der Hand zur Rolle zusammen. Sie hatte das Gefühl, einen anstrengenden, aber alles in allem gelungenen Abschiedsbesuch hinter sich gebracht zu haben, wie sie ihn sich bereits am frühen Morgen vorgenommen hatte.

Ihr allein war es zwangsläufig überlassen geblieben, das, was sie gestern noch als Reißaus empfunden hätte, in ein halbwegs würdiges Abschiedszeremoniell nach Art einer Aussegnung oder, wenn es so etwas gab, einer umgekehrten Schiffstaufe zu überführen. Denn »einfach so«, hatte sie, nachdem ihr Entschluß gefaßt war, für sich befunden, konnte man doch selbst von der Stätte seiner Niederlage nicht verschwinden – formloses Auseinanderlaufen von Menschen, Versickern von Zeit, spurloses Vergehen, das alles war nicht genug, sondern gerade das Scheitern, die Niederlage brauchten doch einen Ort, eine Zeit und einen Namen, um aus ihrer Halbexistenz erlöst zu werden wie der gepfählte Wiedergänger. Um Geschichte werden zu können.

»Meine lieben Figuren«, sagte Karla ins Unbestimmte, »ich verabschiede mich hiermit. Liebe Vorbilder, wir sehen uns bestimmt bald wieder.« Eine kleine Verbeugung erschien ihr angesichts der Größe des Anlasses angebracht.

»Lieber Ort, liebe Zeit, liebe Birne, liebes Stück Holz«, murmelte sie noch und kam damit einem liturgischen Abgesang doch recht nahe. Im übrigen war sie hier nichts schuldig geblieben. Sie war frei.

Und so sei ihr auch ein rauschender Abgang gegönnt: ein Sturzbach der Erleichterung ergoß sich in den Weg und riß sie mit sich, wirbelte das Oktavheft hoch in die Luft, bis sie, am Ende des Weges angelangt, unversehrt, ja erfrischt auf die Beine kam und auf die Allee hinaustaumelte. Ins Freie.

Mittags um zwölf, halb eins breitete Tergeune eine weiße Serviette auf seiner Schreibtischplatte aus und holte das Obstmesser aus der mittleren Schublade. In einem braunen Stoffbeutel, der sich zu einem portemonnaiegroßen Rechteck zusammenfalten ließ, hatte er sein Obst, meist einen Apfel oder eine Banane. Er schälte das eine oder das andere, zerschnitt es in mundgerechte Stükke und aß es gemächlich auf. Dabei schaute er in den Hof hinaus. So vollzog sich sein Mittagsritual, wenn er die Stallwache hatte, wie er es nannte, und allein war, was allerdings selten vorkam, und wenn jemand im Haus war, bekam er häufig Besuch aus anderen Büros. Dann kaute er gewöhnlich schweigend und ab und zu nickend, und der jüngere Besucher lehnte zumeist an der Fensterbank und aß entweder seine eigene Ration, irgendwelche Riegel oder Kuchenstücke, oder rauchte und wechselte, während er sich über irgendein Thema verbreitete, Standbein und Spielbein.

Hinter dieser Situation verbarg sich der heimliche Höhepunkt im derzeitigen Leben Friedrich Tergeunes. Es war der Augenblick, in dem er, beinah täglich, für sich feststellte, daß er zufrieden mit seinem Alltag war, und dieses Wort war, so war ihm eines Tages aufgegangen, sein persönliches Deckwort für Alter. Tergeune war zufrieden mit seinem Alter.

Er war jetzt vierundsiebzig und hatte, seit seiner Entdeckung durch Karla vor etwa zwei Jahren, einen rasanten Aufstieg genommen. Aus einem Alten, der »doch mal vorbeischauen« sollte und dann lange unentdeckt am dämmerigen Ende eines Flurs auf einem harten Holzstuhl gesessen und ruhelos seine Schirmmütze in den Händen geknetet hatte, war eine Säule des

Etablissements geworden. Man hatte, unter dem üblichen Gewitzel, eines Tages einen vierten und fünften Stuhl herbeigeschafft, um der Warteschlange vor seiner Bürotür gerecht zu werden. Was machte er, und allem Anschein nach so überaus erfolgreich, da drinnen, Tergeune? Er tat, was der Anzahl seiner Lebensjahre angemessen war: er beriet.

Gewiß, er hätte hundert werden und doch niemanden ernsthaft auf dem Gebiet der Installation beraten können, wenngleich selbstverständlich auch er ein Fachgebiet hatte, das allerdings gleich wieder so speziell war, daß er vermutlich in der ganzen Republik keine zwanzig Ratsuchenden zusammengebracht hätte, und das wir hier folglich getrost vernachlässigen können. Nein, Tergeune beriet auf allen Gebieten, auf denen er kraft Alter und damit Lebenserfahrung das Mehr an Kenntnissen angehäuft hatte, das dem jüngeren Menschen zumal dieser erfahrungsarmen Epoche notwendigerweise abgehen mußte. Alter, Armut, Krankheit, Tod nannte Halblang grinsend das Betätigungsfeld seines alten Kontrahenten, der ihm daraufhin zum wer weiß wievielten Male erklärte, er werde bei seinem fortdauernden Unernst auf diesem und überhaupt allen Gebieten des Lebens über ein oberflächliches Befriedigungserlebnis mit Gewißheit nie hinausgelangen und damit auch keinem Ratsuchenden je von Nutzen sein.

»Da irren Sie sich aber gewaltig, Altmeister«, hatte Halblang ihm, heiter wie meist, widersprochen. »Hören Sie den Wahlspruch meiner Familie: ›Kommt Zeit, kommt Rat, kommt ein alter Topf geflogen, kommt auch ein Draht.‹ Na? Steckt darin nicht mehr Weisheit als in allen marktschreierischen Ratgebern zusammen? Ich bin damit immer gut gefahren.«

Spruchweisheiten dieser Art gehörten zu den zahlreichen roten Tüchern in Tergeunes Leben. Wenn man die Dummheit mit dem Stock hätte austreiben können, er hätte sie rund um den Erdball geprügelt, das stand mal fest. Da ihm dieses Mittel nun aber nicht zu Gebote stand und er außerdem wußte, daß Halblang sich längst einen Sport daraus machte, seine überentwickelte Kritikfähigkeit zu reizen, hatte er sich – zum wievielten Male? – bloß verachtungschnaubend an die Mütze getippt und seinen Weg eilends fortgesetzt. »Immer gut gefahren!« knurrte er noch Tage später vor sich hin. »Das glaube ich gerne. Der Kerl hat die Selbsteinschätzung eines Nashornkäfers, der, wie der Name sagt, mit den Größenverhältnissen in der Käferwelt nicht zurechtkommt.« Auf seinem Weg in die Mühle, die Karla in ihrem ersten längeren Gespräch, um ihm den Weg zu weisen, lächelnd als das »erste Haus am Platze« bezeichnet hatte, verging ihm jedoch jedesmal der Unmut, und er nahm bereits die Fäden auf, aus denen sein Tag gewoben sein würde. Wo die Allee in den Sargasso Platz mündete, blieb Tergeune jedesmal einen Augenblick stehen und genoß den Blick auf das langgezogene Rechteck, auf dessen Mittelinsel, die zumeist von lebhaftem Verkehr umflossen war, sich Laubbäume erhoben. Sie schienen ihm außergewöhnlich prächtig geraten. Und wenn er erst den Fuß in die dämmerige Toreinfahrt mit ihren schäbigen Briefkästen und dem Stummen Portier setzte, stellte sich bereits wieder dieses Gefühl der Zufriedenheit mit seinem Alter ein, das er mittlerweile nach Bedarf herbeizurufen vermochte und das er suchte und brauchte wie eine milde geriatrische Droge.

Heute früh nach seinem Spaziergang hatte Tergeune »Jerusalem, du Schöne, du hochgebaute Stadt« vor sich hingesummt, während er über den Hof ging und auf eine der Bürotüren in der ehemaligen Remise zusteuerte, die die rechte Seite des Hofgevierts begrenzte. »Kommt ein alter Topf geflogen, kommt auch ein Draht«, hatte er zwar wieder gemurrt, als er den Schlüssel aus der Manteltasche zog, aber diesmal war sein Kopfschütteln schon weit weniger unwirsch ausgefallen.

An diesem heißen Freitagmittag nun beschloß Tergeune, am Ende seines Rituals angelangt, die Fensterläden bis auf einen Spalt zu schließen und in der vorhersehbaren Ungestörtheit seines Büros ein paar Vorbereitungen für das Wochenende zu treffen. Er wollte sich gerade vom Fenster abwenden, als er durch den Spalt der Fensterläden Karlas Gestalt im gleißenden Mittagslicht auf der anderen Seite des Hofes erblickte. Sie ging weder schleppend noch eilig, sondern einfach nur – ja, zielstrebig war schon der richtige Ausdruck, auf das gegenüberliegende Gebäude zu und, im dürftigen Schatten seines Dachvorsprungs, daran entlang bis zu ihrer Tür, die sie aufschloß und wieder hinter sich zumachte. Tergeune blickte besorgt auf die Uhr. Schon Viertel nach eins. Langsam wurde es wirklich Zeit.

Wie oft hatte er Karla in den letzten Jahren nicht auftauchen und wieder verschwinden sehen – und sie vermutlich ihn. Sie hatten einander studiert. Er jedenfalls hatte sie studiert, und nun studierte er sie erneut. Karla Distelkamp betritt den Hof am Freitag um dreizehn Uhr fünfzehn und verschwindet in ihrem Büro.

»Ei Kalla«, sagte Tergeune halblaut.

Arbeiten und nicht verzweifeln

Was treibt Karla eigentlich den ganzen Tag? Ist ihr Tag etwas, das nach und nach zerfasert, zerschleißt, ausfranst? Oder ist er im Gegenteil etwas, das sich mit dem Vergehen der Stunden erst richtig bündelt, ein ordentliches Muster gewinnt, fest und doch elastisch? Nun, in

Karlas Fall sollte man aufgrund der bloßen Tatsache, daß sie alltags wie sonn- und feiertags hier und dort bei Migrationsbewegungen zu beobachten ist, die allem Anschein nach keinem festgelegten zeitlichen und räumlichen Schema folgen, nicht etwa schließen, daß diese gesunde, arbeitsfähige, weibliche Person keiner geregelten Tätigkeit nachgeht.

Wenn überhaupt etwas, dann geht sie gerade einer solchen nach, denn es gehört zu den Grunderfahrungen ihres Lebens, daß Müßiggang nicht nur tatsächlich der Anfang aller Laster ist, sondern auch der eines womöglich noch zerstörerischeren Phänomens, der Verzweiflung. Hierin ist sie sich mit Martin Luther und anderen in seinem Gefolge völlig einig. Es ist dem Menschen, so Karlas, und eben nicht nur Karlas, felsenfeste Überzeugung, nun mal nicht gegeben, untätig bei sich zu verharren. Ob man seine Bestimmung nun Tätigkeit oder Zutätigkeit oder Bewegung oder wie auch immer nennen will, dieser Bestimmung gehört der Tag, und wer den Tag hat, hat am Ende die Ewigkeit. Kann etwas einfacher zu begreifen sein? Und ist dies erst einmal begriffen, kann es wohl nicht länger erstaunen, daß Karla außerstande ist, dem lieben Gott so einfach den Tag zu stehlen. Sie ist eine tätige Frau und darüber hinaus eine, die ihr Leben gleich zwei-, oder dreimal zu leben bemüht ist. Nacheinander, das geht nun nicht, hat sie längst für sich entschieden. Doch warum sollte sie es nicht einmal simultan versuchen? Das leuchtet doch ein. Damit nimmt sie ja niemandem etwas weg. Oder? Und dem, der Karla gelegentlich rätselnd zuschaut oder nachschaut, wie etwa Tergeune, wenn sie in seinem Gesichtsfeld auftaucht und mal langsam, mal zügig wieder daraus verschwindet, muß bei einigem Nachdenken auch einleuchten, wie ein Mensch zugleich so scheinbar ziellos, so planlos und dabei so überaus zielstrebig sein kann.

Zwei, drei Leben anstelle eines einzigen, die wollen allerdings erst einmal gelebt werden. Immerhin dürfen skeptische Leser versichert sein, daß Karla mit allergrößter Wahrscheinlichkeit auf die eine oder andere Weise ihre Wirkungsstätte sowohl täglich erreichen, vielleicht gar mehrmals erreichen, als auch, und dies womöglich ebenfalls mehrmals, wieder verlassen wird. Und weil das so ist, haben wir auch mit allem zu rechnen, nur nicht mit Verzweiflung, denn die ist somit gebannt, verbannt, und noch der schmuddeligste Eingang, der trübseligste Vorhof, der übelriechendste Treppenabsatz einer solchen Wirkungsstätte hat etwas von diesem Festen und dabei doch Elastischen, von dem eingangs bereits die Rede war. Denn auch heute noch ist unser Tag aus Kette und Schuß gewoben. Bitte schön. Und nun liegt es bei Ihnen, liebe Leser, sich immer weiteren Erkenntnissen dieser Art aufzuschließen.

Es dürfte freilich nicht leicht werden, vorab einige Erläuterungen zu einem solchen dreifach gewobenen oder gewirkten oder auch nur doppelt gestrickten Leben zu geben. Jedenfalls nicht hinsichtlich der Kernfrage, was ein solches Leben denn sei. Einfacher ist es schon zu sagen, und entsprechend entschieden zu sagen, was es denn nicht sei. So gewiß es nicht den Versuch darstellt, der uns ursprünglich zugemessenen Lebensspanne eine weitere hinten anzuhängen – an eine solche Möglichkeit glaubt Karla, wie gesagt, nicht –, so gewiß kann nun eine Verdoppelung oder Verdreifachung des Lebens nicht einfach dadurch erreicht werden, daß der Mensch sich dazuhält und alle Schritte dreimal so rasch absolviert, um am Ende dreimal so viel Schritte getan und in diesem konkreten Sinne den dreifachen Lebensinhalt aufgehäuft zu haben. Das nicht. Das klingt doch arg nach der berüchtigten Mehrfachbelastung, unter der der Krug, beispielsweise die vielbedauerte berufstätige und womöglich auch noch alleinerziehende Mutter, so lange zum Brunnen geht, bis er bricht. Immerhin nähern wir uns hier wohl dem Kern des Problems, wie man es denn zu zwei oder drei Leben bringen soll: es dürfte ein Zeitproblem sein oder doch eins der Wahrnehmung der Zeit, oder, um es auch hier negativ zu sagen: Zeit dürfte nicht das Problem sein. Damit entfällt auch von vornherein der Verdacht oder die zustimmende Erwartung, zu einem Mehrfachleben bedürfe es einer Mehrfach-Persönlichkeit. Weit gefehlt. Die zeitgemäße Lebenskunst, wie sie, gern auch etwas ausführlicher, etwa in einem Buch, neu zu definieren wäre, besteht ja gerade darin, daß einen nicht die Unruhe oder weiß Gott was umtreibt und einen unvermutet zwingt, sich von einer Persönlichkeit zur nächsten zu schwingen oder gar zu katapultieren, sondern daß man sich selbst in mehrfacher Weise gerecht wird, was bei einem einfachen oder auch einmaligen Leben vermutlich nicht zu erreichen ist. Nun, wie gesagt, das sind schwierige Fragen, und wir dürfen erwarten, auf Karlas Lebensspuren immer wieder darauf zu stoßen. Und glauben schon feststellen zu können, daß die großen Fragen in den letzten Jahren doch um einiges kleiner geworden sind und, wen wundert's, entsprechend die Antworten. Wann wären die Antworten schon größer ausgefallen als die Fragen? Doch, Moment mal, wenn man es recht bedenkt – in einem anderen Kapitel wird sich das ganz anders lesen. Da wird es gerade darum gehen, daß die Antworten zuweilen größer geraten als die Fragen.

Einfälle

Es müßte, hatte Karla vor gut zwei Jahren an einem Freitagmittag ganz ähnlich diesem überlegt, doch möglich sein, ein durchlässiges Prinzip für solche Kunden zu finden, die vielleicht nicht Kochtöpfe oder Schwämme, sondern Rat und Tat zu erwerben suchten. Denn so genau wüßte diese Art Kunde vielleicht noch gar nicht, was ihm fehlte, oder er suchte nur einen angemessenen Namen dafür oder ... oder – jedenfalls, hatte sie damals gedacht und sich zunehmend für ihren Einfall erwärmt, wäre das Prinzip des Warenhauses in einem solchen Fall gar nicht schlecht. Natürlich ohne Rolltreppe, hatte sie alle Ausuferungen ihrer Vorstellungskraft im Keim erstickt, denn sie wollte etwas Durchführbares, etwas Praktikables, etwas – warum sollte sie das leugnen? – Ertragreiches, denn die Mühle fraß ihr und ihrer Partnerin Ella allmählich die Haare vom Kopf. An jenem Nachmittag hatte sie zum Hörer gegriffen: »Höre, Ella, ich habe einen Einfall ...« Und bereits am Sonntagabend hatten sie alle notwendigen Schritte für *Multiple Choice – die Welt der Agenturen* geplant, die sie in den nächsten Wochen zügig in die Tat umsetzten.

Karla grinste bei der Erinnerung, wie Ella und sie fast ausschließlich über den Namen dieser Welt der Agenturen gestritten hatten. Ella war in solchen Dingen nicht minder empfindlich als sie, wenn sie den Akzent auch fast ausschließlich auf das Sprachliche legte. *Multiple Choice?* Ella hatte die Stirn gerunzelt. »Haben wir keine eigene Muttersprache?«

»Und was für eine«, hatte Karla geantwortet, »fast zu schade zum Benutzen. Aber gut – was schlägst du vor?«

Daraufhin hatten sie haufenweise unbrauchbare Vorschläge produziert, bis sie sich schließlich entschlossen, den Namen *Multiple Choice* – im Hinblick auf eine denkbare Ausweitung ihrer Geschäfte – als der globalen Wirtschaftssprache zugehörig zu akzeptieren ...

Karla lachte laut auf. Das war wiederum Ellas Anteil an ihren hochfliegenden kommerziellen Plänen gewesen: sie dachte eindeutig alla grande. Papierschwalben waren nun mal nicht ihr Stil ...

Nachdenklich wanderte Karla mit ihrem Telefon zum Fenster. Nicht daß es *Multiple Choice* nicht gegeben hätte und, in freilich bescheideneren Dimensionen als den geplanten, nicht immer noch gäbe. Wenn man es nicht allzu genau nahm, gab es auf dem Hof immerhin stolze elf Agenturen – daß es schon einmal dreizehn gewesen waren, sollte Karlas gedanklichen Schwung jetzt nicht lähmen –, man mußte nur bereit sein, die Transportfirma *rin & rut* oder auch Bellas physiotherapeutisches Studio ebenso als Agentur durchgehen zu lassen wie etwa die Beratungsstelle des alten Tergeune, die Schreibschule der Kullens oder Ellas und Karlas Textbüro *Federstrich,* an dem noch ein ganzer Laich von winzigen Beschaffungs- und Vermittlungsagenturen hing. Das ließ sich alles gerade noch vertreten – nur einträglich war *Multiple Choice* nicht geworden und würde es, wie sich inzwischen unschwer erkennen ließ, auch nie werden. Es sei denn, sie entschlössen sich, weitere halbseidene Komponenten wie Wenneghem Shones Begleitservice aufzunehmen.

Und nun sprach Ella, die von Anbeginn klaglos sämtliche Pflichten einer Hausverwalterin übernommen und erfüllt hatte, wieder einmal von einem Desaster, das drohend bevorstehe. Etwas mit dem Dach, hatte Karla verstanden, die so lange wie möglich nur mit halbem Ohr hinzuhören versucht hatte. Damit stand die ganze jüngere Geschichte der Mühle wieder einmal zur Disposition: Sinn und Zweck dieser bislang nur notdürftig instandgesetzten Immobilie, die von idealistischem Schwung getragenen Gründerjahre, ja, ihre seit dem Tod ihres Bruders höchst ungewisse Zukunft – alles tauchte auf einmal in das schräge Lilarot verschrobener Frauenträume. Schrullrot. Mühlengemütlich, puffputzig.

Und als Karla, mittlerweile so erdenschwer, wie das in ihrem Fall überhaupt möglich war, mit dem Telefon vor das Fenster trat und nun den Blick hinaus richtete, schien das ganze Hofgeviert mit seinem Pflaster und seinen Gebäuden bereits diesen befürchteten Stich ins Ungesunde angenommen zu haben, und die mittägliche Stille, die Hitze, ihre Müdigkeit verlockten sie dazu, die Augen zuzukneifen und sich für einen Augenblick wieder abzuwenden. Sie würden ernsthaft darüber reden müssen. Allein schon dieses Eingeständnis bewirkte jedoch, daß das leidige Ensemble, als sie abermals hinaussah, einen ganz vernünftigen Eindruck machte. Kooperativ, fand sie. Sie ließ den Blick über den Hof wandern.

Im hinteren Quergebäude keine zwanzig Schritte links von ihr waren die Fenster im Obergeschoß ohne Vorhänge geblieben. An einem dieser Fenster erblickte sie Ellas gesenkten Kopf. Sie saß an dem Tischchen mit dem Telefon. Karla würde sie also jetzt anrufen und ihr mitteilen, daß sie bereit sei, bereit, sich sämtlichen Desastern, vergangenen und kommenden, mit der gebotenen Tatkraft zu stellen und ihr noch heute einen brauchbaren Einfall zu präsentieren, wie sich dem PROBLEM schnell und möglichst dauerhaft abhelfen ließe ... Von wie auch immer gearteten Chroniken, ob zarten oder harten, werde sie bis auf weiteres ebenso absehen wie von dem Wunsch nach irgendwelchen Kultbüchern, obwohl sie nach wie vor der Meinung sei – PROBLEM mit vier Buchstaben, Karla, Fourletter-word! Sie preßte die Lippen zusammen, setzte das Telefon ab und ließ sich in ihren Schreibtischsessel fallen. Mit angewinkelten Beinen, die auf der Tischplatte ruhten, nahm sie noch einmal Anlauf. Es war ein heißer Tag, sie hatte schließlich bereits eine mittelgroße Beerdigung hinter sich, und dies, bitte schön, in ministrierender Funktion ... Während ihr Geist noch flügellahm nach attraktiven Vorschlägen suchte, war ihr Arm doch bereits zögernd aus seinem Ärmel herausgekrochen – in Richtung Telefon. Sie rechnete nicht mit begeisterter Aufnahme, nicht mehr.

»Ella«, sagte Karla, »hör mir mal zu. Was unser Problem angeht, hätte ich da eventuell einen Einfall ...«

»O nein«, sagte Ella, »erst hörst du mir mal zu. Ich hatte gerade die Hand am Hörer, um dich anzurufen. Dein Einfall muß warten, auch wenn ich von seiner eventuellen Vortrefflichkeit überzeugt bin. Gerade deshalb wird er warten müssen. Denn wir haben gelernt, Vortreffliche, daß ein solcher Einfall nicht etwa so kostengünstig in die Tat umzusetzen ist, als holte man sich ein Glas Wasser aus der Küche. Eben nicht. Je vortrefflicher, desto kostspieliger. Jedenfalls wenn er von dir ist. Und darum brauchen wir Geld. Viel. Sonst wird das nichts. Ich fahre nach Köln, treffe mich mit Seppelainen. Er hat angeblich *den* gewinnbringenden Einfall, ganz frisch aus Rußland mitgebracht. Sagt er.«

»Rußland?« Karla klang skeptisch. »Die haben doch selber nichts.«

»Seppelainen ist doch nicht blöd. Der weiß das. Er hat sich noch nicht näher geäußert. Morgen. Morgen treffen wir uns, und dann werden wir reich. Und verwirklichen deinen vortrefflichen Einfall. Wie war der noch mal?«

»Hau bloß ab«, sagte Karla ernüchtert. »Das kommt jetzt doch sehr plötzlich. Kommst du morgen abend zurück?«

»Sagen wir, Dienstag, früh. Du weißt doch – es gibt da gewisse Rituale ...«

»Apropos« – Frischenttäuschten sollte man die eine oder andere kindische Bosheit schon zugestehen – »stimmt das nun, daß die Finnen ihren Alkohol direkt aus dem Kofferraum schöpfen? Mit so einer Kelle, die unter dem Deckel festgeklemmt ist? Könntest du das mal ergründen? Ich kann mir das gar nicht vorstellen. Rein technisch, meine ich. Ist wahrscheinlich Folklore, was? Oder habe ich das in einem Roman gelesen?«

»Karla, Karla«, Ellas Tonfall war das exakte Pendant eines milde tadelnden Kopfschüttelns. »Wo nimmst du solchen Mist bloß immer her? Aber gut, ich kann ja fragen. *Ach, Seppel, was meine Kollegin gern noch wüßte – stimmt es eigentlich, daß ihr Finnen direkt aus dem Kofferraum trinkt? Und wer erfindet solchen Blödsinn bloß immer?** So, ich mache Schluß. Ich muß bald los. Ich rufe von unterwegs an. Und deinen eventuellen Einfall vergiß bitte nicht. Wenn was ist, ruf Malli an, sie ist da. Oder Onkel Witold, wenn es ganz schlimm kommt.«

So war sie eben, Ella. Man mußte sie einfach gern haben. Karla fing sofort an, sich Sorgen zu machen. Die waren das Ritual, ihre Sorgen, nicht dies Genippe oder Gekippe mit Geschäftsfreunden, mit dem Ella sich an ihre erste Million heranzuarbeiten suchte. Die Leber klatscht in die Hände, dachte Karla und seufzte schon wieder.

Sie lehnte sich zurück und schloß die Augen. Noch haderte sie mit dem Schicksal, ein langes Wochenende sinnvoll ausfüllen zu sollen, ohne ernsthaft weiteren Ballast abwerfen, ja, ohne auch nur nach vorn blicken zu können. Denn davor war der finnische Seppel. Sie empfand tiefen Groll gegen diesen Menschen, der ihr

* Vgl. auch Thomas Kapielski, Gottesbeweise IX-XIII, S. 109ff.

mit seinem russischen Einfall zuvorgekommen war. Russisch Brot, dachte sie lahm. Doch eine ihrer Eigenschaften und eine, auf die fast immer Verlaß war, ihre Neugier, hinderte sie daran, diesem vorlauten Agenten die Lunte hinüberwachsen zu lassen oder, noch besser, ihn, Höhepunkt orgiastischer Rachephantasien, im eigenen Kofferraum ersaufen zu lassen. Zu gern hätte sie gewußt, was für ein gewinnträchtiges Angebot dieser finnische Agent, Literaturagent!, mitgebracht hatte – wenn das man nichts Krummes war! Karlas Groll pflügte noch eine Weile eher ziellos umher, bis er, der Zukunft bis auf weiteres verwiesen, sein Mütchen am Allernächstliegenden, dem Gegenwärtigen, zu kühlen versuchte. Am meisten ärgerte sie sich folglich während der nächsten Minuten darüber, daß sie Friedrich Tergeune kurz vor Ellas Eröffnung, sie werde bis Dienstag in Westdeutschland sein, versprochen hatte, er könne den Hund Lilli bis Sonntagabend auf sein Wassergrundstück mitnehmen. Gelegentlich fuhr er dorthin zum Angeln, und er hatte dort sogar einen Wohnwagen stehen – »einsehbar von keiner Seite, ideal, um jemand zu ermorden«, hatte er diese Unterkunft beschrieben, für sein Gefühl offenbar erschöpfend, und Ella hatte geantwortet: »Also wirklich, Herr Tergeune, das haben Sie bestimmt aus dem Fernsehen«, und Karla hatte kopfschüttelnd hinzugesetzt: »Das erfindet er jetzt bloß, damit wir kein Auge zumachen.« »Und wer kümmert sich dann um Lilli?« hatte der alte Mann seine Phantasie weitergesponnen. Die beiden Frauen hatten spontan abgewinkt. »Wo Lilli ist, wird niemand ermordet«, hatte Ella kühn behauptet. »Hah!« hatte Tergeune gesagt und damit den Hund angesprochen. »Wenn du das hören könntest, könntest du auch den Mörder hören!« Denn Lilli war nach einem tierärztlichen Eingriff taub geworden und seither auf gestische und mimische Hilfen und ihre allerdings tüchtige Nase angewiesen. In Zweifelsfällen zeigte sie durch Schwanzwedeln ihre grundsätzliche Bereitschaft an, alles wunderbar zu finden. Besonders wunderbar waren offenbar die seltenen Angelausflüge mit Tergeune, die mit einem älteren Opel Kadett unternommen wurden und »große Richtung Kyritz« gingen, an einen kleineren See, »dessen Name keine Rolle spielt, falls er überhaupt einen hat«, so Tergeunes wiederum unergiebige Auskunft, ehe ihm zum ersten Mal Lillis Gesellschaft gewährt worden war. »Über Nacht?« hatte eine skeptische Ella zurückgefragt, und Karla hatte doch tatsächlich einen roten Kopf bekommen, so peinlich war ihr dieser Zwiespalt zwischen dem glühenden Wunsch, den Hund keinesfalls irgendwo »große Richtung Kyritz« übernachten zu lassen, und der warmen Sympathie, die sie für den alten Tergeune entwickelt hatte. Hatte er ihnen nicht oft genug aus der Verlegenheit geholfen? »Na, ich sehe schon, jetzt habe ich wohl allzu viel verlangt«, hatte Tergeune gesagt, und seine gefaßte, gerade nur zartbittere Miene hatte bewirkt, daß Ella wie Karla sich geradezu überschlugen, um ihn vom Gegenteil zu überzeugen, was nach langen Beteuerungen, wie sehr Lilli und ihm eine solche Abwechslung zu gönnen sei, auch gelang. »Und wie ist es da so – auf Ihrem Grundstück?« hatte Karla ganz am Schluß doch immerhin zu fragen gewagt, und der alte Mann hatte, im sicheren Gefühl, daß die Sache nunmehr in seinem Sinne entschieden war, geradezu triumphierend erklärt: »Ganz wunderbar, wie gesagt, mit Wohnwagen und eigenem Steg. Eine Fürstin kann sich nichts Besseres wünschen, wirklich!« Und er hatte sich nickend zur Tür gewandt. »Fürstin Lilli von Kyritz«, hatte Ella geflüstert, und Karla hatte hinzugefügt: »An der Knatter.« Lilli hatte gewedelt, für alle Fälle.

An diesem Freitag nun, als Karla sich schlagartig allein gelassen fand, schloß Tergeune um kurz vor drei seine Bürotür ab und baute sich in voller Ausflugsmontur davor auf. Er trug, seiner skeptischen Grundhaltung entsprechend, einen steinalten Kleppermantel über dem Arm, der vermutlich im Bedarfsfalle nicht recht zu seiner neuzeitlichen Radlermütze passen würde. Die Mütze hatte Tergeune, zusammen mit etlichen Kugelschreibern, von einem Klienten geschenkt bekommen, der eine Großbäckerei besaß und in einer »privaten Angelegenheit« Tergeunes Rat gesucht hatte. »Was sonst?« hatte Ella dazu gemeint, »Nur in *was für einer*?« Die sonst so auf Diskretion bedachte Ella war von einer geradezu hundsordinären Neugier, wenn es um Tergeunes Beratertätigkeit ging, seit sie ihn eines Morgens – und damals noch zufällig – zu einem Klienten hatte sagen hören: »Sie müssen sich eben von Kopf bis Fuß erst erschaffen, Herr Radek. Kein Mensch liegt in Vollausstattung in der Wiege. Die muß sich jeder nach Gusto selbst besorgen. Im Leben. Viele tun das nicht. Sie lassen sich lieber irgendwelche Pappnasen aufsetzen.« Das Gemurmel des »Herrn Radek« hatte Ella, die mittlerweile die fünfte Schleife in ihren Schnürsenkel gebunden hatte, um weiter vor dem halboffenen Fenster hocken zu können, nicht verstanden, wohl aber Tergeunes abschließende Worte, ehe lautes Stühlerücken das Ende der Beratung angezeigt hatte und Ella mit wildpochendem Herzen davongestürzt war. »Sehen Sie – so wie ich selbst bin, hätte mich mit Sicherheit kein anderer Mensch zurechtkneten wollen. Aber ich selbst bin alles in allem zufrieden mit dem, was ich da in langen Jahrzehnten und mit vielen Irrwegen und Rückschlägen gebacken habe. Ich bin der einzig richtige Mann für mich.«

»Karla«, hatte Ella tiefbeeindruckt berichtet, »der alte Tergeune rät seinen Kunden, sich nach ihren Wünschen zurechtzukneten. Weiter nichts – glaube ich jedenfalls.« Seitdem war sie so oft Schnürsenkel binden gewesen, daß Karla ausnahmsweise den Part der Unke übernahm und ihr die baldige Entdeckung prophezeite. »Ich kenne dich nicht wieder«, sagte sie. »Außerdem rät er seinen Klienten doch bloß das, was ich täglich praktiziere. Oder?«

»Na, ich weiß ja nicht«, hatte Ella geantwortet.

Karla stand in der Zimmermitte und starrte zu Tergeune hinaus. Aus dem Augenwinkel sah sie Ella mit Lilli an der Leine aus der Casa Pferdefuß, dem Quergebäude am Ende des Hofes, kommen. Lilli hatte Tergeune kaum erblickt, als sie einen Satz nach vorn machte. Für einen Pudel war sie ein großer Hund, die größtmögliche Ausgabe überhaupt, davon allerdings ein kleines, aber kräftiges Exemplar.

»Mein Gott, Lilli«, hörte Karla Ella sagen, »nun laß das doch. Ich fliege noch hin.«

»Geschieht dir ganz recht«, murmelte Karla, ehe sie sich entschlossen abwandte.

Wieder saß sie mit geschlossenen Augen, doch ihre Stimmung hatte sich bereits gewandelt. Dieser Umschwung war ihr nicht unvertraut – dahinter steckte der andrängende Wunsch, die Dinge leichter zu machen, sich selbst leichter zu machen, und wie dieser Wunsch sie heute morgen zu der Bank im Knüppelweg getrieben hatte, so hatte er auch jetzt allmählich wieder die Oberhand gewonnen. Von der Zukunft darf ich nichts wissen, die Gegenwart will von mir nichts wissen, was bleibt dann noch? dachte sie.

Gegen halb vier trat Karla auf die Veranda, die jetzt im Schatten lag. »Macht doch alle, was ihr wollt«, sagte sie, von niemandem gehört, und holte als erstes die Gießkanne, um die vielen Topf- und Kübelpflanzen zu versorgen, die die Rückfront des mehrfach unterteilten ehemaligen Stallgebäudes zierten und die lange, offene Veranda mit südländischer Farbenpracht erfüllten wie einen ländlichen Klostergang. Während jedes einzelne der Büros, die vermietet waren oder von Ella und Karla selbst genutzt wurden, auch einen Vordereingang hatte, der unmittelbar auf den Mühlenhof hinausführte und zu beiden Seiten von großen Fenstern flankiert wurde, war die rückwärtige Mauer noch als einstige Stallwand erkennbar, denn oben gab es, je nach Größe des Raumes, nur zwei oder mehr dieser schmalen Kippfenster, die gewöhnlich eher der Belüftung als der Beleuchtung eines Stalles dienen und drinnen wie draußen zumeist von Fliegen umschwärmt werden. Davon war bei diesem umgebauten Stall, der von seinen Nutzern auch weiterhin so genannt wurde, nichts mehr zu sehen und zu hören, versteht sich, schon eher verirrte sich die eine oder andere Biene in die Büroräume, denn unterhalb der Kippfenster zog sich eine ganze Reihe schöner und teils wohlriechender Pflanzen entlang, die nur ein paar Mal durch Bänke oder einen Stuhl unterbrochen wurde. Karla goß gerade die Fackellilien hinter dem Schulzimmer der Kullens, als dessen Fenster schwungvoll aufgestoßen wurden. Freitag, halb vier. Schreibschule. Sie zuckte die Achseln. Es war ihr zwar überlassen, ob sie von draußen oder drinnen daran teilnahm, doch heute war ihr weder nach drinnen noch nach draußen, und sie wollte zum ersten Mal, seit sie einer herzlichen Aufforderung erst Elenas und dann auch Glen Kullens gefolgt war und »wenigstens gelegentlich reinschaute«, nur möglichst leise gießen und dann zum Wasserhahn zurückkehren, als sie Glens Stimme hörte.

Wie immer, wenn sie hinter der Stallwand lauschte, verstand sie fast jedes Wort: »Liebe Kursteilnehmerinnen und -teilnehmer, heute gibt es etwas zu feiern – wir haben Bergfest.« »Was?« »Was ist *das* denn?« hörte Karla zwei der jüngeren Kursteilnehmer fragen. »Wie? Das kennen Sie nicht? Das heißt schlicht und einfach: die Hälfte unserer Sommerschule ist vorbei.« Karla meinte, einen frohlockenden Unterton aus seinen Worten herauszuhören: Noch sechs von diesen zähen Sitzungen, und dann endlich ab nach Irland! In einem Dorf, dem er angeblich zugleich seinen Künstlernamen verdankte, hatte Glen Kullen seine große Familie, die, so hatte er selbst jedenfalls angedeutet, gehörig trinkend, rauchend, fluchend und raufend und sich unbändig vermehrend auf ihren Schriftsteller wartete, der sich in der Fremde freilich vorerst mit seiner Schreibschule über Wasser hielt. Karla hielt den Atem an, um besser hören zu können, während sie die Gießkanne absetzte, auf die Bank stieg und sich auf die Rückenlehne hockte wie die Krähe auf den Bauzaun. »Er macht es spannend«, ertönte Elena Cullens tiefe Stimme. Elena war zwar längst Deutsche, verwies aber gelegentlich auf ihre Herkunft »von irgendwo östlich der Oder«, was darauf schließen ließ, daß sie sich nicht übermäßig mit dem Land identifizierte, das ihre Familie vor Jahrzehnten verlassen hatte. »Hier ist es auch schön«, hatte sie Ella einmal erklärt, und so wie sie das sagte, schien dem Thema Heimat wirklich nichts weiter hinzuzufügen gewesen. Glen Kullen lächelte jetzt gewiß in die Runde der verbliebenen, Karla schätzte, vierzehn Teilnehmer von ursprünglich neunzehn und sagte dann: »Wir glauben, es ist an der Zeit, gemeinsam zu überprüfen, was wir gelernt haben. Es ist bestimmt eine ganze Menge, doch wird es vor allem spannend sein zu sehen, was sich jeder von Ihnen besonders zu eigen gemacht hat. Wir haben nach und nach viele Regeln und Beispiele kennengelernt, die nicht alle in gleichem Maße für jeden von Ihnen taugen. Nehmen Sie sich also die Zeit, einen ersten größeren Text zu schreiben, gleich jetzt am Wochenende, wenn Ihre guten Vorsätze noch frisch sind ...« – Höfliches Schülergelächter erfolgte prompt. – »... und Sie noch präsent haben, was wir jetzt noch einmal rekapitulieren wollen, unseren kleinen Katechismus für Schriftsteller, ja?, unsere Gebote ... Sie wissen schon, Sie haben sich viele Notizen gemacht, wie ich gesehen habe. Fangen wir doch gleich mal an ... Einfach so ... wie es kommt ...« Mit halbem Ohr folgte Karla dem Stimmengewirr – »Du sollst ...« »Du sollst nicht ...« »Du sollst ...« und immer so weiter – und versank für eine Weile in diesen angenehm katatonen Zustand, der häufig vor dem Ruck eintrat, der ihre Seelenlandschaft durchlaufen sollte. Ja, das war es: sie würde diesen einen Text noch schreiben, schon um die Sache mit Anstand zu einem Abschluß zu bringen. Sie würde ihn so schreiben, daß er sich verkaufen ließe, oder es endlich gut sein lassen. Diesmal würde sie alle Fehler früherer Versuche vermeiden können, wenn sie übertriebene Ansprüche (Kultbuch – wie lächerlich, wie peinlich ihr das mittlerweile erschien!) schon im Ansatz ausmerzte, stets hart am Wind einer Lesbarkeit segelnd, wie sie ja Elena und Glen Kullen, ein gewisses Maß an Begabung voraussetzend, von vornherein zum Ziel ihrer Schreibschule erhoben hatten. Noch war es nicht zu spät: mit einer einfachen, spannenden Geschichte würde sie Ella vermutlich selbst jetzt noch davon überzeugen können, daß sie es auch ohne diesen Seppel schaffen konnten ... Oder, je nachdem, auch mit ihm, das eine mußte das andere ja nicht unbedingt ausschließen. Selten hatte sich eine so günstige Gelegenheit geboten: sie war allein und frei von Verpflichtungen.

»Schreiben Sie, schreiben Sie sie einfach, diese Geschichte, probieren Sie alles aus, nehmen Sie sich einen Gegenstand vor, attackieren Sie ihn, ja?, irgendeinen noch so banalen Gegenstand, eine Tasche, einen Schuh, greifen Sie ihn an, zeigen Sie ihm die Zähne ...« Das war jetzt Elena Kullens Beitrag, der einmal mehr vom zustimmenden Gesumm der Schreibschüler begleitet wurde. Heftiges Pochen, tatendurstiges Stühlerücken war ihr Lohn. Gesagt, getan – nur diesmal würden dem Tatendrang der davonpolternden Schüler Worte folgen müssen. Was für ein elendes Geschreibsel wohl aus diesen Federn ... Karla verbot sich gerade noch rechtzeitig jeden weiteren dünkelhaften Gedanken, und dies aus ehrlichem Herzen, denn sie fand es schandbar, wie sie selbst sich bislang zwischen drinnen und draußen, Staunen und Stöhnen, Kleinmut und Hochmut durch diesen Kursus gehangelt hatte. Jetzt bist du dran, o Karla, sagte sie sich geradezu befriedigt immer wieder vor, während sie Gießkannen füllte, schleppte, leerte und abermals füllte und schließlich hinter der Casa Pferdefuß in ihrem richtigen Garten Schläuche legte und verlegte. Flüchtig wurde ihr zwar immer wieder einmal bewußt, daß der Gittertüll hinter den Erdgeschoßfenstern, die auf den Garten hinausgingen, akkurat und unbewegt niederhing, bis sie, nach etwa einer Stunde, ihr Werk vollendet hatte, doch fand diese wiederholte Beobachtung keinen Halt in ihrem Kopf, denn ihre Gedanken kehrten, entzündet wie durch ein Brennglas, immer wieder zu ihrem Vorhaben zurück.

Es war bereits früher Abend, als Karla, nun wieder Schriftstellerin in spe, sich endlich auf den Heimweg machte. Der Hof lag in diesem Augenblick wie ausgestorben. Noch spürte man das Nachglühen der Backsteine und des Kopfsteinpflasters, als stünde irgendwo in der Nähe eine große Ofentür offen. Wo sind denn alle? fragte Karla sich, als sie vor der Toreinfahrt noch einmal stehenblieb und sich umwandte. »Herzblut«, sagte sie unvermittelt. Das Wort hatte ihr auf einmal auf der Zunge gelegen. Auf Anhieb wußte sie damit jedoch nichts anzufangen. Erstaunt bemerkte sie, daß auch die weißen Gardinen im Erdgeschoß der Casa Pferdefuß in lotrechter Leblosigkeit herabhingen. Doch Karla wollte sich heute dazu einfach nichts einfallen lassen. Das mußte auch einmal möglich sein. Vielleicht war sie ja einfach nur in der Küche, diese Frau Krikkel. Oder doch einmal nicht zu Hause. Weiß leuchtete zur Linken das Schild der Schreibschule. Elena & Glen Kullen. Wie hatte es noch im Faltprospekt des Ehepaars geheißen, den sie damals, auf der Suche nach einem geeigneten Raum, ihrem Bewerbungsschreiben beigelegt hatten und worin sie ihren Kursus anpriesen? *Wir verleihen Ihren Federn Flügel* ... Oder war es umgekehrt gewesen – hatte es *Wir verleihen Ihren Flügeln Federn* geheißen? überlegte Karla zerstreut. Doch das war jetzt alles nicht wichtig. Sie eilte aus der Toreinfahrt auf den Platz hinaus, verschwendete keinen Blick an den dichten Feierabendverkehr und bog in die Larnaca Allee ein. Unruhig war sie. Ungeduldig. Wie ein durchgehendes Pferd stürmte sie die Larnaca Allee entlang, vermied entschlossen jeden Blick auf die Trüppchen hinter dem Zaun, die im letzten Sonnenlicht auf den verbliebenen Zipfelchen Grün standen und auf den Feldwegen umherzogen. Ohnehin wäre dies nicht ihre Klientel gewesen, wenn sie es mal so ausdrücken wollte. Selten war sie in den letzten zwei Jahren um diese Zeit, seltener noch an einem Freitagnachmittag hergekommen, und kaum je einmal hatte es sich gefügt, daß gerade auch ein anderer, eine andere aus dem kleinen Kreis der auf die Morgen- und Mittagsstunden abonnierten Habitués sich an einem Freitag und zu derart unüblicher Stunde einfand.

Karla war zu Hause. Sie mochte diese Wohnung, die ein Freund ihr vor vier Jahren »auf unbestimmte Zeit« überlassen hatte, auch wenn sie sich, seit die Mühle halbwegs bewohnbar war, weitaus seltener darin aufhielt. Dies war auch wieder so ein PROBLEM. Ein schönes Zuhause haben, ohne es ständig nutzen zu müssen – was für eine angenehme Vorstellung. »Laß das mal keinen hören«, hatte Ella dazu einmal bemerkt. Jedenfalls mußte sie diese Wohnung endlich aufgeben, hätte sie längst aufgeben müssen. Auch wenn es immer noch innere und äußere Hemmnisse gab, nun endlich ihre Wohnung in der Casa Pferdefuß in Besitz zu nehmen – sie war es Ella schuldig, die längst dort wohnte.

Karla war kaum durch den dämmrigen, kühlen Flur ins Große Zimmer getreten, unwiderstehlich angezogen von den jetzt pflaumenblau gefärbten, vorhanglosen Fenstern, und hatte, ruhiger geworden, ein Weilchen hinausgesehen, den Passanten auf der gegenüberliegenden Seite der Allee nachgeblickt, als sie schlagartig von Müdigkeit getroffen wurde wie von einem Zauberbann. Unendlich langsam, so schien ihr, schob sie sich durch das Nebenzimmer bis hin zu ihrem Bett. Und schlief ein. Und träumte, wachte auf, notierte unter der Überschrift *Nachtleben* in einem ihrer Heftchen ihren – gottlob sehr kurzen – Traum und schlief wieder ein.

Traumich macht einen Ausflug in die Wüste, im Auto; vier Leute und der Hund. Sie haben schon einen saftigen Eintrittspreis – Karla meinte am nächsten Morgen, etwa 35 DM pro Person, wie bei den Erlebnisparks, über deren Eintrittspreise sie kürzlich in der Zeitung gelesen hatte – *bezahlt und halten nun noch einmal hinter dem Schlagbaum, um etwas Proviant zu kaufen, als ein Mann sich von einer dieser schäbigen Buden löst und Traumich warnend eröffnet, es sei ein Sturm angekündigt, sie sollten besser nicht in die Wüste fahren. Traumich fragt, für wann, der Mann zuckt die Achseln und meint, wohl eher für den Nachmittag, doch in jedem Fall schafften sie Hin- und Rückweg nicht. Traumich sagt den anderen nichts davon, sondern beschließt, Proviant zu besorgen und einen kurzen Abstecher in die Wüste zu riskieren. An einer Bude gibt es belegte Brötchen nach Wunsch. Es ist ganz leer, aber der Vorgang, diese Brötchen nach Wunsch zu belegen, dauert ewig. Traumich fragt, nachdem sie schon acht Brötchen bestellt hat, immerhin, was die denn kosten. Das Stück 3,50. Macht mit vier Cola und einer Flasche Wasser über 32 DM. Sie nimmt nur noch vier. Schon während sie mit dem Vorrat zum Auto geht, wird ihr klar, daß sie mal wieder so einen lauen Kompromiß gemacht hat, der niemandem nützen würde, falls es wirklich zu einem Sandsturm käme: Was sollten sie wohl mit einem einzigen Brötchen und einer Dose Cola pro Person? Denn das Wasser wäre in der Hauptsache für den Hund.*

»Wie es in dieser unsympathischen Gegend weitergeht, ist nicht überliefert«, schrieb Karla am Morgen gutgelaunt unter ihren Traum. Was er von ihr wollte, oder besser, sie von ihm, war ihr schon klar: es ging noch einmal um die Halbheit, diese halben Sachen ... Nun, sie würde wieder darüber nachdenken, aber nicht sofort. Sie mußte sich konzentrieren.

Und Karla setzte sich an den Eßtisch im Großen Zimmer und schrieb:

1. Du sollst nicht räsonieren
2. Du sollst keine »Bitterkeiten sagen«
3. Du sollst keine besonders originellen Namen verwenden
4. Du sollst das Besondere an die Stelle des Allgemeinen setzen (oder so ähnlich – Goethe)
5. Du sollst das Mutterproblem (Vaterproblem etc.) möglichst gar nicht oder erst sehr spät behandeln
6. Du sollst deine Haustiere aus der Geschichte heraushalten
7. Du sollst nicht vom Kochen und vom Essen schreiben, wenn das ohne Bedeutung für den Fortgang der Geschichte ist
8. Du sollst nicht –

großer Gott, was man alles nicht sollte. Genau betrachtet, waren das doch alles Verbote. Bis auf das Gebot von Goethe, das sie aber nicht so gut verstand. Schrieb sie denn erst Allgemeines? Vielleicht würde sie es später noch verstehen.

Karla mußte an Ahmed Tewes denken, »den Sohn eines Kameltreibers und einer alleinerziehenden deutschen Mutter«, wie er sich in der Schreibschule selbst vorgestellt hatte, der sich das Gebot, ohne erzählerische Notwendigkeit nicht vom Kochen und Essen zu schreiben, notiert, danach jedoch gemurmelt hatte: »Was weiß der denn vom Essen? In irischen Büchern ist eh nur vom Saufen die Rede. Das dient aber auch nicht gerade dem Fortgang der Geschichte, im Gegenteil.« Karla beschloß, auch über dieses Gebot demnächst ausgiebig nachzudenken. Das Thema Kochen war wirklich zur Landplage geworden, das stimmte schon. Gekocht wurde auf sämtlichen Kanälen. Aber essen – einfach nur so und es schildern, ginge das nicht? Karla schüttelte nach kurzem Nachdenken den Kopf. Nein, nein. Das gab es ja nicht. Nur so wurde in Büchern eben nie gegessen. Es sei denn, da stand der Satz: »Sie aßen in der Küche, wie immer, und unterhielten sich über die Kinder.« Oder so etwas. Alles andere wurde doch leicht beschwerlich. Das war, sowie man nur ein bißchen den Deckel der Kasserolle lüftete, doch pure Ideologie. Dann lieber nicht. Angeblich war Virginia Woolf in ihrem ganzen Romanwerk mit einem einzigen Boeuf bourguignon ausgekommen. Oder man fand noch einen Weg. Später. Man würde sehen. Es bestand gegenwärtig ja nicht die geringste Notwendigkeit, irgend jemanden irgendwas essen oder auch nur trinken zu lassen.

Karla trat ans Fenster, blickte auf die noch menschenleere Allee hinaus und versuchte, sich zu erinnern, was Elena Kullen, wenn sie mit dem Unterricht dran gewesen war, gesagt hatte. »Du sollst nicht räsonieren.« Das war häufiger gesagt worden. Ihr selbst auch? Bestimmt. Zu Recht. Konnte sie doch keine Banane schildern, ohne bereits im zweiten Satz über deren Krümmung zu räsonieren. Sie seufzte. So betrachtet, konnte sie eigentlich überhaupt nicht erzählen. Sie konnte die Dinge nicht in Ruhe lassen, die Dinge nicht, die Personen nicht, die Verhältnisse nicht. Das Räsonieren war, neben einer gewissen Halbheit, ihre schlimmste Krankheit, hatte sie sich immer wieder eingestehen müssen. Wenigstens hatte sie, anders als andere Kursteilnehmer, die mit dem zweiten Satz die Kränkungen ihres Lebens zu beklagen begannen, nicht die geringste Neigung, sich private Dinge von der Seele zu schreiben, wie es so schön hieß. Das war ihr geradezu zuwider. Und das mit den originellen Namen – nun ja, das war wohl ein kleineres Problem, und es überzeugte sie auch nicht recht, daß die Figuren, von denen man erzählte, statt etwa Sternkopf und Van Trost nun alle Schmidt heißen sollten. So hießen sie ja oft genug schon im Leben. Hinter dieses Gebot setzte sie also mit leiser Genugtuung ein Fragezeichen.

Eine Weile schaute sie blicklos hinaus, bis sie merkte, daß ihre Gedanken sich loszumachen begonnen hatten. Schon hatten sie sich davongestohlen zu einem äußerst unterhaltsamen Gespräch, das sie vor drei, vier Jahren auf der Wiese mit den zwei Anwältinnen über Namensgebung geführt hatte ... So ging das aber nicht! Entschlossen eilte sie durchs Arbeitszimmer ins Schlafzimmer. Noch ein Gebot fiel ihr ein. Wie hatte Glen Kullen noch gesagt – der hatte im übrigen gut reden mit seinem Namen, so hätte Schmidt vermutlich auch lieber geheißen. Oder? Mit Schmidt konnte man eigentlich nichts verkehrt machen.

Sie rumorte ein wenig am Boden ihres Kleiderschranks herum. Sie wollte einen Schuh, der über die Tatsache hinaus, daß er schwarz war, möglichst unauffällig sein sollte. Sie fand einen schwarzen Halbschuh, ein ganz schlichtes Modell, und erinnerte sich beim Schließen der Schiebetür an das Gebot: »Du sollst nicht ständig witzig sein wollen.« Glen Kullen hatte ihnen anhand eines berühmt geistreichen Textes deutlich gemacht, daß die Aufmerksamkeit eines Lesers über Hunderte von Seiten hinweg keinesfalls nur durch witzige Pointen zu fesseln war. Um Witz genießen zu können, bedürfe es einer Spannung, die ständig neu aufgebaut werden müsse, hatte er ihnen eingeschärft. Ohnehin brauche der Leser Rastplätze, an denen seine Vorstellungskraft sich immer wieder einmal die Flügel putzen durfte. »Oder sagen wir«, hatte Elena ihm assistiert, »sagen wir, der Leser bekommt sozusagen ein erholsames Entremets serviert, ja? Das ist ein Zwischengericht«, hatte sie für alle Fälle hinzugefügt – Französisch sei doch arg außer Gebrauch geraten.

Während Karla ins Große Zimmer zurückkehrte, den schwarzen Schuh in der Hand, hatte sie das Gefühl, daß ganze Schwärme von Geboten aus vager Halbvergessenheit in die Klarheit ihres Bewußtseins heranzudrängen begannen. Wieder überkam sie die Ahnung, daß sie nie irgend etwas würde erzählen können. Mußte sie ja auch nicht, schon richtig, aber sie wollte es nun einmal. »Elender Schuh«, flüsterte sie auf das Exempel hinab, »das wird ja doch nichts mit uns beiden.« Sie ging wieder ins Arbeitszimmer hinüber, um ihre Gebotsliste zu vervollständigen. Bis in den späten Samstagabend hinein probierte sie an ihrem schwarzen Schuh in wechselnder Reihenfolge irgendwelche Gebote aus. Oder besser gesagt, sie trat damit von allen Seiten an ihn heran, im nahezu wörtlichen Sinne, denn immer wieder umkreiste sie den langen Tisch vor dem Fenster im Großen Zimmer und starrte den Schuh prüfend, grüblerisch oder aufmunternd an, aber ob sie nun murmelte, klar und deutlich auf ihn niedersprach, nuschelnd, drohend oder schmeichelnd ihre Gebote umzusetzen versuchte, es rührte sich nichts, um es einfach auszudrücken. So mußte sie das wohl sehen. Am Ende wurde sie vor Überdruß erst albern, dann mißmutig. Seufzend griff sie abermals an, wie Elena Kullen ihnen im Stile einer Einpeitscherin geraten hatte, so daß die Kursteilnehmer beim Aufstehen vor Tatendurst fast die Tische umgestoßen hätten und sie selbst fast von ihrer Bank gekippt wäre.

Da sie fast nichts mehr durfte von dem, was sie üblicherweise anstellte, wenn sie zu erzählen meinte, waren und blieben sie zwei, sie und der schwarze Schuh, und kamen nicht zueinander. Wo sie sonst gnadenlos räsoniert hätte, vielleicht über Paare, die getrennt nicht mal zwei Hälften ergäben, oder über zwei Hälfen, die als Paar nicht einmal mehr die Hälfte wert wären, oder vielleicht auch über die Berechtigung des Satzes, daß man auf einem Bein nicht stehen könne, stand sie selbst nun auf weniger als einem Bein und mußte erkennen, daß sie über diesen Versuchsgegenstand unter keinen Umständen etwas zu erzählen hatte. Doch ebensowenig geriet sie bei seinem Anblick in die Versuchung, das zweite Gebot ihrer Liste, das die persönlichen Kränkungen des Lebens betraf, zu übertreten. Schon gar nicht angesichts eines solchen schwarzen Schuhs. Immerhin mußte sie sich fürs erste auch nicht mit dem fraglichen dritten Gebot, das die originelle Namensgebung verwarf, herumschlagen. Gebrauchsgegenstände mit Namen zu versehen und einen Schuh, sagen wir, als Mr. Tipptapp zu bezeichnen, war etwas, das ihrem ganzen Wesen widerstrebte, auch wenn sie auf Anhieb nicht zu sagen vermocht hätte, worin dieses Wesen denn nun bestand. Aber das gehörte ja auch wieder nicht unmittelbar hierher. Was das Übermaß an Witz oder Geistreichtum betraf, so bestand diese Gefahr nun wirklich nicht, und sie schob dieses Gebot fürs erste ebenso beiseite wie das Namensgebungsgebot. War sonst noch etwas gewesen? Ach ja, was Goethe da wieder zu bemerken gehabt hatte, im Hinblick auf Besonderes und Allgemeines. Das hatte sie ja auch schon bis auf weiteres beiseite geschoben. Bis auf weiteres, sagte sie sich, vielleicht käme sie später doch noch darauf zurück.

Es war noch nicht neun Uhr abends, als Karla ihr Heil im Bett suchte. Hier durfte man wenigstens – ja was eigentlich? Ihre Träume mochten beim Aufwachen zwar verworren und widersprüchlich anmuten, aber sie hatte doch häufig das Gefühl, an einer geradezu brillant funktionierenden Gesetzmäßigkeit zu scheitern, der sie mit ihrem gewöhnlichen Tagesverstand ebensowenig beikam, wie sie imstande war, mit den Zähnen Nüsse zu knacken oder Korken zu ziehen.

Karlas bereits daunenweiches Gehirn bekam gerade noch den Mantelsaum eines im Zeitlupentempo vorbeiflottierenden freundlichen Gedankens zu fassen. Wieder einmal hatte sie es mit einem Gebot zu tun. Gebot einhundertsiebenundneunzig, »Du sollst keine Träume erzählen«. Was in dir selbst immerhin etwas zum Schwingen bringen mag, was du am andern Tag anstaunst oder was dich erschaudern läßt, ist für den Leser so kryptisch und so nichtssagend wie ein Stein, der vom Himmel gefallen scheint ...

Karla erwachte am Sonntag morgen mit pochendem Herzen aus ihrem Traum, der sich prompt weigerte, seine brillant funktionierende Gesetzmäßigkeit zu demonstrieren, sondern als klassischer Angsttraum jedem Leser so abgenudelt vorkommen mußte wie ein alter Edgar-Wallace-Film, und sie ließ sich in die Kissen zurückfallen, schnellte wieder empor und schwang die Beine zu ungewöhnlich früher Stunde aus dem Bett. Es war noch dunkel. Es war noch totenstill. Es war schon Sonntag, und sie hatte noch nichts geschrieben. Ach Gott. Sie hatte einen leblosen Gegenstand auf dem Tisch zurückgelassen, und ganz bald, noch ehe der Kaffee gekocht wäre, würde das Gesumme und Gebrumme des Gebotsgeschwaders in ihrem Kopf wieder einsetzen. Sie stellte das Telefon wieder an. Sie setzte sich wieder an ihren Platz im Großen Zimmer. Diesmal warfen die Fensterscheiben in den dunklen Vierecken wellig ihr Bild zurück. Sie sah sich nicht ungern, aber ohne jedes Mitleid an. Na siehst du, sagte sie halblaut. Und nun?

Es war hell geworden, und die Sonne schien blendend durch die Fenster des Großen Zimmers herein, als Karla schließlich den erkalteten Kaffee wegschob, ein Stück zerknittertes Einwickelpapier aus der Plastiktüte neben dem Kühlschrank holte, den Schuh darin einschlug und das Haus verließ. Eine kleine Luftveränderung würde ihnen beiden vielleicht guttun, und wenn nicht, dann nicht – Karla konnte sich mittlerweile vorstellen, daß sie den Kursus einfach aufgab. Wer nichts zu sagen – nein falsch, wer nichts zu erzählen wußte, der ließ es eben bleiben. Sie fürchtete mittlerweile, sie habe sich einen Wunsch erfüllen wollen, den sie als solchen gar nicht hegte, sondern nur die angenehme Vorstellung davon: Karla saß am Fenster und erzählte.

Sie überquerte die Allee und bog auf den vorderen Parkplatz der sogenannten Nirosta, eines von Anbeginn ebenso kühn wie fehl geplanten, längst roststreifigen, längst verlotterten Universitätsgebäudes, ein. Hier, gleich hinter dem Gebäude, dessen Rückfront von asbestsaugenden Rüsseln seit Jahren geradezu bekrochen wurde, sollte es sich erweisen. So leicht wollte sie sich von ihrem Wunsch, der möglicherweise gar keiner war, sondern nur die angenehme Vorstellung von einem Wunsch, nun auch wieder nicht trennen.

Es ging ein leichter, frischer Wind an diesem Sonntag morgen im Juli. Zwischendurch erhellte immer wieder Sonnenschein das Gelände, das am stärksten in solchen Morgenstunden wirkte, wenn dort kein Mensch zu sehen war und die Stille jeden Busch, jeden Laternenpfahl zusätzlich konturierte. Manchmal ließ sich diese Menschenleere sonderbarerweise auch zu anderen Tageszeiten erleben, und dann hing es sehr von der Witterung und der jeweiligen Beleuchtung ab, was sozusagen das Angebot des Tages war. Bettelnde Füchse vor dem Küchenfenster der Mensa? Ungeniert umherhoppelnde Kaninchen (das war allerdings vor den Füchsen gewesen), tauiges saftiges Gras, staubiges dürres Gras, liebreizende Äpfelchen an den Bäumchen der Streuobstwiese, wurmstichiges kümmerliches Obst, das ein heftiges Unwetter in der Nacht zu Boden geschlagen hatte, Vogelstimmengelärme, völlige, also vogelstimmenfreie Stille, frischgeleerte Papierkörbe mit gähnender Öffnung, ungeleerte Papierkörbe mit überquellender Öffnung, schwelende Reste von Grillkohle am steinernen Pentagramm, ein sauber gefegtes, scharf umrissenes Pentagramm, unratfreie oder doch scheinbar unratfreie gärtnerisch begleitete Natur, Natur auf dem Vormarsch, Natur auf dem Rückmarsch, Müll überall oder Müll nur hier und dort verstreut oder unvermutet konzentriert hinter der Wegbiegung, hinter dem einen Busch dies, dem nächsten das? Es war ein Gelände, dem die Menschen alle Tage einen anderen Stempel aufprägten, vielfältig gezeichnet auf seine Art, wie die Tischdecke eines Mehrpersonenhaushalts im Lauf der Woche von immer ähnlichen, niemals gleichen Spuren überzogen wird. Ein Gelände für Entdecker, eine Tischdecke für Alltagsforscher.

Für Sonntagserzähler, räsonierte Karla, sie konnte es nun mal nicht lassen, aber es war doch ein vergleichsweise geringfügiger Verstoß gegen das erste Gebot. Wir verzeihen ihn ihr ohne Zögern.

Auf dem Trampelpfad, der vom nächsten, dem hinteren Parkplatz durch das grüne Dickicht ungehindert um sich greifender Sträucher und Schlingpflanzen führte, schlug sie der Länge nach hin. Sie fing den Aufprall mit beiden Händen ab – der Untergrund war federnd weich – und tat sich nicht weh. Nur am Spann und in Kniehöhe spürte sie die Dornen der tückischen Ranke, die den Pfad überkroch und sie zu Fall gebracht hatte. Das Päckchen mit dem schwarzen Schuh hatte sie aus dem Augenwinkel im hohen Bogen in das Gewirr grüner Zweige zu ihrer Linken verschwinden sehen. Dabei hatte das Einwickelpapier sich geöffnet und war im Laub hängengeblieben. Karla hatte sich, wie viele Menschen, zeitlebens den Kinderstolz bewahrt, sich in solchen Fällen krasser Erniedrigung nichts anmerken zu lassen. Auch daß kein Mensch in der Nähe war, änderte nichts an dieser Gewohnheit, im Gegenteil, es gehörte unbedingt dazu, auch mit unsichtbaren Beobachtern zu rechnen – früher war ER es gewesen, dem man den Triumph nicht gönnen wollte, später war ein tiefverwurzelter Reflex zurückgeblieben. Entsprechend langsam, wie grüblerisch stand sie vom Boden auf, den Blick auf den Pfad vor sich gerichtet, als erhöbe sich eine Schnekkenforscherin von einer bodennahen Verhaltensstudie. Damit konnte man hier auch gar nichts verkehrt machen, denn gerade auf diesem Pfad herrschte ein geradezu waberndes Treiben dieser gefräßigen und vermehrungswütigen Variante der Fußlosen, insbesondere der dicken Roten, deren Population auf diesem speziellen Gelände in günstigen Jahren um das Hundertfache über dem langjährigen Vorortmittel liegen mußte. Stille hatte wieder eingesetzt. Karla befreite Hosenbein und Sokke mit einem Ruck von ihrer Fußangel, richtete sich zu voller Größe auf und teilte das Gewirr aus Zweigen und Schlingpflanzen, worin der Schuh verschwunden war. Mit ein paar Scheißhaufen war hier immer zu rechnen, das wußte sie von einer früheren Suchaktion, und atmete vorsorglich flach. Heute umfing sie, kaum daß sie halbgebückt in das höhlenartige Dickicht gedrungen war, allerdings ein Gestank, der alle Befürchtungen und bisherigen Erfahrungen übertraf. Karla verharrte auf der Stelle. Irgend etwas war hier im Busch. Was sie witterte, war fremd. Ungekannt. *Die Sache stank.* Das war mehr als menschlicher Unflat, als Unrat, es war Unheil.

Karla war unschlüssig. Redensarten zogen ihr durch den Sinn wie abstruse Bannerwerbung. Früher Vogel fängt den Wurm ... Herein, wenn's kein Schneider ist ... Schmeißfliegengebrumm drang ihr ins Bewußtsein. Sie seufzte. Was tat sie hier? Was sollte das werden? Und vor allem: Wo war der verdammte Schuh?

Der Schuh lag am Fuß einer Leiche. Das, war Karlas allererster Gedanke, sind also die berühmten Geschichten, die das Leben schreibt. Wer den Schuh hat, braucht für die Leiche nicht zu sorgen. Aber sie wollte den Schuh zurück. Sie wollte ihn unbedingt, sie *mußte* ihn haben, gerade weil sie und er nichts mit diesem Fuß zu tun hatten. War das klar? Sie wollte an ihm die Probe aufs Exempel machen. Sie wollte etwas erzählen. Nicht aber wollte sie blaulichtumzuckt, von Flatterband umschlossen, neben dem Kommissar stehen und sagen, wie sie die Leiche entdeckt hatte. *Nun erzählen Sie mal.* Sie hatte dazu nicht mehr zu sagen als einen einzigen schlichten Satz. Eine Aussage. Sie hatte nur eine Aussage zu machen. *Ja also, ich bin hingefallen, und da ist mir der Schuh weggeflogen, und als ich ins Gebüsch eingedrungen bin, um ihn zu suchen, habe ich ihn dort gesehen, neben dem Fuß der Leiche, Herr Kommissar.* Es war grotesk. Sosehr sie gute Kriminalgeschichten zu schätzen wußte, Filme, Thriller – die Kriminalkomödie oder gar -groteske war ihr regelrecht zuwider. Schon mit *Arsen und Spitzenhäubchen* hatte sie nichts anfangen können. War sie vielleicht damals, als das ganze Kino vor Vergnügen gejuchzt hatte, mitten im Film aus der Vorstellung hinausgegangen, um sich schließlich selbst in eine groteske Geschichte zu verstricken, die noch die schlimmsten Machwerke dieses parasitären Genres zu übertreffen drohte? Sie wollte weg. Und sie wollte den Schuh. Sie drang drei Schritte tiefer ins grüne Schummerlicht vor, den Blick starr auf den einen schwarzen Schuh gerichtet. Sie beugte sich nieder, flach atmend, eng blickend, ein einziger Herzschlag bis hinauf in die Kehle. Sie streckte die Hand aus, als könnte er zuschnappen, sie schloß die Hand um seinen Absatz, kniff die Augen zu, wich zurück, floh. Ins Freie.

Wieder draußen, tiefatmend, im Sonnenlicht, den Schuh an die Brust gepreßt, die Hand nach dem Einwickelpapier ausgestreckt, fiel ihr ein weiteres Gebot wieder ein. »Du sollst die Vorstellungskraft des Lesers nicht vergewaltigen.« Was das jetzt sollte, in diesem Augenblick, da sie ihre ganze Kraft brauchte, um vor der Wirklichkeit zu bestehen? Was sollte sie gerade jetzt damit anfangen?

Sie setzte sich in Bewegung, schwerfällig, fand sie, und gelangte nach vielleicht weiteren zwanzig Schritten an den geteerten Weg, der von einem der beiden Hintereingänge der Nirosta zur Straße an der Nordseite des Geländes führte. Seltsam, da hatte man sich immer vorgestellt, wie die Gedanken eines Zeugen sich überschlugen, sein Hirn fieberhaft zu arbeiten begann wie der Hamster im Laufrad. Von sich selbst konnte Zeugin Karla Distelkamp das nicht behaupten. Unendlich langsam schien sich der nächste Gedanke aus einer schreckstarren Hirnmasse zu lösen.

Und dieser Gedanke galt, wiederum seltsamerweise, so fand sie, dem gestern bis auf weiteres beiseite geschobenen Gebot, daß der Erzähler nicht die ganze Zeit witzig sein solle. Das mochte daher kommen, mutmaßte sie, daß der Stoff, dieser sogenannte starke Tobak, den das Leben ihr gerade im wörtlichen Sinne vor die Füße gelegt hatte, ein ungeheures komisches oder witziges oder groteskes Potential besaß. Je nachdem, wie man es drehte und wendete. Man mußte sich das einmal überlegen ... nein, sie wollte es sich nicht überlegen. Sie mochte diese Geschichte nicht. Da kommt jemand zu experimentellen Zwecken eines Sonntag morgens auf ein harmloses Universitätsgelände, mit einem schwarzen Schuh bewaffnet, um die Regeln des Erzählens auf die Probe zu stellen, und sieht sich infolge eines kleinen Mißgeschicks, eines kleinen Stolperers, einer Leiche gegenüber. An sich ein Geschenk des Himmels, sollte man meinen, für einen erfahrenen Erzähler, aber sie war nun mal kein erfahrener Erzähler, und die Leiche war schlicht ein paar Nummern größer als der Schuh. Sie bewegte sich mittlerweile weniger langsam vorwärts, weniger zögernd, ihre Gedanken klärten sich mit jedem Schritt ein wenig mehr, so daß sie, als sie, nach etwa fünfzig Schritten, die Holzbrücke auftauchen sah, die eine künstliche Senke mit wieder anderen Obstbäumen und einem Brennesselteppich überquerte, stehenbleiben und entschlossen mit lauter Stimme erklären konnte: »Das geht dich nichts an. Du mußt dein eigenes Vorhaben ausführen und darfst dich nicht von jeder Fernsehleiche ablenken lassen.« Das war gut. Es gefiel ihr. Denn diese ewige Ablenkung, diese Überreizung durch immer neue Signale, Botschaften, Lockungen war es doch wohl, die sie bislang daran gehindert hatte, ihre allzu rezeptive Halbexistenz aufzugeben und den Spieß umzukehren. Es war ja womöglich alles ganz anders. Man mußte nur dagegenhalten, sich aufdrängen, dazwischengehen, und dieser ganze zudringliche Budenzauber der Wirklichkeit, der ihr so sehr zu schaffen machte, würde in sich zusammensinken wie eine überalterte Sylvesterdekoration. »Achten Sie bitte auch auf Ihre Vergleiche.« Dafür war jetzt keine Zeit. Die Erkenntnis, die sie gerade gehabt hatte, war ungleich wichtiger. Sie mußte nur ... Ein schneidender Pfiff in ihrem Rücken ließ sie herumfahren. Sie war jetzt etwa fünfzig, sechzig Schritte vom Tatort entfernt (Tatort – so weit war sie schon? Doch sie empfand diese Bezeichnung letztlich als angemessen.

Ein von Schmeißfliegengesurr erfüllter Hohlraum im Gesträuch war schließlich kein Lehnstuhl. Von einem friedlichen Hinscheiden konnte in diesem Fall also vermutlich keine Rede sein.) Sie kniff die Augen zusammen und sah einen Hund dort stehen, einen Jagdhund, Vorstehhund, wenn sie nicht alles täuschte, der seinem Namen insofern alle Ehre machte, als er vor der grünen Höhle stand, die eine Pfote fotogerecht angehoben. Aus größerer Entfernung rief eine Männerstimme in befehlendem Ton den Namen des Hundes, den sie nicht genau verstehen konnte. Etwas Dreisilbiges. Uuch, da war mit allem zu rechnen. Wie die Knaben heute nicht mehr Heinz genannt wurden, so die Hunde längst nicht mehr Bello oder gar Waldi. Wieder dieser Ruf – *Henkelmann?* Unwahrscheinlich. *Anchorman?* Das wäre denn doch allzu affig. Der Hund rührte sich nicht vom Fleck. Beim dritten Mal war der Ruf verändert, um zwei langgezogene Silben verlängert: hiiiierheer! Die Stimme war deutlich lauter geworden, näher gekommen, und in der Tat brach nur zwei Sekunden später ihr Besitzer aus dem schmalen Einschnitt des Trampelpfads im Grün hervor und hob gebieterisch den Arm, wenn sie das aus der Entfernung richtig zu deuten vermochte. Es erfolgte das übliche tadelnde Geraunze des blamierten Hundeabrichters, und während der Herr sich dem Vorstehhund mit ein, zwei schnellen Schritten näherte, nahm Karla seine Gestalt in sich auf. Dunkelgrüne Jakke, gewachst, Schaftstiefel, gewichst, eine ausgefallene Mütze mit – ja, was war das? Vielleicht täuschten sie ihre Augen – sah das nicht aus wie ein Fingerchen?, aufrecht emporragend, irgendwie waidmännisch, fand sie, Gesichtszüge auf diese Entfernung nicht genau zu erkennen. Für das Wetter und die Gelegenheit eindeutig overdressed. Karla kam und kam nicht vom Fleck. Es war faszinierend, wie das Leben seine von niemandem bestellte Geschichte weitererzählte, während sie hier immer noch mit dem einen schwarzen Schuh unter dem Arm auf der Suche nach den Anfängen der Erzählkunst herumgeisterte. Faszinierend und grotesk. Wollte sie hier stehen, bis sie endlich stehenbleiben *mußte*, unwiderruflich in den Zeugenstand festgebannt, für den es nun wiederum einen Zeugen gäbe, sowie Henkelmann oder Anchorman oder wie auch immer und sein waidgerechter Besitzer den Vorhang vor der grünen Höhle beiseite geschoben und es ihr nachgetan hätten? *Ihre* (so weit waren wir also schon) Leiche gefunden, verbellt oder mit fuchtelnden Armen auf sie aufmerksam gemacht hätten, denn ihr Nachfolger am Tatort mußte sie doch längst erblickt haben, wie sie da salzsäulenartig stand und zu ihm hinstarrte? Was tat sie hier noch? Was wollte sie? Kurz gesagt: Karla, hau ab!

Und die ganze schöne Leiche? Widerstrebend folgte sie der Weisung ihrer Vernunft. Gleich links neben dem Weg zur hölzernen Brücke führte eine steile Treppe auf das tiefer gelegene Parkplatzareal, von dem sie sich einiges an Inspiration für ihre Experimente versprochen hatte. Und doch – schon auf der vierten Stufe von oben erlag sie erneut der Einflüsterung einer Macht, die mit der Vernunft von jeher im Streite lag. Neugier, so brennend, so knisternd unwiderstehlich wie ein Buschfeuer. Vielleicht war es in diesem Fall auch eine Mischung aus Neugier und Besitzerinstinkt, jedenfalls folgte sie deren Appell, wandte sich halb wieder um und ließ sich zugleich auf der vierten Treppenstufe von oben nieder. Wie es ihrem Nachfolger am Tatort erging, das wenigstens wollte sie doch miterleben. Ein Feldstecher wäre ideal gewesen, denn das Mienenspiel des Mannes konnte sie auf die Entfernung aus ihrer Deckung unmöglich sehen. Zunächst jedoch sah sie gar nichts mehr. Nur ein menschenleeres sommergrünes Gelände unter eilenden Wolkenschatten und hinten, ziemlich weit hinten eine massive blattgrüne Kulisse. Waren die beiden etwa schon im Gebüsch? Uiiii – die Frage beantwortete sich durch die geschoßartig aus dem Busch fahrende Gestalt ihres Nachfolgers, der den widerstrebenden Hund am Halsband mit hinauskatapultierte, das er auch dann nicht fahrenließ, als er sich, mehrfach wie unter Zwang mit dem Fuß aufstampfend, zu schütteln begann. »Gleich kotzt er«, sagte Karla mit kindischer Befriedigung. Der Nachfolger griff jedoch statt dessen hektisch nach der Hundeleine, die er um den Hals hängen hatte, machte Henkelmann-Anchorman fest und begann, im Sichaufrichten, suchende Blicke um sich zu werfen, als spähte er nach dem Kontaktbereichsbeamten, der allerdings gerade nicht in der Nähe war. Dann bestätigte sich Karlas Vermutung, der Mann müsse sie zuvor gesehen haben, denn er begann, sich in einem stürzenden Schritt in Bewegung zu setzen, und schien auf den Weg zu ihrer Linken zuzuhalten. Das war jetzt eine Beschleunigung des Handlungsablaufs, den Karla noch nicht in allen Konsequenzen bedacht hatte und den zu bedenken ihr nun auch keine Zeit mehr blieb. Sie tat also genau das, was heimliche Beobachter oft tun, wenn sie eine Treppe als Posten gewählt haben – sie nahm halb krauchend die restlichen Stufen und ließ sich, da der offen vor ihr liegende asphaltierte Platz in umittelbarer Nähe keine Dekkung bot, auf der letzten nieder. Dort löste sie einen Schnürsenkel, die allerüblichste Vertuschungsmaßnahme für den Fall des Ertapptwerdens, und versuchte, nestelnd, ihre heftig in Bewegung geratenen Gedanken in Bahnen zu lenken und vor allem: ruhig zu atmen, um ihre Rolle als harmlose Spaziergängerin glaubwürdiger zu gestalten. Ein paar Sekunden blieben ihr noch – was wollte sie tun, verdammt noch mal? Zugeben, daß sie die Leiche bereits entdeckt hatte? Es leugnen? Mittlerweile erschien ihr das eine so wenig empfehlenswert wie das andere. Sie wäre in jedem Fall eine Zeugin, Blaulicht, Flatterband, Aussage inbegriffen. Und damit nicht genug: Sie wäre eine merkwürdige Zeugin, um das mindeste zu sagen. Sie war immer noch unentschlossen, als die Stimme des zweiten Zeugen ihr in den Rücken schnitt und sie in den berühmten Klumpen fuhr, diese ganz besondere Art des Erschreckens, das manchmal gerade *nicht* aus heiterem Himmel erfolgt. »Hallo!« Nun nahm alles den Lauf, den man billigerweise erwarten kann, wo die Neugier triumphiert hat. *Die Neugier ist der Katze Tod.* Karla erhob sich langsam und blickte zur obersten Treppenstufe hinauf. Der Mann nahm gerade seine Mütze ab und fuhr sich schweratmend durchs Haar. Der Hund blickte auf sie nieder wie auf einen Entenpfuhl und miefte in freudiger Erwartung leise vor sich hin, während sein Stummelschwanz wie rasend zuckte. »Sitz, Inkerman«, sagte der Mann. »Hallo – ich habe Sie doch eben hier oben stehen sehen. Ist Ihnen auf dem Weg hierher nichts aufgefallen – ich meine, da hinten, in den Büschen, liegt nämlich eine Leiche.«

Karla tat, unzulänglich vorbereitet, das Schlimmste, was sie in der gegebenen Lage tun konnte, und wählte eine Art Mittelweg, den üblichen Notausgang der Unentschlossenen. Sie schüttelte den Kopf. »Da hinten? Sind Sie sicher? Ich habe nichts gesehen. Allerdings –« Der Mann legte den Kopf ein wenig schief. Er hatte sich offensichtlich gefangen und taxierte Karla nun, »gerochen habe ich etwas.« Mittelwege sind naturgemäß vielbegangene und entsprechend ausgetretene Pfade. Da ergibt ein Schritt leicht den nächsten. So ist das nun mal. »Es roch – nur, da stinkt es eigentlich immer, Sie können sich denken, weshalb. Aber heute roch es – irgendwie anders.« Was *redete* sie da bloß? Ein Wort gab das andere, das kam davon.

Der Mann hielt unverwandt den Blick auf sie gerichtet. »Dann gehen wir besser und holen die Polizei – die Notrufsäule ist gleich an der Ecke hinter der Brücke. Oder vielleicht sichere ich lieber mit Inkerman den Fundort, während Sie die Polizei verständigen.«

Das Gefühl, das Karla bei diesen Worten überfiel, war das einer unendlichen Ernüchterung. Jede Neugier war verflogen. *Die spannendsten Geschichten schreibt das Leben selbst.* Böh! Der Rest wäre Routine, genau das, was sie hatte vermeiden wollen. »Ja, gut, ich beeile mich.« Sie blieb auf der Parkplatzebene und hastete von dort die Zufahrt hinauf, bis sie wieder auf den Weg zur Holzbrücke stieß. Ein Blick nach rechts sagte ihr, daß Inkermans – wer um Gottes willen war Inkerman? – Besitzer, wie angekündigt, mittlerweile dem Fundort der Leiche zustrebte. Auf halbem Weg blieb er noch einmal stehen, blickte sich nach ihr um und hob, eine Bewegung wie aus dem deutschen Winkeralphabet, nur lahmer, fast ratlos den Arm. Was er wohl damit sagen wollte? Womöglich bereute er ja selbst, daß er sich derart bedenkenlos in sein Zeugenschicksal gestürzt hatte. Er würde doch nicht verduften? Diese Geste eben hatte ganz so ausgesehen, als wollte er sagen: Muß das jetzt wirklich sein – bringt ja doch wieder nur Ärger. Als sie den Fuß auf die Brücke setzte, wurde ihr peinlich bewußt, wie wenig sie der landläufigen Vorstellung von einer unverdächtigen Zeugin entsprach. Wie die schon aussieht. Mit der Kleidung ging es schon los. Sie war ungeheuer schlecht gekleidet. Zusammengewürfeltes Zeug. Nachlässig. Eine Vogelscheuche, um es genau zu sagen. Eine Irre. Manisch-depressiv. Bag-woman ohne Tüten. Dafür aber dieser eine schwarze Schuh – den wurde sie nun auch nicht mehr los. Nie mehr. Der zweite Zeuge hatte ihn neben ihr auf der Treppenstufe sehen müssen. Zumindest, daß sie einen länglichen schwarzen

Gegenstand dabeihatte. Wenn sie jetzt der Versuchung nachgab, ihn einfach von der Brücke in die Brennesseln zu werfen, stünde später Aussage gegen Aussage. *Dann fiel mir diese Frau hier auf, die aus einiger Entfernung in meine Richtung starrte. Die Richtung der Leiche. Sie hatte irgend etwas Dunkles unter dem Arm. Ich fand das gleich etwas merkwürdig, wo doch sonst weit und breit kein Mensch zu sehen war. Als ich sie danach unten auf der Treppe sitzen sah, hatte sie etwas Längliches, Schwarzes neben sich liegen. Was das genau war, konnte ich erst nicht erkennen. Später sah ich dann, daß es ein schwarzer Schuh war, Herr Kommissar.* Wem würde die Polizei wohl eher Glauben schenken? Einem tadellos gekleideten Herrn mit reichlich silbernen Fäden im Haar, der seinem Jagdhund Auslauf verschaffte, oder einer nachlässig gekleideten Frau mit einer Sonntagsfrisur wie einer welkenden Chrysantheme und einem zusätzlichen Schuh? Karla beruhigte sich, während sie auf die Notrufsäule zueilte, mit dem Gedanken, daß Kommissare ja gerade *nicht* so blöd waren, auf derlei Äußerlichkeiten hereinzufallen, ein geldecktes Äußeres, eine harmlose Fassade, gerade *nicht*, davon lebte ja das ganze Genre, Kriminalroman, Thriller, alles, daß das Aufklärungsbemühen von Kommissaren und Kommissarinnen eben nicht der landläufigen Vorstellung vom Verdächtigen, vom Täter folgte, ja es gäbe überhaupt keine spannende Kriminalliteratur, keinen Kriminalfilm, wenn nach fünf Minuten der schräge Vogel, der Penner, der Zufallspassant mit dem zerknitterten Päckchen unwiderruflich hinter Schloß und Riegel verschwände, nur weil er irgendwo über eine Tote – es war doch eine Frau? Das Stückchen Bein mit dem Fuß hatte irgendwie weiblich gewirkt, aber ganz sicher war Karla sich nicht – gestolpert war. So lief das eben *nicht*. Sie atmete tief durch und drückte den Knopf. »Ja, guten Tag, ich möchte melden, daß hier eine Leiche liegt. Hinter der, äh – dem rostigen Universitätsgebäude. Ja, ganz richtig. Am hinteren Parkplatz, wo die beiden Hinterausgänge sind. Ja. Ja. Ich warte dort.« Eine unbeteiligte Stimme war das gewesen. Da hatte einer Sonntagsdienst, der schon halb weggedöst war. Hatte den Inhalt ihrer Meldung wahrscheinlich gar nicht gleich mitgekriegt. War wahrscheinlich nicht viel los sonntags morgens. In den Sommerferien und Weihnachten passierten ja auch relativ wenig Morde, das hatte Karla mal gelesen. Mehr Totschlag, weniger vorsätzlicher Mord. Mit schweren Beinen trat sie den Rückweg an. Sie fühlte sich – ausgepumpt. Auch resigniert, das war das richtige Wort. Alles, was jetzt kam, entzöge sich ihrem Einfluß. Das Gesetz des Handelns, ja ja ... Ihr Schicksalsgenosse, der Waidgerechte mit dem Vorstehhund, tauchte wieder in ihrem Blickfeld auf. Sie empfand auf einmal einen gewissen Groll gegen ihn, ungerechterweise, wie sie sich sofort eingestand – man durfte doch wohl noch einen Leichenfund melden, man war ja geradezu dazu verpflichtet, mein Gott. Trotzdem, er würde schon sehen, was er von seinem Übereifer hatte. Wer weiß, was da alles zum Vorschein kam, wenn sie erst mal an seiner Fassade kratzten. Karlas Stimmung besserte sich bei der Aussicht auf eine eventuelle unvorhersehbare Wende erheblich. Ein Kommissar, der nicht völlig vernagelt war, interessierte sich doch nicht für sie, das hatte sie ja schon für sich geklärt. So überraschte sie der Empfang, der ihr seitens des zweiten Zeugen bei ihrer Rückkehr widerfuhr, auch kein bißchen. Ungeheuer verdrossen blickte er ihr entgegen, der Mann. Geradeso als hätte sie ihm das eingebrockt, was ihm bevorstand und was er sich während ihrer Abwesenheit in aller Ruhe hatte ausmalen können. »Und?« fragte er. Richtig unfreundlich. Karla merkte, daß sie sich über diesen Jagdheini ernsthaft zu ärgern begann. Stand hier, fehlte nur noch die Flinte, und *sicherte den Fundort,* während sie die Rennerei übernehmen durfte. Sie sagte nichts und besann sich gerade noch rechtzeitig darauf, daß sie diesen Menschen besser nicht unnötig gegen sich einnahm, jedenfalls nicht durch kritische Äußerungen. Der war bestimmt eingebildet wie zehn nackte Neger, dachte sie. Sie rang sich ein winziges Lächeln ab und sagte schließlich: »Die kommen gleich. Wir sollen hier warten.«

Karla konnte nicht wissen, daß der zweite Zeuge binnen kurzem sang- und klanglos wieder aus ihrem Leben verschwinden sollte. Daß man einen derartigen Zeugen nicht lange benötigen würde. Keinen wie den Silberfädenmann jedenfalls. Vorerst standen sie einander jedoch in einigen Schritten Abstand gegenüber, beide in stummer Erwartung, daß ER – oder vielleicht SIE? – käme und das Heft in die Hand nähme. Die Sache in Gang setzte und lenkte. Wie im richtigen Fernsehen.

Und eben doch nicht, denn da ging das ein bißchen flotter vonstatten. Karla hatte den Schuh bereits mehrfach vom rechten unter den linken und wieder unter den rechten Arm geschoben. Der Silberfädenmann wechselte immer häufiger das Standbein. *Das dauerte ja mal wieder.* »Das dauert ja mal wieder«, sagte er. »Man soll eben nicht Schicksal spielen wollen.« Höh, dachte Karla. »Schicksal?« fragte sie laut. Er nickte nachdrücklich. »Ich hätte schließlich auch einfach weitergehen können. Wer ahnt denn so was? Andererseits – zu verbergen habe ich nichts. Tue recht und scheue niemand – ganz in diesem Sinne. Eine einfache Lebensregel, die zu befolgen allerdings verdammt lästig werden kann.« Er seufzte laut.

Tue recht und scheue niemand. Tue recht und scheue niemand. Karlas mittlerweile hyperaktives Gehirn begann, auf diesem Satz auf und ab zu hopsen wie auf einer Matratze und kam schließlich ausgepumpt zur Ruhe. Eine gewisse Blödigkeit machte sich wohltuend in ihrem Kopf breit. Sie war jetzt fast freundlich gestimmt. Beide standen sie nun der Straße am südlichen Ende des Geländes zugewandt, von der die Polizeiautos herangeheult kommen mußten. Immer noch nichts zu hören. Ob die sonntags überhaupt so ein Geheul veranstalteten? Vielleicht nur bei Unfällen. In diesem Fall war ja nichts mehr zu retten. Da brauchten sie eigentlich nicht das ganze Viertel hochzuscheuchen. »Ach übrigens«, Karla wandte sich wieder ihrem Gefährten zu, »was ist es eigentlich –«, sie wies mit dem Kopf auf das Gebüsch in ihrem Rücken, »ich meine, Junge oder Mädchen? Ich habe es ja nicht sehen können.« Der Silberfädenmann verdrehte die Augen. »Zu sehen war nur ein Fuß. Groß war er nicht, das hat sich mir eingeprägt. Weißer Fuß, kleiner Fuß, nackter Fuß.« Sie schwiegen erneut. Mittlerweile waren sie vom richtigen Fernsehen um ganze Meilen untätigen Wartens entfernt. »Normalerweise sind die doch im Handumdrehen am Tatort«, murrte der Schicksalsgenosse. »Wenn sie nicht sowieso schon da sind. Oder wenigstens die Spurensicherung. Meinen Sie, die haben kapiert, was Sie gesagt haben?« Karla hatte sich das auch gerade gefragt. Sie zuckte die Achseln. »Das nehme ich doch an. Ich habe mich jedenfalls klar und deutlich ausgedrückt.« Der Silberfädenmann beäugte sie auf einmal skeptisch. Sie hatte ihn offenbar auf die Idee gebracht, daß diese komisch herausgemusterte Figur die Sache womöglich verbockt hatte. »Was haben Sie denn gesagt?« fragte er argwöhnisch. »Ich habe gesagt –«, begann Karla, und da hörten sie sie. Es war nicht mehr sehr weit weg. »Da sind sie«, sagte der Mann und fuhr sich mit der Hand in den Rollkragen. »Man kommt sich am Ende noch aufdringlich vor.«

»Sie können jetzt gehen, Frau Distelkamp. Halten Sie sich aber bitte weiter zu unserer Verfügung. Irgendwann morgen müssen Sie dann aufs Präsidium kommen und das Protokoll unterschreiben. Auf Wiedersehen.« Karla hatte genickt und versehentlich den weiteren Weg nach Hause gewählt. Sie entfernte sich langsam, fast schleppend vom Tatort. Den zweiten Zeugen, den Silberfädenmann, hatte man schon vor ihr nach Hause geschickt. Er war, wie Karla schon vermutet hatte, ein unanstößiger, aber auf den ersten Blick auch ziemlich unergiebiger Zeuge gewesen. »Wie jeden Sonntagmorgen um diese Zeit war ich auf meiner Runde mit dem Hund unterwegs. Normalerweise benutze ich diesen Trampelpfad nicht, sondern laufe quer über den großen Parkplatz bis direkt vor den rechten Hintereingang, ehe ich nach rechts abbiege. Diesmal war der Hund jedoch plötzlich verschwunden, das kommt vor, ist ja ein Jagdhund. Als ich gepfiffen und gerufen habe und er nicht kam, bin ich ihm gefolgt, und da stand er vor diesen verfilzten Sträuchern und Bäumen. Als er mich sah, fing er an zu bellen. Ich habe ins Gebüsch geschaut, er immer vorweg, und da schlug mir dieser grauenhafte Gestank entgegen. Ich habe noch zwei Schritte ins Innere dieser grünen Höhle gemacht, da habe ich den nackten Fuß aus dem Unterholz ragen sehen und bin mitsamt dem Hund erst mal geflüchtet vor Schreck. Ich dachte, ich muß mich übergeben. Dann habe ich den Hund an die Leine genommen und mich umgesehen, um Hilfe zu holen. Außer der Dame ... äh, der Frau da –«, er zeigte auf Karla, die ein paar Schritte entfernt von ihm stand und ins Leere zu starren schien, »die ich vorher an der Treppe hatte stehen sehen, war jedoch kein Mensch auf dem Gelände, und selbst die Frau war inzwischen verschwunden. Weit konnte sie ja nicht gekommen sein, also bin ich ihr nach und habe sie dann auf der untersten

Stufe der Treppe sitzen sehen. Sie hatte etwas Dunkles, Längliches neben sich liegen. In einem Stück Papier, das sich geöffnet hatte. Sah wie ein Schuh aus. Ja, ich habe an einen Schuh gedacht. Sie war mit ihrem Schnürsenkel beschäftigt. Als ich sie anrief, fuhr sie zusammen und wandte sich nach mir um. Wir haben uns dann geeinigt, daß sie zur Notrufsäule gehen und ich den Fundort der Leiche sichern sollte. Wo ich doch den Hund dabeihatte. Nachdem sie zurückgekommen war, haben wir gemeinsam auf die Polizei gewartet.« »Hatten Sie diese Frau schon einmal gesehen?« Der Zeuge schüttelte den Kopf. »Nein. Jedenfalls nicht mit Bewußtsein.« »Was meinen Sie damit?« »In einer Menschenmenge wäre sie mir vielleicht nicht aufgefallen, das meine ich.« »Aha. Na schön. Das wär's fürs erste, Herr Adamski. Sie kommen dann bitte morgen irgendwann ins Präsidium und unterschreiben Ihre Aussage.«

Der wortführende Kommissar war auf dem Trampelpfad auf sie zugestapft gekommen. »Frau Distelkamp, ein Augenblickchen noch. Sie sagen, Sie kommen gewöhnlich um diese Zeit nicht hierher?« »Nein. Meist sind hier um diese Zeit schon einige Leute, und deshalb komme ich sonntags nur ganz früh, weil dann noch kein Mensch unterwegs ist.« »Und warum heute dann später?« »Ich hatte plötzlich das Bedürfnis, mir die Füße zu vertreten, weil ich mit meiner Arbeit nicht weiterkam.« »Ach so. Und darf ich fragen, um welche Art von Arbeit es sich handelte?« »Schreiben. Ich meine, ich wollte etwas schreiben. Eine Geschichte.« »Ah, Sie sind Schriftstellerin?« »Ja. Nein. Noch nicht. Ich würde es gern werden.« Eine an Verzweiflung grenzende Niedergeschlagenheit packte Karla. Wieder hatte sie sich mit diesen halben Redensarten ohne Not in Bedrängnis gebracht. Sie spürte, wie ihre Wangen zu brennen begannen. Aus dem Augenwinkel musterte sie flüchtig den

Kommissar. Tadellos. Völlig undurchdringliche Miene. Wenn man sich vorstellte, daß er gerade denken mochte: Na, dann halt dich mal ran, Herzchen, oder, noch schlimmer: Da können Sie ja gleich mit dem Alterswerk beginnen, haha! ... Wirklich tadellos. »Der Zeuge Adamski hat ausgesagt, er hätte Sie vor der Entdeckung der Leiche an der Treppe stehen sehen. Später hätten Sie dann auf der untersten Treppenstufe gesessen. Ist das zutreffend?« Karla nickte. »Ach bitte, nicken Sie nicht. Das Aufnahmegerät kann Sie nicht sehen.« »Das stimmt«, sagte Karla laut. »Was mich nun noch interessiert, ist der Schuh, den er neben Ihnen hat liegen sehen und den Sie jetzt unter dem Arm haben. Darf ich fragen, weshalb Sie, wenn Sie sich die Füße vertreten, einen zusätzlichen Schuh mitführen?« »Ein zusätzlicher Schuh ist das eigentlich nicht. Er gehört zu der Aufgabe, die uns unser Kursleiter an der Schreibschule gestellt hat.« »Aha. Und wie genau lautete diese Aufgabe?« »Die klassischen Fehler beim Erzählen zu vermeiden. Der Schuh war als konkreter Gegenstand gedacht, an dem wir Übungen machen sollten. Erzählübungen. Zu Hause fiel mir dazu nichts Rechtes ein. Ich wollte es mal mit einer anderen Umgebung versuchen ...« »Aha. Und wie genau sollte das vonstatten gehen? Wohin wollten Sie denn mit dem Schuh?« »Zum Parkplatz wollte ich und danach aufs Parkdeck. Ich dachte, da fällt dir vielleicht am ehesten etwas ein.« »Warum gerade dort?« »Weil das so eine Mischung aus Müllhalde, Schrottplatz und Übungsgelände für alles mögliche ist. Das regt die Phantasie an.« »Übungsgelände für was genau?« »Da parkt ja eigentlich kaum jemand. Schon gar nicht am Sonntag. Und da üben die Leute eben Sachen, für die man Platz braucht oder bei denen man nicht gesehen werden will. Autofahren für den Führerschein zum Beispiel oder Radfahren. Oder die fahren da mit diesen

Rollschuhen oder Rollbrettern die Rampen runter, bis sie hinfliegen. Außerdem denke ich mir, daß die Leute dort vor allem in der Nacht zum Samstag oder Sonntag alles abladen, was sie unauffällig loswerden wollen. Jedenfalls liegt da alles, was man sich überhaupt vorstellen kann. Ich habe mir manchmal ausgemalt, daß ich gleich hinter der nächsten Säule auf einem der Parkdecks auf eine Leiche stoßen würde. Das ist ja einer der wenigen Plätze, vielleicht der einzige so nah beim Stadtzentrum, wo man sogar mit dem Auto rankommt, ohne gesehen zu werden. Ich meine, wenn da oben in dem Haus –«, Karla wies auf ein neues hohes Gebäude jenseits der Straße, »abends nirgendwo mehr Licht ist, kann man sicher sein, daß einen kein Mensch sieht. Das ist ganz ausgeschlossen, vor allem im Sommer, wenn alles zugewachsen ist. Sehr früh morgens oder in der Dämmerung kann man sich da leicht etwas zusammenspinnen. Im Dunkeln komme ich selten hierher, nur mit dem Hund.« Mein Gott, was für ein Schwall, dachte Karla verzweifelt. »Soso. Na gut. Das genügt mir fürs erste. Sie können jetzt gehen, Frau Distelkamp. Halten Sie sich aber bitte weiter zu unserer Verfügung. Irgendwann morgen kommen Sie dann bitte aufs Präsidium und unterzeichnen das Protokoll. Wiedersehen.«

Ich komme hierher, dachte Karla, auf dem kopfsteingepflasterten Weg neben der Mensa angelangt, um mir ein paar Anregungen zu holen, und dann macht das Leben mir einen Strich durch die Rechnung. Was habe ich nun davon gehabt? Sie war bei dem anfänglich eingeschlagenen Mittelweg geblieben und hatte nur zugegeben, etwas gerochen zu haben. Mehr nicht. Doch, so ging ihr auf, sie hatte doch etwas davon gehabt, daß es sie an den Fundort einer Leiche verschlagen hatte. Dieses Unbehagen, das die ganze Zeit wegen ihrer völlig unnötigen Falschaussage an ihr genagt hatte, nahm erleichternderweise die Gestalt eines handfesten Erzählgebots an: »Meide die breiten Wege, denn sie sind des Teufels.« Heraus kam, jedenfalls in ihrem Falle, wenn man den Trampelpfad in der Mitte nahm, ein nicht wiedergutzumachender Bockmist.

Als Karla sich Gewißheit verschafft hatte, daß die grüne Höhle zwar leer und frei von Gestank, im übrigen aber unverändert war, ließ sie den Vorhang der Ranken und Zweige los. Ehe sie sich endgültig auf den Heimweg machte, ging sie ein paar Schritte in die entgegengesetzte Richtung, um sich einen Überblick über das ganze Gelände zu verschaffen. Es war vielgestaltig, so mußte man es wohl nennen. Vermutlich gab es kein zweites Universitätsgelände in dieser Stadt, ja, überhaupt irgendwo im Land, das derart uneinheitlich gestaltet war. Man mußte jedoch nach den mehr als zwei Jahrzehnten seines Bestehens konstatieren, daß hier ein Übermaß an Planung ins Chaotische umgeschlagen war. Seine ausgetüftelte Ordnung, der sich offenbar weder die Bedürfnisse seiner Nutzer noch das Verständnis des zu seiner Pflege abgestellten Personals zu unterwerfen bereit waren, hatte daraus so etwas wie einen wilden Ort werden lassen und alle möglichen Verwendungszwecke begünstigt, die der ursprüngliche Entwurf schwerlich vorgesehen haben dürfte. Erfreuliche und unerfreuliche Entwicklungen hielten sich in diesem Dorado einer kaum regulierten Freizeitgestaltung die Waage. Bei den immer neuen Überraschungen, mit denen es aufwartete, handelte es sich selbstverständlich nur ausnahmsweise um Leichenfunde. Zumeist stieß man auf die schon erwähnten Hinterlassenschaften und Spuren nicht ganz zulässiger Aktivitäten, die im Verborgenen der Unübersichtlichkeit blühten. Oder man traf unvermutet auf Verbogenes, Verrostetes oder bizarr Zusammengesetztes, das sich bei neugierigem Nähertreten als Kunstobjekt herausstellte. Wie etwa auch tief im Gebüsch an der Flanke des Mensagebäudes ein Gebilde, das sich dem Blick überhaupt nur dann offenbarte, wenn man eines Tages aus irgendeinem Grund in die Hocke zu gehen genötigt war. Aus dieser Perspektive ließ sich, auch hier wieder im grünlichen Dämmerlicht verfilzten Buschwerks, eine kranzartige Anordnung von niedrigen grauen Höckern erkennen, die sich bei näherer Erforschung als steinerne Sandsäcke herausstellten, eine Art Miniaturschutzwall gegen feindliche Gnomenartillerie, den der Gestaltungswille der Architekten, weshalb auch immer, an dieser Stelle errichtet und dann seinem Schicksal preisgegeben hatte, ob absichtsvoll oder gleichgültig, sei dahingestellt. Vieles sinnreich Erdachte hatte sich jedenfalls im Lauf der Jahre widerstandslos dem ungehinderten Wuchern der Pflanzenwelt und der menschlichen Verschandelungswut ergeben und damit auch dem Gespött der Anfangsjahre entzogen, in denen die Anpflanzungen erst noch spärlich gewesen oder doch durch ein gewisses Maß an Pflege in Schach gehalten worden waren.

Karla gehörte weiß Gott zu denjenigen, die dem Gelände immer neue Reize abzugewinnen vermochten, doch beschäftigte auch sie sich immer häufiger mit der Frage, wie es wohl um die Zuständigkeit für diesen doch öffentlichen und vielfrequentierten Ort bestellt sein mochte, der in jedem seiner Teile Zeugnis einer letztlich unerschütterlichen Unzuständigkeit ablegte, auch wenn ihr nicht entgangen war, daß irgendwann im Lauf des Jahres, des Monats, der Woche ohne erkennbaren Rhythmus hier oder dort eine Motorsense am Werk gewesen sein, die winzigen Abfallkörbe geleert und bei dieser Gelegenheit der in weitem Umkreis herumliegende Müll eingesammelt worden sein mußten.

Vor Jahren war Karla einmal einem Mann begegnet,

der sie wohlwollend auf Lilli angesprochen und sich dabei als einer der Hausmeister des Universitätsgebäudes vorgestellt hatte. Er war allerdings noch nicht in dieser Eigenschaft unterwegs gewesen, sondern, wie er erläutert hatte, da sein Wagen sich in der Werkstatt befand, ausnahmsweise zu Fuß eingetroffen, um mit anderen Kollegen seine Schicht anzutreten. Gewöhnlich fahre er direkt dort unten runter – er hatte auf die abschüssige Zufahrt gewiesen, die in die Tiefen des weitläufigen Gebäudes hineinzuführen schien und auf der in der Tat zu bestimmten Stunden in kurzen Abständen einige Autos herauf- und andere hinabbrausten, wie Karla durchaus nicht entgangen war. Seit ihrer Begegnung mit dem zu Fuß gehenden Hausmeister wußte sie, daß »dort unten« jeweils mehrere Hausmeister umschichtig Dienst taten. Eines Tages hatte sie dann selbst zu Fuß das Gebäude unterquert und mit einem Seitenblick in einem verglasten kastenartigen Vorbau den Aufenthaltsraum dieser Männer erkannt, die hinter Topfpflanzen und Rauchschwaden allerdings nur undeutlich zu sehen gewesen waren. Ein anderes Mal hatte sie im Innenhof hinter der Mensa, der wie ein Amphitheater gestaltet und von farbenfrohen Schrottplastiken übersät war, flüchtig einen Mann hinter der gläsernen Außenwand eines der Flure des Gebäudes erblickt, der zwar kurz zu ihr hinausgeschaut hatte, aber weitergegangen war. Auch ihn hatte sie dem Aufsichts- und Pflegepersonal zugeordnet, denn er war von einem Hund begleitet gewesen. Man wird verstehen, daß ein zunächst nur zerstreutes Interesse an der Zuständigkeit für diesen wilden Ort sich im Lauf der Jahre zum dauerhaften Motiv einer fortglimmenden Neugier entwickelte, das der Phantasie um so mehr Nahrung gab, als die Spuren solcher Zuständigkeit oder, zutreffender gesagt, Unzuständigkeit einfach kein geregeltes Muster ergeben wollten. Konnte es sein, daß diese Hausmeister nur in Aktion traten, wenn es sich gar nicht umgehen ließ? Und wann war dieser Punkt erreicht? Konnte es sein, daß es dazu eines Anschisses von höherer Stelle bedurfte und wenn, wer war diese höhere Stelle, und warum bedurfte es überhaupt immer erst eines Anschisses? Der ganze Komplex Gymnasiastenpicknick, der Karla seit eh und je in den Sommermonaten Stoff zu derlei Überlegungen geboten hatte, sprach für eine solche Anschiß-Theorie, aber auch für einen rätselhaften Mangel an Nachhaltigkeit dieser Anschisse, so es sie denn tatsächlich gab.

So hatte, um ein Beispiel zu nennen, den ganzen Sonntag nach einem solchen Gymnasiastenpicknick ein munteres Feuer im Zentrum des steinernen Pentagons weitergebrannt, dessen Flammen, umgeben von Essensresten, Flaschen, Zeitungspapier, bei jedem Windstoß emporgeschlagen waren und auf das sommerdürre Gestrüpp daneben überzugreifen drohten. Wenn dann am darauffolgenden Dienstag auch sichtbar eine Reaktion des zuständigen Personals erfolgt war, so hatte sich diese jedoch erstaunlicherweise im Aufstellen eines großen Müllcontainers erschöpft, als wollte man die abwesenden Urheber der ganzen Schweinerei dazu ermuntern, sie eigenhändig zu beseitigen, so daß die Schweinerei selbst vorerst unangetastet geblieben war. Das Feuer war vermutlich von einem kräftigen Regenguß am Vortag gelöscht worden. Einer weiteren Schweinerei vorbeugende oder auch nur reinigende Maßnahmen hatte Karla auch in den nächsten Tagen nicht beobachten können, sondern, im Gegenteil, das Verschwinden des Containers am Freitag abend und die Fortsetzung der Gymnasiastenpicknicks am folgenden und allen darauffolgenden Wochenenden der Ferienzeit. Wer nun zwischen Freitag abend und Samstag mittag ein Einsehen gehabt und die herumliegenden Flaschen und Pappteller wenigstens im Zentrum des Pentagons aufgehäuft hatte, vermochte Karla sich nicht vorzustellen, sie tippte jedoch auf einen durchaus unzuständigen Nutzer des Geländes, war sie doch selbst nah dran gewesen, den ganzen unappetitlichen Abfall zusammenzuklauben, an dem ihr Auge sich wieder und wieder gestoßen hatte.

Was Karla auf ihren Rundgängen studierte, war längst nicht mehr bloße Unzuständigkeit, es war, so empfand sie es, erklärte, ja auftrumpfende Unzuständigkeit mit einem gehörigen Schuß Rechthaberei – anonyme öffentliche Bezichtiger gegen anonyme öffentliche Frevler. Etwas in der Art.

Ein weiteres vergleichbares Rätsel war in Karlas Augen das Verschrottungswesen, das auf den Parkplätzen und -decks des Geländes eine blühende Entwicklung von schwer nachzuvollziehender Eigengesetzlichkeit genommen hatte. Denn es war ja nicht einfach so, daß dort nur Reifen, Batterien und Autositze in nie abreißendem Strom ihrer kosten- und umstandslosen Entsorgung zugeführt worden wären. Auch die immer neue Zufuhr von scheinbar intakten Autos, die sich später als Schrott erwiesen, wäre an sich nicht überraschend gewesen, da dieser Ort mit seiner Stadtnähe für viele Stadtbewohner doch wesentlich bequemer zu erreichen war als die brandenburgischen Wälder. Ein Rätsel war vielmehr die Art und Weise und vor allem die unbegreifliche Langsamkeit, mit der das Schicksal dieser diskret abgestellten Fahrzeuge sich erfüllte. Das Schicksal des blauen Passat Kombi, eins der jüngeren Beispiele, war dabei nur insofern etwas Besonderes, als sich dem einen nach langen Monaten ein zweites, in jeder Hinsicht gleiches Fahrzeug hinzugesellt und, mit der entsprechenden Verzögerung, das Los des ersten geteilt hatte.

Der Ablauf war im übrigen immer gleich und immer gleich rätselhaft geblieben. Unter vielen Autos stand irgendwann eines, zuweilen waren es zwei oder drei zur gleichen Zeit, die abends, wenn alle motorisierten Besucher der Universität nach Hause gefahren waren, einsam zurückblieben. Es war zunächst zu vermuten, daß diese Fahrzeuge, ältere Modelle wie überhaupt die Mehrzahl der studentischen Fahrzeuge, defekt waren und daß ihre Besitzer es, wohl vor allem aus Geldmangel, nicht eilig damit hatten, sie wieder flottzukriegen. An Sonn- und Feiertagen bekamen diese verwaisten Autos auf den großen, leeren Parkplätzen und den ausgestorbenen Parkdecks dann etwas Schutzloses, das jedoch über lange Wochen, ja Monate hinweg erstaunlicherweise keinerlei Übergriffe auslöste. Wenn man bedachte, daß den in belebten Straßen geparkten Autos im Nu immer wieder Räder, Spiegel und Gepäckträger abgeschraubt wurden, konnte einen das nur verwundern. Dann, irgendwann, es mochten zwei Monate vergangen sein, schlug die Raubgier ihnen Wunden, als wäre eine geziemende Wartezeit abgelaufen und der unsichtbar kreisende Geier wie auf ein Zeichen niedergestoßen. Und dann ging alles ganz schnell. War erst ein Fenster eingeschlagen, war die Ausweidung des Fahrzeugs Sache einer Nacht. Karla hatte dieses unheimliche Phänomen einer plötzlichen radikalen Ausschlachtung in der Phantasie immer schon mit der Vorstellung von einer Meute oder einer ganzen Schar konkurrierender Aasgeier in Menschengestalt verbunden, die sich in nächtlicher Ungestörtheit mit Hilfe von Werkzeug und Taschenlampen ans Werk machten und morgens ein auf Hohlziegeln aufgebocktes Gerippe zurückließen. Daß ganz zum Schluß auch die Nummernschilder verschwunden waren, hatte Karla als eine Art Botschaft an die Ordnungshüter ausgelegt: *Sind fertig, Wagen kann abgeholt werden.* Denn nach einigen Tagen war die Karkasse in der Tat regelmäßig beseitigt. Wie sollte ein Spaziergänger, der aus

Gewohnheit oder Neigung die Augen offenhielt, dies anders als rätselhaft finden? Wer, um Gottes willen, entschied bloß darüber, wann so ein Auto zur Ausweidung fällig wurde? Wer setzte diesen Tag, diese Nacht fest, da der Schraubenschlüssel, der Stein gehoben, das Fenster eingeschlagen wurde? Wer kam mit dem eigenen Fahrzeug im nächtlichen Dunkel herangefahren, um Reifen und Sitze fortzuschaffen? Waren das wirklich mehrere, die sich in stummer Übereinkunft, ohne lärmendes Gezänke in die Beute teilten? Karla konnte sich nicht helfen, sie mußte wieder einmal an die »dort unten« in ihrem verräucherten Glaskasten sitzenden, kaum je ans Tageslicht tretenden Hausmeister denken. Wäre es ihnen, sofern sie sich untereinander einig waren, nicht ein leichtes, die Beute erst auszuspähen, in aller Ruhe zu beobachten und dann, wenn sie deren Zeit für gekommen hielten, im Lauf einer einzigen Nachtschicht zu fleddern? Karla tat ein übriges und stattete die fast völlig gesichtslos gebliebenen Hausmeister mit den entsprechenden Zügen aus. Sie bekamen Bartstoppeln, hieben die Skatkarten auf den Tisch und wischten sich immer wieder den Bierschaum von den Lippen, während aus den im beißenden Tabakrauch zusammengekniffenen Augen diebische Erwartungsfreude funkelte. Und angesichts einer solchen durchtriebenen Räuberbande fiel es auch nicht weiter schwer, sich einen Reim auf die seltsame Unwilligkeit dieser Hausmeister zu machen, bei Tageslicht ihre Aufgaben auf dem Gelände zu versehen. Das paßte doch alles ins Bild. Gute Arbeit, Karla Distelkamp.

Versteht sich, daß spätere Beobachtungen, die dem Themenstrang *Die Hausmeister* zuzuordnen waren, nur noch wie Puzzleteilchen fast von selbst ihren Platz im Gesamtbild fanden. Die Geschichte mit den Pennern hätte ihr normalerweise Anlaß zu endlosen Rätseleien gegeben, während sie nun, nach getaner Vorarbeit, mühelos eins und eins zusammenzuzählen vermochte.

Schon längere Zeit hatte sie nebenher beobachtet, wie sich stets um die etwa gleiche Abendstunde zwei, drei Penner aus unterschiedlichen Richtungen dem Universitätsgebäude näherten und am frühen Morgen den Rückweg antraten. Zuweilen traf sie einen oder zwei von ihnen dabei an, wie sie gelassen auf einem Mäuerchen oder einem Baumstamm saßen und ins letzte Abendrot schauten oder im Morgenlicht ihr unhandliches Gepäck für den Aufbruch zusammenschnürten. Karla vermutete zunächst, daß sie die Sommernächte an ihren Schlafplätzen in den vielen Buschgruppen verbrachten, und in der Tat hatte sie im Lauf der Zeit dort den einen oder anderen dabei beobachtet, wie er irgendwelche Kleidungsstücke über den Zweigen zum Trocknen oder Lüften aufhängte. Es war ihr nur natürlich erschienen, daß ein so zentral gelegenes und dabei so unbehelligtes Gelände diese Art von Nachtleben begünstigte. Sie hatte daran nichts Rätselhaftes gefunden, bis sie dieselbe Betriebsamkeit auch im Herbst und später gar im bitterkalten Winter beobachtete. Denn warme Plätzchen hatte das Gelände, kahl und zugig, wie es nach dem Laubfall war, nirgendwo zu bieten, und das nunmehr rätselhaft gewordene Phänomen unbeirrt anrückender Übernachtungsgäste fand denn auch insofern eines Samstag abends eine plausible Erklärung, als Karla beim Einbiegen auf den an der Allee gelegenen Parkplatz erstaunt bemerkte, wie einer der Penner zielstrebig auf einen der Seiteneingänge zuhielt, die Glastür öffnete und in dem Gebäude verschwand. Da an sämtlichen Seitentüren zu lesen stand, daß diese Eingänge während der Wintermonate ab 18 Uhr geschlossen seien, war daran nichts Selbstverständliches. Einmal aufmerksam geworden, fiel es Karla nicht schwer, in dem Universitätsgebäude selbst das wärmende Winterquartier sämtlicher Penner zu erkennen, deren Zahl sich im Herbst auf vielleicht sechs erhöht hatte. Im fahlen Notlicht sah sie sie auch später am Abend in kurzen Abständen samt ihrem Gepäck, ja, in zwei Fällen unter Mitnahme eines Fahrrads den gläsernen Flur hinter dem Seiteneingang hinunterwandern und um eine Ecke im Innern des Gebäudes verschwinden. Daß sie, umgekehrt, am frühen Morgen den Rückweg ins Freie nahmen, verwunderte sie daraufhin nicht im geringsten. So funktionierte das also. Irgend jemand hielt die Tür für diese Gäste unverschlossen, das war klar. Und wer anders wäre dafür in Frage gekommen als wieder die Hausmeister? Karlas Bild von der lichtscheuen, kartendreschenden, biertrinkenden Räuberbande in ihrer rauchigen Höhle war um eine gänzlich unerwartete Nuance reicher, die in ihr ein vages Gefühl, sagen wir: des Bürgerstolzes auslöste. Wenn diese Burschen ganz offensichtlich ihren offiziellen Pflichten hohnlachten, so besaßen sie doch immerhin den Anstand, ihre Ofenwärme ohne alle bürokratischen Umschweife mit den Ärmsten der Großstädte zu teilen. So daß der stolze Wahlspruch der Hochschule, zu der dieses roststreifige, asbestverseuchte Gebäude samt seinem verzwickten Gelände gehörte und die einst auch Karlas Hochschule gewesen war, Libertas ac Humanitas, in einem vielleicht nicht gerade hochmögenden, aber doch um nichts weniger ehrenwerten Sinne seine Erfüllung gefunden hatte.

Mußte das jetzt sein?

Abends um halb elf war auf der Allee kaum jemand zu sehen. Karla ließ sich von Lilli ein Stück den Mittelstreifen entlangführen. Ihr war kühl und sie wollte rasch ins

Haus zurück, doch jede kleine Ablenkung, etwa in Gestalt eines Passanten, konnte die Angelegenheit erheblich verzögern. So geschah es auch an diesem Sonntag abend. Karla hörte in ihrem Rücken Schritte, ein energisches Ausschreiten, so schien ihr, Schritte, die rasch näher kamen, und schon tauchte in ihrem Augenwinkel ein großer Mann auf, der sich offenbar entschlossen hatte, fast genau auf ihrer Höhe die Allee zu überqueren. Lilli begann leise zu knurren. Karla sprach die erste aus dem Arsenal ihrer Beschwichtigungsformeln, die mehr auf den jeweiligen Passanten als auf den Hund gemünzt waren. »Schscht, nun mal ruhig, das ist kein Einbrecher ...« Der große, massig wirkende Mann drehte sich zu ihr um, kurz bevor er den Mittelstreifen überquert hatte, und sagte laut und deutlich in die nächtliche Stille: »Wenn er schaaßt, kost das zwaahundert Märk.« Karla blickte mit einer Mischung aus Verblüffung und Wiedererkennensfreude zu ihm hin.

Verblüfft war sie, weil sie nach dem letzten stadtweit entbrannten Hundekotstreit noch nie jemand auf die verschärfte Bußgeldregelung angesprochen hatte, und daß sie den drohenden Worten zugleich mit aufkeimendem Entzücken nachhorchte, lag gewiß nicht an deren Inhalt und auch nicht an dem Mann, den sie nie gesehen hatte, sondern an seiner Art zu sprechen. Das Wort scheißen etwa, das sie in ihrer Kindheit und Jugend nur als *schaaßen* gekannt hatte, hatte sie seit langen Jahren nicht mehr auf diese Weise ausgesprochen gehört. *Baade Baane in aan Aamer voll Schaaße und kaane Saafe.* »Zwaahundert Märk«, sagte der Mann wieder laut. Er überquerte bereits die Gegenfahrbahn. Er trug einen hellen Regenmantel, in der Hand hatte er eine Tüte aus dem KadeWe, und Karla sah nun, daß er die Fußspitzen beim Gehen stark nach außen drehte, wie es Leute mit fetten Oberschenkeln zwangsläufig tun. »Er scheißt ja gar nicht«, rief Karla ihm nach. »Ich häbe es gesehen. Zwaahundert Märk.« Karla wußte zwar, daß der Mann die Bußgeldbestimmung korrekt wiedergab, konnte aber deren auftrumpfende Wiederholung nur schlecht ertragen. »Ja, ist gut, ich bringe das Geld dann vorbei!« erwiderte sie sehr laut. Ein Wunder, daß noch nicht sämtliche Fenster aufgingen. »Zwaahundert Märk«, schrie der Mann, der sich im Weitergehen immer wieder nach ihr umdrehte. »Ich bin nicht taub!« schrie Karla zurück. Sie war mittlerweile aufs äußerste gereizt. Es reichte eben nicht, einfach nur recht zu haben – wollte dieser sture Hammel das jetzt mal begreifen? »Ich waaß, wo Sie wohnen! Aanmal schaaßen zwaahundert!« Dann verstummte der Widersacher endlich, da er sich offenbar ranhalten mußte, um seinen Bus zu erreichen.

Karlas Zorn war diesmal wohl sehr oberflächlicher Natur gewesen, denn schon als sie die Fahrbahn überquert hatte – Lilli hatte ihr Geschäft beiläufig erledigt –, war davon nur noch eine leichte Hitze im Gesicht geblieben. Die unerwartete Begegnung mit der heimatlichen Aussprache hatte das stärkere, tiefere Gefühl ausgelöst. *Und jetzt älle: Aans, zwaa, draa – Baade Baane in aan Aamer voll Schaaße und kaane Saafe ... Diese Puppe, die hät Baane, die läuft von Päris bis Paane ...*

Karla fragte sich, ob wohl immer noch die meisten Einwohner ihrer Heimatstadt so sprachen, mit diesem irgendwie verknörten A wie ein enges Ä und diesem Ei wie Aa, und ob wohl überhaupt noch wer das s-pitze S s-prach? Karla war eine Ewigkeit nicht mehr dort gewesen, richtig dort gewesen, worunter sie verstand, daß man umherging und mit Menschen sprach oder sie jedenfalls reden hörte. Sie hatte nur Stippvisiten gemacht, vom Bahnhof ins Taxi und dann direkt – doch, zumindest der letzte Taxifahrer hatte unverkennbar diesen speziellen Tonfall gehabt. Sie erinnerte sich jetzt, daß er das Wort Adrenalin gebraucht und es sogar in diesem schwierigen Fall geschafft hatte, es klanglich umzufärben. *Ädrenälin.* Und das Au, daran erinnerte sie sich jetzt auch, das wurde zu einem ganz breiten O, so wie im Englischen, wenn ein W auf ein A folgte wie in dawn oder raw. Brawn statt braun. Nun fielen Karla auch der erste und der letzte Teil der bei Schülern damals so beliebten Ausspracheübung wieder ein: *Sone Saweraa! Baade Baane ... Mariä und Josef, die hätten in Jerusälem aan Buttermilchgeschäft ... In der Haamät, in der Haamät, dä gibt's aan Wiedersehn ...*

Karla wollte das schreiben können. Was sich in ihrem Kopf jetzt abspielte, läßt sich wohl am ehesten mit einer Flutung vergleichen. Während sie dieses Gefühl der stürmisch ansteigenden Erinnerungsflut noch mit wachsendem Erstaunen registrierte, versuchte sie zu begreifen, was geschah. War es Zeit, sich zu erinnern? Hatte es nur dieses einen Anstoßes bedurft, um ein bestimmtes Stück Vergangenheit endlich wieder in ihr Leben aufnehmen zu können, ehe es endgültig untergegangen war? *Mußte das jetzt sein?*

Ihr fiel ein Gespräch ein, das sie vor einigen Jahren mit ihrer Mutter geführt hatte. Sie führten nicht häufig längere Gespräche, und um so aufmerksamer hatte sie, ohne dem jedoch Ausdruck zu verleihen, die Worte dieses Austauschs in sich aufgenommen.

»Du weißt doch immer alles«, hatte ihre Mutter ohne erkennbaren Anlaß gesagt, »vielleicht weißt du ja auch, ob es eine Krankheit wie Alzheimer oder Verkalkung gibt, die nur frühe Erinnerungen auslöscht. Ich meine eine Krankheit, die speziell die Erinnerungen an lange Zurückliegendes auslöscht. Ich denke manchmal, ich habe überhaupt an nichts eine Erinnerung.«

»Von so einer Krankheit habe ich nie gehört«, hatte Karla mit leisem Erschaudern geantwortet und dabei aus dem Fenster gesehen. »Ich weiß nur, daß man sich nicht an Dinge erinnert, die einen schon nicht sonderlich interessiert haben, als sie Gegenwart waren. Oder von denen man schon damals nichts wissen wollte. So daß sie einem nicht wirklich ins Bewußtsein gedrungen sind und sich dem Gedächtnis nicht eingeprägt haben.«

»Aber ich erinnere mich ja fast an gar nichts mehr!« hatte ihre Mutter entrüstet erwidert, als könne Karlas Erklärung in diesem Fall nicht zutreffend sein. »Bei anderen staune ich immer, was die alles noch wissen. Von früher, meine ich jetzt.«

»Du hast davon schon einmal gesprochen, und ich habe dir dazu meine Meinung gesagt. Ich habe gesagt, ich glaubte, daß nur wenige, ganz bestimmte Dinge im Leben deine Aufmerksamkeit in solchem Maße gefesselt hätten, daß du eine Erinnerung daran zurückbehalten konntest.«

Karlas Mutter hatte darauf nichts erwidert, doch ein Seitenblick hatte ihr gesagt, daß sie ihre Antwort diesmal genauso wenig akzeptierte wie beim ersten Mal. Wenn sie schon erkennen mußte, daß ganze Landstriche ihrer Vergangenheit spurlos untergegangen waren, dann wollte sie dieses unheimliche Phänomen wenigstens nicht auch noch selbst verschuldet haben. Dies etwa schien aus ihrer Miene zu sprechen, in der sich die vertraute Mischung aus störrischer Verweigerung und Spottlust gespiegelt hatte. Doch halt, dachte Karla jetzt, es stimmte nicht, daß dieses Gespräch keinen erkennbaren Anlaß gehabt hatte. Sie hatte ihre Mutter am Abend zuvor nach deren Großvater Alfred gefragt. Wo der eigentlich abgeblieben sei – von der Urgroßmutter sei ständig die Rede gewesen, von deren Mann jedoch nie, und gesehen habe man ihn ja auch nicht. Ihre Mutter hatte, an solche Fragen überhaupt nicht gewöhnt, den Kopf gehoben und eine Miene aufgesetzt, als hörte sie von der Existenz ihres Großvaters zum ersten Mal im Leben.

»Gott, da bin ich überfragt. Das weiß ich nicht.«

»Ich meine, war er früh gestorben?«

»Ja, so wird es wohl gewesen sein, denn Ömchen hat doch immer bei uns gewohnt.«

Karla hatte, wo sie nun schon dabei war, mit ungeheurer Verspätung gleich noch die weitaus interessantere Frage nach dem Vater nachgeschoben.

»Und mein Vater? Was hat der eigentlich im Krieg gemacht?«

Ihre Mutter hatte sie völlig verständnislos angesehen.

»Dein Vater? Im Krieg?«

»Es war Krieg – Zweiter Weltkrieg. Da wird er doch irgend etwas gemacht haben. Er war doch nicht etwa bei der SS?«

»Ach nein – das glaube ich nicht. Er war ja überall, in Frankreich, Italien, Rußland – überall.«

»Das hat doch damit nichts zu tun. War er vielleicht bei der Waffen-SS?«

»Iwo. Der war – Gott, wie nennt man das denn genau ... Nicht Funker, so etwas in der Art.«

»Und das ist alles, was du darüber weißt?«

»Dein Vater war ja Offizier. Vielleicht habe ich da noch irgendein Papier.«

»War er denn in der Partei?«

»Also das glaube ich nicht. Das wüßte ich doch wohl. Andererseits ist das jetzt so lange her ...«

»Und die anderen in der Familie? Onkel Benno? Robert, Bruno, Richard?«

»Ach nein, die waren ja im Krieg. Wir waren ja im Turnverein gewesen. Da kam man dann automatisch in die Jugendorganisation. Meine Vettern und ich.«

»Und dein Vater, ich meine, mein Großvater?«

»Der bestimmt nicht. Der war sowieso dagegen. Und Omi dann natürlich auch. Der hatte damit nichts im Sinn. Aber jetzt hast du ja was Schönes angerichtet – da schlafe ich wieder die ganze Nacht nicht, weil ich das nicht zusammenkriege.«

»Das tut mir leid. Aber wer kommt denn auf die Idee, daß du den ganzen Weltkrieg vergessen hast?«

Damals hatte Karla der schrecklichen Ahnung nachgegrübelt, die sie während jenes Gesprächs beschlichen hatte. Schien es nicht so, als ob ihre Mutter den Krieg und was sonst in jener Zeit geschehen war, nicht etwa verdrängt, sondern, schlimmer, schlicht vergessen hatte? Weil sie das alles nicht genügend interessiert hatte? Weil sie anderes im Kopf gehabt hatte? Die Bemerkung einer Schulfreundin aus späteren Jahren fiel ihr wieder ein: *Deine Mutter spiegelt sich wohl in jeder Untertasse*. Ja. Und nebenher war Krieg gewesen.

Karla stand am Fenster im Großen Zimmer, die eine Hand auf die Fensterbank gestützt, die andere in Lillis Wolle. »Und jetzt kommst du«, sagte Karla. »Da hast du was zum Erzählen.«

O Schrecken der leblosen Hülle

Am Montag vormittag auf dem Präsidium war Karla sich ohne den Schuh merkwürdig unvollständig vorgekommen. Alles, was mit dem seltsamen Sonntag morgen zusammenhing, hing mittlerweile offenbar auch mit dem schwarzen Schuh zusammen. Das war vermutlich eine wichtige Einsicht, doch hätte Karla im Augenblick noch nicht sagen können, inwiefern. Dem Waidmann, dem zweiten Zeugen, war sie nicht wiederbegegnet. Der Leiche selbstverständlich auch nicht. Die lag ja wohl in der Gerichtsmedizin und harrte vielleicht immer noch ihrer Identifizierung. Überhaupt hatte sich nichts Neues ergeben. Karla hatte ihre Aussage – sie hatte das Gefühl: wortwörtlich – wiederholt, diesmal gegenüber dem zweiten Kommissar, der am Tisch saß und das bereits fertige Protokoll ihrer Aussage vom Vortag vor sich liegen hatte, und der erste Kommissar hatte die ganze Zeit am Fenster gestanden und kommentarlos zugehört. Sie hatte unterschrieben. Weitere Fragen hatte es nicht gegeben. Karla hätte gern gefragt: Weiß man schon, wer die Tote ist? Aber sie hatte dann doch lieber darauf verzichtet, weil sie ja eigentlich noch gar nicht wissen konnte, ob es sich bei der Leiche um eine Frau oder einen Mann handelte. Sie hatte ja nur einen *merkwürdigen* Geruch wahrgenommen. Im Grunde war nichts übriggeblieben, was sie betraf. Das war abgetan, eine Tatsache, die mit einem Satz zu erfassen war: *Karla Distelkamp war zufällig auf den Geruch einer Leiche gestoßen*. Sie konnte gehen.

Seltsamerweise fühlte sie sich, als sie die breite Treppe vor dem Präsidium hinunterging, beobachtet, als warte, irgendwo auf der anderen Straßenseite gegenüber dem Gebäude oder auf dem Bürgersteig rechts oder links davon, jemand auf sie, der sie mit dem Blick verfolgte und demnächst ansprechen würde. Vielleicht.

Von den möglichen Szenen, die ihr rasch durch den Sinn zogen, war die mit der schrittfahrenden Limousine am eindringlichsten. Die mit dem Motorradfahrer in schwarzer Ledermontur war auch recht eindrücklich, doch hatte die andere, die sie viel häufiger im Film gesehen hatte, offenbar ein für allemal den ersten Platz in der Rubrik fußgängergerechte Verfolgungsszene eingenommen und hielt ihn souverän besetzt. Es war gegen Mittag. Karla beschloß, zu Fuß nach Hause zurückzukehren. Es wären ohnehin nur drei Stationen gewesen, und sie konnte zudem die Abkürzung quer über das Universitätsgelände nehmen. Ach nein, das vielleicht besser nicht. Sie blieb einen Augenblick unschlüssig stehen. Andererseits – war das nicht albern? Sie war ein freier Mensch, der gerade seiner Bürgerpflicht nachgekommen und ganz offensichtlich in Gnaden entlassen war. Wieso sollte sie nicht die nächste Querstraße nehmen und, vorbei an der U-Bahn-Haltestelle, auf dem kürzesten Weg die Holzbrücke ansteuern? Sie empfand, das hatte sie schon auf dem Präsidium bemerkt, keinen besonderen Widerwillen bei dem Gedanken an jenen Ort, vielmehr regte sich einmal mehr ihre Neugier. »Ich kann es nicht lassen«, sagte sie halblaut und setzte sich wieder in Bewegung. Und da war noch eine Empfindung, so etwas wie nagendes Unbehagen, das sie schon gestern abend und heute früh immer wieder beschlichen hatte und das sie mittlerweile einem Ursprung zuzuordnen wußte: Sie hatte sich ihre lachhafte Unentschiedenheit im Angesicht des zweiten Zeugen nicht verzeihen können. Diese klägliche Art, wie sie sich aus der Affäre zu ziehen gehofft hatte, indem sie den bequemen Weg gewählt und letztlich eine falsche Aussage gemacht hatte. *Ich bin die Frau, die die Leiche gerochen hat,* hatte sie am späten Abend ärgerlich vor sich hin gesagt und einsehen müssen, daß sie im Leben daran nichts würde ändern können. Das war so ohne Sinn und Verstand dahergeredet gewesen, man konnte es nicht mal als das angeblich speziell Weibliche belächeln, denn wenn schon der Verstand ausgesetzt hatte, dann hätte doch wenigstens der vielgepriesene Instinkt einsetzen und sie vor einer derartigen selbstgefährdenden Dummheit bewahren müssen. Karla seufzte. Was war das anderes gewesen als maushafte Kopflosigkeit, und wenn die Neugier der Katze Tod sein mochte – immerhin hatte sie angeblich ja sieben Leben zu verlieren, wenn nicht neun –, so war Angst eindeutig das Leben der Maus. Sie war der geborene Verlierer, und all die vielen Geschichten von Mausefiguren, die sich listig und drollig aus der Affäre zogen und Katze wie Falle ein Schnippchen schlugen, waren wohl ausschließlich der grundsätzlichen Unwilligkeit des Menschen zu verdanken, ein so putziges, physisch chancenloses Geschöpfchen einfach in den Kamin zu schreiben. *Corriger la nature* nannte man das wohl. Das war ja ohnehin von jeher eine unausrottbare Neigung des Menschen gewesen. (Darüber lohnte es sich gewiß einmal gründlicher nachzudenken.) Sie hatte das Gefühl, von einer absurden Daseinsformel bestimmt zu sein. *Neugierig wie die Katze, panisch wie die Maus*. Etwas in der Art. Da kamen dann solche Verhaltenszwitter zustande. Sie ging jetzt sehr schnell, als könnte sie ihre unangenehmen Empfindungen Meter für Meter von den Füßen streifen. Daraus ergab sich wiederum die absurde Situation, daß sie gar nicht schnell genug an diesen Ort gelangen zu können schien, der doch die Stätte ihrer jüngsten Niederlage war. So vermochte sie das Gelände hinter dem rostigen rüsselbewehrten Kasten mittlerweile unumwunden zu nennen. Der Täter, ja, das war bekannt, doch seit wann kehrte auch der Zeuge unwiderstehlich angezogen zum Tatort zurück? Oder, anders gefragt, was hatte *sie* eigentlich *getan*? Welche Untat, welche Dummheit begangen? Karla setzte den Fuß auf die hölzerne Brücke, die sie gestern nachmittag in umgekehrter Richtung überquert hatte, eine windelweiche Zeugin, die beflissen der Notrufsäule zugehastet war, kopflos dem einmal eingeschlagenen Weg folgend, während ihr kühler Zeitgenosse Seit an Seite mit dem stichelhaarigen Vorstehhund den Fundort der Leiche sicherte. Höh!

Nun hatte sie statt eines Rätsels gleich zwei am Hals.

Das eine sprang sie förmlich an – *Leichenfund auf Universitätsgelände. Polizei steht vor einem Rätsel* – und war platterdings nicht von der Hand zu weisen, das andere, von dem sie sich zuerst nur vage bedrängt, dann in zunehmendem Maße umwoben gefühlt hatte, war Karlas Privatsache, in die sie sich, noch ehe sie den eigentlichen Schauplatz des rätselhaften Leichenfundes erneut betrat, eingesponnen, so gänzlich eingewickelt hatte, daß sie ums Haar an dem schaurigen Gebüsch vorbei und auf den breiteren Weg zugerannt wäre, der sie umweglos zum vorderen Parkplatz und damit nach Hause geführt hätte. Karla zwang sich, stehenzubleiben und ihre Umgebung Stück für Stück in sich aufzunehmen. Halt, hiergeblieben, redete sie sich scharf ins Gewissen. War da nicht noch etwas gewesen? Da war ein Mensch gestorben, gewaltsam zu Tode gebracht. Sie hatte eine Geschichte erzählen wollen und war auf dem Weg dahin einen Kopf kürzer geworden. Zu ihrem Leidwesen. Doch das half nun alles nichts. Sie mußte sich mit dem behelfen, was von ihr übrig war. Während sie sich so aus dem Gespinst ihrer Eindrücke und Überlegungen kämpfte, hielt sie um so entschlossener auf den Trampelpfad zu. Womit willst du auf das Rätsel losgehen, daß gestern noch in diesem Busch ein toter Mensch gelegen hat, womit bewaffnet? Mit wieder einem Rätsel, deinem Geheimnis? (Über diese Art von Hochmut könnte man eventuell einmal nachdenken, aber bitte nicht jetzt.) Du sollst nicht ... Du sollst ... Wo waren die Gebote des Erzählens hinverschwunden ... Wo ihre Rangfolge abgeblieben ... *Du sollst ... Du sollst nicht falsch Zeugnis reden wider deinen Nächsten* ... Karla preßte die Lippen zusammen, als sie zum zweiten Mal den verfilzten Vorhang aus Ranken und Zweigen teilte. »Salve«, sagte sie leise in die dämmrige grüne, leere Höhle, »ich war gekommen, um eine Geschichte zu erzählen.«

Hatte sie nicht getan, was sie sich selbst und anderen versprochen hatte?, dachte sie auf dem Heimweg. Hatte sie nicht ihr Bestes gegeben, ihre ganze Konzentration aufgewendet, um eine Geschichte zu schreiben, die nun im günstigsten Falle das werden würde, was Glen Kullen einmal »gestampften Lehm« genannt hatte – nichts, dessen man sich schämen mußte, beileibe nicht, warum sollte einer nicht Geschichten wie gestampften Lehm schreiben, aber eben auch nicht im entferntesten das, was Elena öfter als Alternative beschworen hatte und was Karla am Ende eines langen Wochenendes, ach, so gern in den Händen gehalten hätte: eine Geschichte, so leicht dahinziehend wie ein Wolkenschatten, Worte wie jene glutfarbenen Tagfalter, deren nachzitternden Flügeln, wenn sie sich niederlassen, stets etwas von flüchtiger Rast anhaftet, als wären sie gar nicht wirklich gelandet und schon gar nicht niedergepinnt auf alle Zeiten, Worte, die nicht im Augenblick ihrer Niederschrift ums Ganze ihrer Farben und ihrer schutzbedürftigen Lebendigkeit gebracht wurden ... O weh! Karla mußte an eine Ringelnatter denken, so eine hübsche, im Gras zusammengerollte, vor der sie einmal erschrocken verharrt hatte, und erkannte, daß sich der niedergepinnte Tagfalter und die reglos liegende Schlange, hübsch oder nicht, die Schrecken der leblosen Hülle teilten, deren eben noch lebhafte Farben bereits stumpf zu werden begannen – daß sie dieses Erschrecken auslösten, welches für sie das allereindrücklichste war: das Erschrecken angesichts des entweichenden oder gerade eben entwichenen Lebens.

Liebe Elena Kullen, würde sie ihrer Lehrerin am Abend schreiben, *meine Geschichte hat sich, wie Sie sehen werden, in den Schwanz gebissen. Das heißt, die Übungen mit dem »Gegenstand« haben sich zu einem teilweise dramatischen Anschauungsunterricht darüber ausgewachsen, wie es nicht geht, so daß ich gestern wie heute an einem Ort stand, an dem ich erkennen mußte, daß meiner Art, etwas erzählen zu wollen, schon wieder etwas fehlt, sagen wir ruhig, etwas Entscheidendes fehlt, denn, wie gesagt, meine Geschichte hat sich in den Schwanz gebissen, sie liegt vor meinem geistigen Auge wie eine hübsche Ringelnatter – perfekt zum Kreis gerollt, sie ist nicht tot, eher scheintot, so hübsch harmlos, jedenfalls ist sie nicht das, was ich möchte, und ich will Ihnen die Pointe nicht verschweigen, daß selbst eine richtige Frauenleiche im Gesträuch, vermutlich ein Mordopfer, dieser Harmlosigkeit nicht abhelfen konnte. Das ist Kinderkram, Leiche hin, Leiche her, und nun werde ich einen Ausgang aus dieser kreisrunden Geschichte suchen, ehe ich wieder zur Schreibschule komme. Das müssen Sie verstehen.*

Ich verabschiede mich also vorübergehend und sende Ihnen mit gleicher Post meine Hausaufgabe vom Sonntag – Die Ringelnatter. Denn glauben Sie nicht, daß ich gänzlich unzufrieden damit wäre – im Gegenteil, ich habe nur meine Zweifel, ob es mich wirklich interessiert, wenn ein Text am Ende wieder zu sich selbst zurückkehrt, statt irgendwohin, sagen wir ruhig: ins Freie zu drängen. Warum tut er das nicht? Und was wäre dieses Freie? ... Vielleicht verstehen Sie, was ich meine? Ich habe ein paar Fragen an mich selbst und das Leben. (Und aus aufrichtiger Bewunderung für Sie verrate ich Ihnen, daß ich immerhin den erschreckenden Verdacht hege, das Freie könnte »nur« darin bestehen, daß man eine Leiche nicht einfach fleddert, sondern sie – ja was? wie gesagt, ich bin mir noch nicht schlüssig – sagen wir: sie wieder zum Leben erweckt. Das klingt allerdings gewaltig.) Ich mel-

de mich gewiß bald, so oder so, denn ich bin noch nicht abgesprungen. Ich tue mich immer schwer mit dem Abspringen ... Es grüßt Sie herzlich Ihre Karla Distelkamp.

Und obendrein noch ein Brombeertörtchen

Und nun war Montag abend. Sie war jetzt ungeheuer müde. Als hätte sie ihre Verhältnisse geordnet, sich von vielem und vielen verabschiedet, vielleicht noch eine ganze Nacht durchgeschrubbt, weil morgens der Nachmieter käme ... Oder so ähnlich. Denn sie hatte nichts von alledem getan, ein Nachmieter würde nicht kommen, sie hatte lediglich ein wenig Ordnung gemacht, um nachdenken zu können. Karla legte sich ins Bett und schlief sofort ein. Und träumte, erwachte aus ihrem Traum, schüttelte den Kopf, um ihn loszuwerden, und griff, als das nicht ausreichte, zu ihrem Heftchen. Ein Katze-und-Maus-Traum war es diesmal, wie sollte es anders sein. Sie ärgerte sich. Was wollte sie damit? Sie wußte ja, daß sie von der Katze nur die Neugier und die Zähigkeit besaß, nicht aber den Mut und den Instinkt, und daß das keine gute Mischung war, sie hatte sich das alles klargemacht bis zum Überdruß ... Warum mußte sie also noch ein Brombeertörtchen stehlen, von einem Tablett mit abgezählten Törtchen, das wiederum von einer Frau für ihre Gäste bereitgestellt worden war, die ihr nicht wohlwollte? Nun, wozu hatte man gute Freunde – man riet ihr, das entwendete Törtchen unauffällig zurückzulegen. Was sie, unter schrecklichen Schwierigkeiten, denn das Törtchen, das aus fünf Schichten bestand, stürzte um, glitt über den Tellerrand und immer so weiter, gehorsam tat. Warum aß sie es nicht einfach auf, verdammt noch mal? Warum stand sie nicht auf gegen die Törtchenbesitzerin, warum ... Karla stöhnte leise vor Scham. Warum konnte sie nur nie ... Das Telefon läutete. Sie schaffte es, beim vierten Läuten den Hörer hochzunehmen. Es war kurz nach Mitternacht.

»Ja, Distelkamp?«

»Mein Gott, Karla, was treibst du denn bloß – du bist doch sonst nie weg.«

Ella war hörbar gereizt. »Was war denn los? Ach, ist ja jetzt auch egal – ich fliege morgen ganz früh. Stell dich darauf ein, dein Poesiealbum erst mal für eine Weile wegzulegen, wir machen jetzt etwas Einträgliches. Warum sagst du denn nichts?«

»Wie denn?«

»Ja ja, natürlich, entschuldige, aber ich bin ziemlich zerfleddert. Wo warst du denn nun?«

»Hinter der Universität.«

»Zwei Tage?«

»Ungefähr. Ich habe eine Leiche gefunden!«

»Das ist vulgär. Wie auch immer, vergiß sie erst mal. Ich bringe Arbeit mit. Wo ist Lilli?«

»Unterm Schreibtisch.«

»Ach. Gut. Und hat sie auch eine Leiche gefunden?«

»Das hätte mir noch gefehlt. Sie ist doch erst gestern abend wiedergekommen und war noch ganz feucht.«

»Na, das ist ja schön für sie. Ich mache jetzt Schluß, ich bin in einer Hotelbar, mit Seppel.«

»Seppel? Wer ist das denn?«

»Na, der Finne, der von der Agentur.«

»Seppel heißt der? Heißen Finnen nicht Seppi?«

»Meinst du wie in Läppersäppi? Dieser nicht. Ich kann aber noch mal nachfragen. Mach's gut, Karline, ich komme morgen direkt in den Laden, gegen neun.«

Karla hätte gern noch gefragt, was denn Läppersäppi sei, doch Ella hatte schon aufgelegt.

Es steht eine Mühle

Mit »Laden« war Ellas und Karlas lokaler Lebensmittelpunkt doch recht unzureichend bezeichnet. Denn wie die meisten anderen war auch diese Örtlichkeit nicht von heute auf morgen aus dem Boden geschossen. Sie hatte bereits ihre eigene, an Ereignissen reiche Geschichte auf dem Buckel. Dabei sprechen wir noch gar nicht einmal von ihrer vermutlich zweihundertjährigen Vorgeschichte. Doch von ihrer jüngsten Geschichte, die, wie wir immerhin wissen, mittlerweile einen Zeitraum von drei Jahren umfaßt, sollten wir schon ein wenig mehr erfahren, als daß »die Mühle« Ella und Karla allmählich die Haare vom Kopf fraß. Wie das denn? Gerade jetzt stellte sie ihre Besitzerinnen offenbar wieder vor ein gewaltiges PROBLEM – »etwas mit dem Dach«, meinte Karla verstanden zu haben. Und in welchem Verhältnis stand dieser Mühlenhof eigentlich zu Karlas Bruder, von dem wir lediglich wissen, daß er gestorben ist – sollten wir nicht auch darüber noch etwas mehr erfahren?

Wie es stimmte, daß Henks Mühle beileibe kein Neubau war, so stimmte es doch auch, daß diese altehrwürdige Immobilie mit ungeheurer Geschwindigkeit Besitz von Ella und Karla nehmen sollte. Drei Tage sind wohl nicht zu viel für den Weg vom Wunschtraum zur harten Wirklichkeit.

Als bloßer Wunsch war Henks Mühle, wie dieses verwirrend vielteilige Anwesen offenbar von Anbeginn geheißen hatte, vermutlich so alt wie die Menschheit, jedenfalls seit sie allabendlich Pfeil und Bogen aus der Hand gelegt und ihren Hintern in einer Höhle gewärmt hatte. Dabei gehörte diese Immobilie zweifellos zur

Kategorie von Wunschhäusern, die sich aus dem bloß Umrißhaften einer Fata Morgana erst lösten, wenn sie zum Greifen nahe gerückt waren, und die ihre Details erst preisgaben, wenn sie, Stein auf Stein und Fensteröffnung an Fensteröffnung, ihren künftigen Besitzer in ihre Gewalt brachten.

So ging das jedenfalls auch im Fall von Henks Mühle vonstatten.

»Ah!« sagte Karla eines Nachmittags, »Oh!« am Abend desselben Tages Ella, und schon war es geschehen.

Dies ist zweifellos die kürzestmögliche Darstellung einer solch folgenschweren Wunscherfüllung. Bleiben noch die Details, wie sie für den Fortgang einer Geschichte unerläßlich sind. Auch in dieser Geschichte eines Immobilienerwerbs finden sich Subjekte, Objekte und Prädikate zuhauf. Selbst der einschlägige Pferdefuß, um das vorwegzunehmen, den der erfüllte Wunsch unter seinem besternten Gewand immer nur anfänglich und oft nur notdürftig bemäntelt, sollte nicht fehlen.

Zu Beginn, vor gut drei Jahren, als auch für Karla und Ella die Zeit der Seßhaftigkeit (und ihrer Finanzierbarkeit) gekommen war, hatte es ganz so ausgesehen, als würden sie mit Freuden jede Behausung zwischen Jurte und Palazzo akzeptieren, solange es nur keine Mühle war.

»Es muß doch möglich sein, in den Randbezirken dieser Stadt ein Wohn- und Geschäftsgrundstück mit mehreren Gebäudeteilen oder Teilgebäuden zu erwerben, das nicht von dekorativen Mühlenresten und Hinweisen auf irgendwelche holländischen Mühlenbauer wimmelt.« Ella war so schnell nicht zu entmutigen gewesen, doch selbst bei unverdrossener Suche sollte sich das als ausgeschlossen erweisen, zumal in den südwestlichen Vierteln, die sie bevorzugten, weil sie dort seit einigen Jahren ihr gemeinsames Büro hatten. Garantiert hatte stets irgendein teuflischer Holländer noch in den Nebenstraßen abseits der großen Einfallschneisen das Werk der Mühlenvermehrung fortgeführt, wo immer sie hoffnungsvoll zur Besichtigung antraten. Sieben-, achtmal waren sie einer Annonce oder einem Maklerangebot gefolgt, worin von einer Mühle nicht ausdrücklich die Rede gewesen war (»Das versteht sich hier offenbar von selbst«, hatte Ella schließlich gemutmaßt), und noch jedesmal dort gelandet, wo die Gemütlichkeit unweigerlich mit der Kelle eingeschenkt wurde.

»Das reicht jetzt bald«, hatte Ella irgendwann angekündigt, und dann hatte es tatsächlich gereicht. Mit Drontjes Oude Molenhove (oder ganz ähnlich) war das Maß des Mühlenunwesens voll gewesen. Dieser Kraftprotz am äußersten südlichen Stadtrand war lediglich als »vollständig erneuerter historischer Gewerbehof« annonciert gewesen. Der Hinweis auf »öffentliche Zuschüsse« hatte zusätzlich seinen Charme gehabt.

»Pfui«, sagte Ella, als die beiden Immobiliensuchenden durch das Hoftor getreten waren. Der bisherige Besitzer, der ihnen sogleich mit breitem Lächeln entgegenkam, hatte in der Tat nichts unversucht gelassen, um einem aufgeschlossenen Publikum das Wunder der Mehlwerdung nahezubringen und seine öffentlichen Dukaten ingeniös zu vermehren. Während Karla den sacktragenden Esel anstarrte, der gerade über den Hof trottete, bemühte sich Ella, das klospülungsähnliche Rauschen eines künstlichen Mühlbachs zu übertönen und dem verkaufswilligen Neumüller klarzumachen, daß dieses Ensemble ihren Vorstellungen leider so gar nicht entspräche.

»Ein geschlossenes System!« meinte sie zu verstehen, als der Mann bis auf wenige Schritte herangekommen war. »Sie können mahlen und backen!« schrie er und wies mit ausgebreiteten Armen auf einige adrette Häuschen am Ende des Hofes.

»Das mach mal schön selber!« rief Ella zurück und packte Karla beim Arm.

Sie winkten und entfernten sich eilends durchs Hoftor.

»Total vermüllert«, sagte Karla. »Warum verkauft er dann aber?«

»Wahrscheinlich ein Spekulant«, mutmaßte Ella verdrießlich.

»Vielleicht sollte er eine Kette aufmachen. Oder wir?«

»Jetzt ist jedenfalls Schluß, Karla. Andere Gewerbehöfe gibt's hier draußen nicht, wie es in der Stadtmitte keine Mühlenhöfe gibt. Geben wir's erst mal auf und bleiben auf der Etage.«

Karla war zwar einerseits ganz ihrer Meinung, tat sich aber andererseits gerade mit dem Aufgeben vermeintlich sinnloser Unterfangen nicht leicht, wie wir bereits gemerkt haben. Das vermeintlich Sinnlose ist für manche Menschen nun mal ein besonders anziehender Kleister. So daß Karla bereits am Tag nach Ellas Kapitulation dabei beobachtet werden konnte, wie sie sich an Eleonore Redden, die Immobilienmaklerin und regelmäßige Wiesengängerin, heranpirschte und nach geringen Umschweifen die Frage anbrachte, die sie bewegte. »Wir würden gern ein größeres Grundstück für Wohn- und Gewerbezwecke in den südwestlichen Bezirken kaufen – gibt es da zur Zeit irgend etwas Brauchbares?«

»Ach, irgendeinen reizvollen Mühlenhof gibt es eigentlich immer – kommen Sie doch mal in meinem Büro vorbei, Kindchen. Hier ist meine Karte.«

Nun, das war selbst für Kindchen Karla erst einmal ernüchternd genug.

Da diese ganze Vorgeschichte jedoch mit dem Erwerb

von Henks Mühle enden wird, müssen wir wohl eine kurze Inkubationszeit annehmen, in der die vom endgültigen Verzicht bedrohte Karla einmal mehr ihre unerhörte Wandlungsfähigkeit unter Beweis stellte. Sie mauserte sich in aller Stille von der Mühlenverabscheuerin zu einer Frau, die zwar keine unleidliche Mühle, zur Not aber doch eine halbwegs leidliche – eine ohne Mühlsteine, ohne klobigen Mühlenstumpf, ohne Esel oder gar Mühlbach –, kurz: eine Mühle, die ihren Namen zu Unrecht trüge, zu akzeptieren bereit wäre. Gerade so, wie der Teufel in der Not Fliegen frißt. Sie würde, ganz nebenher und ohne Aufhebens, Ausschau nach einer Mühle halten, von der außer ihrem vermutlich untilgbaren Namen nichts geblieben wäre.

Nun galt es allerdings noch eine zweite Vorbedingung zu beachten, die den Erwerb einer solchen Immobilie zusätzlich erschwerte. Und es hätte tatsächlich nicht viel gefehlt, und Karlas und Ellas künftiges Wunschhaus wäre hinübergekippt ins reine Villenviertel, und das wäre ihnen dann doch zu fade gewesen. Denn die eigentlichen Villenstraßen wollten sich nun einmal nicht recht beleben. Ella behauptete, das Lebhaftere, Unentschiedenere der Randzonen rühre von der Vielzahl der bloßen Anwärter auf ein Leben im Reichenviertel her, solchen Leuten, deren Geld zu wenig war, die aber doch gern dazugehören wollten, und sei es vorerst nur im Stand der Anwartschaft.

»Du redest von solchen wie wir?« hatte Karla sie unterbrochen.

»Genau«, sagte Ella, die sich als passionierte Alltagsforscherin nur zu gern über Themen wie dieses verbreitete. Richtige Zwitterstraßen hätten sich daraus ergeben, wohin man, auf »Vornehmes« eingerichtet, auch blicke – am Beispiel einiger der einst schönen, gepflegten Alleen könne man das besonders gut sehen.

»Du redest von solchen Alleen wie meiner?« hatte Karla wieder gefragt.

»Genau«, hatte Ella wieder geantwortet.

So daß man, wollte man nun den Standort von Henks Mühle in irgendeiner Weise kritisch bewerten, sagen könnte: Sie balancierte auf der Kante – vor sich den geschäftigen Sargasso Platz mit seinem Verkehrslärm, seinen prächtigen Bäumen, den einst herrschaftlichen alten Villen, aber auch den uncharmanten Einsprengseln von billigen Neubauhäusern, von kleingewerblichen Flachbauten und Abstellplätzen. So stand sie gerade noch im Zwischenreich der Anwärter, während gleich in ihrem Rücken die Villenstraßen in weltferner Abgeschiedenheit vor sich hin dösten.

Irgend etwas vom gebenden, reichen Wesen eines Wunschhauses muß Karla doch angeweht haben, als sie vor gut drei Jahren, einen Zeitungsausschnitt in der Hand, erstmals den Fuß in den Hof von Henks Mühle setzte.

Nun aber los! Sie war voller Erwartungsfreude, denn dieser Zeitungsausschnitt war eine Anzeige, die einen ganz besonderen Tag für Blumenzwiebelfreunde verhieß. Hier, in diesem Gemisch von Hof und Höfchen, von lang und kurz, hoch und niedrig, das Karla, von Sammelleidenschaft ergriffen, zunächst nur ganz nebenher erfaßte, sollte sich der größte deutsche Versand von Blumenzwiebeln und Irisvarietäten befinden, der den Freunden von Zwiebel und Rhizom einen ganz besonderen Tag verhieß, insofern dieser Versand einmal nicht als solcher fungieren, sondern, eine Sonderaktion, seine Raritäten in Kästen und Körben im Hof feilbieten wollte.

Für die nächsten anderthalb Stunden können wir Karla wohl abschreiben. Jedenfalls nehmen wir im Hinblick auf unser aktuelles Thema, Henks Mühle, erst wieder Interesse an ihr, wenn sie, mit diesem glasigen Blick der erschöpften Liebhaberin, an der provisorisch im Hof aufgestellten Kasse Aufstellung nimmt.

»Ach bitte«, sagte Karla, als sie den hochbeladenen Korb auf den kippeligen Kassentisch stellte, »stand hier wirklich einmal eine Mühle?«

Der geschäftige Mann mit Tellermütze und gesmoktem Russenkittel wies auf das Quergebäude. »Dahinter«, sagte er, strich erst die Unsumme von der Tischplatte, die Karla hingelegt hatte, und deutete dann mit der Rechten etwas an, das ungefähr Kniehöhe hatte, »ist noch so was wie ein Stummel von einer Mühle zu sehen. Stammt wahrscheinlich noch von den Holländern.«

Karla nickte so erleuchtet, als schlüge sie sich innerlich an die Stirn – ach, natürlich, die Holländer! Wahrscheinlich auf dem Weg nach Potsdam, wo sie kurz danach das Holländische Viertel gegründet hatten. Oder das sie, umgekehrt, kurz zuvor gegründet hatten, ehe sie auf dem Rückweg jeden freien Fleck nutzten, um rasch noch einige Mühlen abzusetzen. Karla erinnerte sich jetzt lebhaft der vielen Mühlen und Mühlenstümpfe, die sie bereits kennengelernt hatte.

»Ach, natürlich. Und wieso gerade Henks Mühle?«

Der Mann an der Kasse verzog mechanisch das Gesicht, als hätte man ihm diese Frage eben zum tausendsten Male gestellt. »Manche sagen, der holländische Erbauer hätte mit Vornamen Henk geheißen. Andere behaupten, der Deutsche, der die Mühle übernommen hat, hätte mit Nachnamen Henk geheißen. Na, egal wie, wir müssen sowieso raus – leider. Das ist hier so eine Art Räumungsverkauf.«

»Und wieso?«

»Vertrag läuft aus. Und die alte Frau, der das alles

gehört, will verkaufen. Der alte Kasten ist schon bei der Maklerin.«

»Und können Sie es nicht selbst kaufen?«

»Können schon, so teuer ist das gar nicht – hier ist ja bisher fast nichts gemacht worden. Und der Denkmalschutz hat den Huf auch nicht draufgesetzt, bei so einem Sammelsurium. Aber auch so – und so viel brauchen wir außerdem nicht. Also gehen wir lieber gleich in irgendeine unansehnliche Ecke, wo es billig ist. Wir haben eh schon lange keinen Ladenverkauf mehr.«

Karla nickte und schüttelte gleich wieder den Kopf. Ihr schwindelte leicht bei dem raschen Wechsel ihrer widerstreitenden Empfindungen. Die armen Leute mußten raus – ach, es waren gar keine armen Leute, ja dann ... Wenn man so etwas kaufen könnte ... Wo denkst du hin, so etwas ist unbezahlbar – ach, es war gar nicht unbezahlbar ... ja dann ...

Sie nickte dem Mann an der Kasse zu und setzte sich wie in Trance mit ihren Tüten in Bewegung. Denkmalschutz schied also aus ...

Erst mal nichts kaputtmachen. Behutsam denken. Keine eindeutigen Folgerungen ziehen. Die Gedanken in der Schwebe halten ...

Am Abend, nach einem gemeinsamen Blick durch ein Fensterchen im Hoftor, wußten Karla und Ella, daß sie Henks Mühle kaufen mußten. Weniger Mühle war bisher nie gewesen, und im übrigen erfüllte diese Anhäufung architektonischer Gedankenlosigkeiten fast alle Kriterien für ein langes, glückliches Leben in Seßhaftigkeit: sie war überbordend vielfältig, ihre Bestandteile schillerten in sämtlichen stilistischen und funktionalen Trugfarben, die als einzige Gemeinsamkeit die stille Würde des Verfalls aufzuweisen hatten. Henks Mühle gehörte fraglos zu den Immobilien, bei deren Anblick das prinzipielle Wohlwollen des Betrachters sich zumeist in dem Satz erschöpft: »Hier müßte mal dringend etwas gemacht werden.«

Klara und Ella aber sollte dieser Satz bei ihrem kurzen gemeinsamen Blick durch ein Fensterchen im Hoftor nicht in den Sinn oder gar über die Lippen kommen, und damit war das so beschlossen: Henks Mühle erhielt die erforderliche Stimmenmehrheit von 100 Prozent. Geld spielte keine Rolle. Im Kleinen mangelte es zwar oft, im Großen aber hatte Karla die bislang nie genutzte Möglichkeit, ihren Bruder Hanni »in Amerika« anzurufen, der mit einer Bildagentur dort innerhalb weniger Jahre genügend Geld gemacht hatte, um (seine Worte) »demnächst mal in irgendeine schetterige Bude« in der alten Heimat zu investieren. Wollte er sich nicht sowieso ein Büro plus »Wohntoilette mit Kochnische« für seine häufigen Aufenthalte suchen? Na also. Jetzt konnte er mal zeigen, wie weit er seine erste Million hinter sich gelassen hatte, denn für schmale Kasse wäre diese Mühle, Stümpfchen oder nicht, nun auch wieder nicht zu haben. Und dann die Reparaturen und Umbauarbeiten ...

Karla beschlichen im Lauf dieses Abends der Entscheidung allmählich doch leise Zweifel. Ob vielleicht Ella in der Verwandtschaft noch jemanden ... Ella verneinte das ohne Zögern. Sie hatte eine zwar riesige, aber alles in allem völlig unbrauchbare Verwandtschaft. Karla selbst hatte ihr das oft genug gesagt. Warum hätte sie mit dieser Meinung auch hinterm Berg halten sollen – war es, um einige Ecken, doch auch ihre eigene Verwandtschaft. Mit ein bißchen Drücken und Schieben ging Ella schließlich als ihre Kusine durch. Diese und andere parentale Verquickungen waren offenbar die Folge einer sogenannten Doppelverwandtschaft, die Ellas Patentante Lellek durch einen Ableger, oder hieß es in diesem Fall Absenker?, in Karlas Verwandtschaft mütterlicherseits bis nach Lommatzsch und Kassel verursacht hatte. Ganz genau hatte Karla das Prinzip der Doppelverwandtschaft immer noch nicht durchschaut, wollte es sich jedoch später gern noch einmal erklären lassen, nur nicht sofort. Jedenfalls war Ellas kopfstarker Klan, wiewohl überwiegend am selben Ort ansässig wie sie und Karla, bislang noch zu nichts zu gebrauchen gewesen, und Ella ihrerseits hatte auch konsequent alles vermieden, was das Verhältnis inniger und damit möglicherweise ergiebiger hätte gestalten können. Ihr Kopfschütteln an jenem Abend war folglich von endgültiger Abschlägigkeit.

Da war es doch etwas ganz anderes, »in Amerika« anzurufen!

Morgen, morgen flöge er sowieso »rüber«, ja ja, er brächte sein Scheckbuch mit. Das sei wohl eine richtige Gruselbude mit Fledermäusen drin und knarrenden Türen, wie? Er fände das ja eigentlich abstoßend, wie Karla wisse, so gammeliges Zeug, aber wenn sie ihm zum Ausgleich dann mal einen hübschen Loft einrichten könnten und später seine Briefkastenfirma in Gang halten ... Wie? Ja, den Briefkasten leeren, natürlich ... Sie könnten ja beide morgen dahin gehen und sich den ganzen Rubble genauer angucken. Vielleicht gleich mal rausfinden, wie die alte Lady hieß. Und deren Adresse, klar. Er führe dann direkt dorthin. Oder zum Makler, wenn es einen gäbe. Eine Maklerin sei das? Auch gut. Ja ja, er würde vorher noch einen Blick drauf werfen, aber selbstverständlich. Sie könnten sich ja dort treffen. Viel Zeit hätte er allerdings nicht. Drei Tage wären das Maximum, dann müßte der Kaufvertrag stehen. Ja, und wie es sonst aussähe? Ja ja. Also dann bis morgen nachmittag. Er riefe gleich nach der Ankunft noch mal an, wegen der Anschrift der alten Frau. Oder eben der Maklerin. Diesmal brächte er aber nichts mit, nur Flughafenkram. Keine Zeit.

»Und sagt noch keinem, daß ich komme. Und schon gar nicht, daß ich vielleicht diese klapprige Mühle kaufen will, ja! Sonst liegt die ganze Einfahrt gleich voller Bettler.« Er lachte und legte auf.

»Wie ist er denn so gestimmt?« fragte Ella besorgt.

»Mäzenatisch. Und fanatisch, wie immer. Er liebt alle seine Rollen gleichermaßen, scheint mir.«

Das Ganze lief dann völlig reibungslos ab. Ein Wunder. Oder, genauer gesagt, die Reibungen stellten sich zwar umgehend ein wie erste Flöhe im Pelz, waren jedoch nicht derart lästig, daß sie den Kauf einer Mühle ernsthaft behindert hätten. Vielleicht würden sie ja allerhand Krisen und seelische Störungen nach sich ziehen, doch die gehörten schließlich nicht in den Kaufvertrag, und so wurde er tatsächlich binnen zweieinhalb Tagen abgeschlossen.

Kaum hielten Karla und Ella nach dem kurzen Auftritt eines Maklergehilfen einen Grundstücksplan und ein dickes Schlüsselbund in den Händen und wandten sich dem langgestreckten weißen Gebäude links der Toreinfahrt zu, als Investor Hanni auf den Hof gerollt kam. Er ließ die Scheibe herunter, machte eine huldvolle Begrüßungsgeste und unternahm aus dem kreisenden Taxi heraus seine höchst kursorische Besichtigung des Mühlenhofes, die er mit einem kurzen Halt vor seinem faszinierten Publikum beendete.

»Nun nun, meine Mädchen«, sagte er zu Ella und Karla, legte dabei die Hände vor der Brust zusammen und verdrehte die Augen wie ein falscher Heiliger, »was ich hier eben gesehen habe, dieses morbide Mühlchen oder Hüttchen, habe ich besser nicht gar zu genau gesehen. Ich schicke etwas Geld zum Renovieren. Falls ihr das Objekt aus Versehen abreißt, tretet ohne Scheu vor mich hin. Ich bin der erste, dem ein solches Mißgeschick widerfahren könnte. Falls ihr das Ganze wieder zusammengenagelt kriegt – bitte denkt daran: für mich einen Loft, einen möglichst loftigen, und einen Briefkasten. Ganz einfach. Kein Firlefanz.«

»Aufzug?« erkundigte sich Ella, den Stift bereits über dem Klemmbrett erhoben.

»Ach was«, antwortete Hanni, »später lassen wir uns etwas Stilvolles einfallen. Was hierher paßt – Flaschenzug, Seilwinde, so etwas. Noch stehen wir ja gut auf unseren Füßen.« Er warf den beiden eine Kußhand zu und fuhr davon.

(Karla sollte, nachdem ihr Bruder zwei Jahre später an Aids gestorben war und sie ihn in seinen letzten Wochen im Rollstuhl und, auf der steilen Innentreppe seiner New Yorker Wohnung, auf der Trage gesehen hatte, noch oft an seine Antwort auf die Frage nach dem Aufzug denken. Noch stehen wir ja gut auf unseren Füßen. Aber nicht mehr lange, hatte sie im nachhinein gedacht, Hanni, du armer Hund.)

Die nicht weiter kaufbehindernden Reibungen, von denen andeutungsweise die Rede war, konnten sich nun ungeniert bemerkbar machen.

»Sehen wir mal rein!« rief Ella mit der tapferen Entschlossenheit der angehenden Bruchbudenbesitzerin. Ihre Stirn hatte sich unter der Anstrengung, jetzt bloß nichts verkehrt zu machen, bereits gerötet und sollte gerötet bleiben auf Wochen hinaus. »Das müßte doch das ehemalige Lagerhaus der Blumenzwiebelhändler sein. Früher war das bestimmt ein Stall.«

Sie hatte die alte, überbreite Flügeltür des niedrigen Gebäudes, das von einer langen Reihe Fenster her eher spärlich erleuchtet war, kaum geöffnet, als Karla über Ellas Schulter hinweg auf dem leergefegten Zementboden etwas entdeckte, das möglicherweise eine Mausefalle war. Ella hatte das zweifelhafte Objekt fast gleichzeitig gesehen und drängte ihre Freundin, die Phobikerin, energisch zurück.

»Laß mal«, sagte Ella und schloß die Tür wieder, »wir sehen uns das später an. Ich suche nachher alles ab, und dann kannst du mit rein.«

So war Ella zwar mit ihrer fürsorglichen Tatkraft zur Stelle, wo eine solche wirklich verlangt war, Karla aber mit ihrer unausrottbaren Neugier, wo sie nun wirklich überhaupt nicht verlangt war, war es immerhin noch gelungen, einen Blick auf die riesige Schautafel ganz hinten im Dämmer des Lagerhauses zu erhaschen, ehe ihre reaktionsschnelle Freundin sie ins Freie geschoben hatte.

»Ella«, sagte sie, »kannst du nachher, wenn du dich drinnen umschaust, mal gleich die Schautafel da ganz hinten an der Wand ansehen? Das wäre doch phantastisch, wenn das eine Übersicht über Zwiebelgewächse wäre. Vielleicht haben die die hängen lassen?«

Womit doch wohl unter Beweis gestellt wäre, daß Karla, Phobie hin oder her, durchaus über ein beträchtliches Maß an Selbstbeherrschung verfügte. Nur daß sie in speziellen Fällen erst mit einer gewissen Verzögerung wirksam wurde.

Die zweite Reibung, wenn man konfliktträchtige Kontaktaufnahmen zwischen Mensch und Haus durch dieses Wort charakterisieren möchte, trat wenig später ein, als beide Frauen, stärker werdenden Dankbarkeitsgefühlen folgend, mit Hannis Augen nach dem von ihm gewünschten schönen großen Loft oder doch schönen großen Loftähnlichen Ausschau hielten. Ein freilich im Dahinsinken begriffener hölzerner Taubenschlag schien der Vorstellung des großzügigen Investors beim ersten Hinsehen noch am nächsten zu kommen.

So scherzten Ella und Karla bei ihrer Besichtigung über den Taubenschlag und standen anschließend mit in den Nacken gelegtem Kopf vor dem seltsam geformten Gebäude zur Rechten. Es erhob sich im Anschluß an eine ehemalige Remise und war durch einen verglasten Gang mit dem größten, dem Quergebäude am Ende des Hofs verbunden. Das eigenwillige Bauwerk war das höchste von allen, und das Auffällige an ihm war, daß es nach oben ständig an Statur verlor und dabei eine halbgerundete Vorderseite zeigte, während seine Kehrseite von fast völliger, jedenfalls unansehnlicher Plattheit war.

»Wie einer, der die Nacht über unglücklich gelegen hat«, fand Karla, während Ella noch einen Augenblick zur abgeflachten Spitze des Gebäudes hinaufstarrte und dann meinte: »Tut mir leid, für mich sieht das eher aus wie eine Tanne.«

»Na das paßt doch. Irgendwann mußte es bei dir ja mal durchkommen.«

»Eine Tanne«, wiederholte Ella ungerührt, die wie Karla nach den überreichlichen Erfahrungen mit Tannenwäldern in der Kindheit ein getrübtes Verhältnis zu diesem Nadelbaum hatte. »Und paß du mal auf, daß bei dir selbst nichts durchkommt.«

Karla blickte an sich hinab, als erwartete sie, daß die ersten Tannennadeln durchbrächen. »Nun gut«, sagte sie schließlich. »Dann hat dieses mißratene – also dieses eigenwillig geformte Gebäude seinen Namen weg. Hanni wird begeistert sein. Wo er als Dreizehnjähriger doch aus Protest gegen seine Verschleppung in den Oberharz dort jahrelang in falschen Krokoschuhen zur Schule gegangen ist. Irgendwie müssen wir jetzt nur noch einen Loft daraus machen. Doch Tanne ist schon mal kein schlechter Name.«

In diesem Augenblick verspürte Karla verwirrenderweise eine solche Aufwallung von Erwartungsfreude und diffusen Dankbarkeitsgefühlen, daß sie mit beiden Händen nach denen Ellas griff. Die wiederum streckte ihr die Hände spontan entgegen, griff ihrerseits nach denen Karlas und drückte sie herzhaft wie zur Besiegelung eines für beide Seiten befriedigenden Abschlusses – wenn auch keine von beiden in dem Augenblick zu sagen gewußt hätte, was genau sie da gerade besiegelt hatten. Es war eindeutig ein Schritt getan worden, ein bis dahin geradezu unerhörter Schritt, und der Rest würde sich finden, und mochten noch Jahre darüber hingehen.

Ein Schritt war getan worden, wohin auch immer, eine Lösung näher gerückt, wovon auch immer, und in solchen Augenblicken schießen eben selbst weit auseinander gelegene Gefühle in einer einzigen großen Regung der Erleichterung zusammen.

Nun darf aber trotz dieser ganz besonderen, kostbaren Stimmung eine dritte Reibung zwischen der sogenannten Mühle und ihren künftigen Besitzerinnen keineswegs verschwiegen werden, so schwer die Hypothek unguter Ahnungen auch war, die von Anbeginn auf dieser Kontaktaufnahme, diesmal von Mensch zu Mensch, zu lasten schien.

Karla und Ella hatten ihren ausgiebigen Rundgang fast beendet und standen nun vor dem Querriegel des gelben Backsteingebäudes am Ende des Hofes. Dieses zweistöckige Haus mit seinem hohen Satteldach war allem Anschein nach recht gut erhalten und wirkte im Unterschied zu den anderen, die völlig verlassen aussahen und es, wie sich herausgestellt hatte, auch waren, zumindest teilweise bewohnt.

»Wir ahnen wohl beide das gleiche?« sagte Karla, nachdem sie eine Weile vor dem Haus gestanden und wie gebannt auf die Erdgeschoßfenster links von der Eingangstür gestarrt hatten.

»Ich rufe Hanni an«, war Ellas Antwort. Sie eilte zum Torhaus, Karla auf den Fersen, und fand dort, wie vom Maklergehilfen angekündigt, ein schwarzes Telefon.

»Hanni«, sagte Ella, »wir haben einen furchtbaren Verdacht. Könnte es sein, daß das eine Gebäude noch bewohnt ist?«

»Warte«, sagte Hanni, »ich frage die Maklerin.«

Ella hörte ihn ihre Frage wiederholen. »Er fragt die Redden«, informierte sie Karla.

»Welches, fragt sie. Das von dem Blumenzwiebelversand? Die müßten heute morgen eigentlich den Rest rausgeschafft haben.«

»Nein, das nicht. Das Quergebäude, hinten. Erdgeschoß links. Jetzt wölbt sich sogar die Gardine ein bißchen vor. Da ist wer drin.«

Wieder nahm Hanni Rücksprache mit der Maklerin auf, deren gemurmelte Antwort Ella nicht verstehen konnte.

»Ja. So ist es«, meldete er dann.

»Was denn jetzt? Daß da noch wer wohnt? Und wer? Für wie lange?« Ella sah Karla nervös an, während sie wartete.

»Da wohnt eine alte Frau drin. Die hat lebenslängliches Wohnrecht. Muß raussterben, sagt die Maklerin. Hallo? Seid ihr noch da? Ella?«

»Ja ja. Raussterben klingt nicht so präzise – wie alt ist die Mieterin denn wohl?« Kurzes Gemurmel.

»So in den Siebzigern.«

»Mein Gott, so alt bin ich ja auch irgendwann. Das überlebe ich vielleicht gar nicht, so ein Raussterben. Karla knufft mich andauernd – sie will wissen, ob die Frau denn wenigstens nett ist.« Die Pause, die nun eintrat, schien Ella und Karla für eine so simple Frage doch etwas sehr lang zu geraten.

»Hanni?«

Hanni räusperte sich. »Nein, sagt Frau Redden.«

»Nicht nett? Das klingt aber gar nicht gut ...«

»Ihr müßt es wissen. Wollt ihr nachdenken – ich kann noch einen Augenblick warten ...«

Ella schaute Karla fragend an, die jetzt sehr weiß und ratlos aussah.

»Entscheide du«, sagte sie kläglich.

»Hanni«, sagte Ella, »wir nehmen es. Ich kümmere mich schon um den kleinen Pferdefuß.«

»Brave Mädels. Es wird dadurch auch ein ganzes Stück billiger, müßt ihr wissen. Nachher reden wir über die Einzelheiten, ja? Grüß meine Schwester.«

»Casa Pferdefuß«, sagte Ella seufzend. »Aber es muß wohl sein. Wir wollen es doch haben, oder?«

»Ja.«

»Gut. Dann geh du mal jetzt hinter das Haus. Du wolltest doch unbedingt den Garten sehen. Und denk dran, gleich nach einem Hinterausgang zu gucken. Das scheint mir jetzt von höchster Dringlichkeit. Ich gehe mal probeweise nach oben, damit wir wenigstens wissen, wie die Räume sind. Hoffentlich kommt man da einfach so durch.«

»Einfach vielleicht nicht«, sagte Karla, die sich bereits in Bewegung gesetzt hatte, »aber durch. Durch solltest du wenigstens kommen. Wir machen erst mal das Angebot der friedlichen Kohabitation. Sind doch theoretisch ganz nett, so durchmischte Anlagen. Jung und Alt unter einem Dach, du weißt schon. Notfalls müssen wir sie eben rausmobben.«

»Ich sehe es kommen«, sagte Ella.

Karla bog um die linke Hausecke, der kürzeste Weg, um in den Garten zu gelangen, denn die rechte war durch den gläsernen Verbindungsgang zu Hannis künftigem Loft versperrt und nur zu passieren, indem man zuvor die Tanne umrundete. In ihre Vorfreude mischte sich nach den bisherigen Erfahrungen die bange Ahnung, auch hier wieder auf eine unliebsame Entdeckung zu stoßen.

»Oh«, sagte sie denn auch nur halblaut, als sie um die hintere Hausecke bog. »Das Schönste zuletzt«, murmelte sie dann, und zur Hälfte hatte sich die Erwartung, die sie die ganze Zeit seit dem Vorabend gehegt und gehätschelt hatte, bewahrheitet: Es war das Schönste, was sie bisher entdeckt hatte, ein Garten, wie er grüner, wilder und vielversprechender nicht hätte sein können. Die andere Hälfte ihrer Erwartung war allerdings um nichts weniger berechtigt gewesen: es war schrecklich. Es war das obszönste, das auftrumpfendste Chaos, das sie im Leben gesehen hatte. »Oh«, sagte Karla noch einmal halblaut und preßte die Hand vor den Mund. Sie stand wenige Schritte vor einer Barrikade aus Müll, kein Hausmüll, sondern Sperrmüll, akkurat aufgetürmt zwar, aber Sperrmüll. Sein Abstand zur hinteren Hauswand des Quergebäudes betrug vielleicht fünf oder sieben Schritte. Dazwischen war die Erde nackt. An der Hauswand entlang standen ein paar alte, kaputte Gefäße. Aus einem wuchs eine Hortensie buschig empor. Karla versuchte, den Wall nur aus dem Augenwinkel wahrzunehmen und den Blick auf das verlockende Grün dahinter gerichtet zu halten, während sie ganz am Rand vorbeiging und in den Gartenteil des Grundstücks gelangte. Sie meinte, Blicke im Rücken zu spüren. Gleich hinter dem Durchgang zwischen Müllwall und Gartenmauer drehte sie sich um. Im ersten Stock war ein Fenster geöffnet worden, und in der Öffnung stand Ella und machte ihr Zeichen. Sie zeigte nach unten, wo sich hinter der weißen Gardine erneut etwas bewegte. Ella fing an, mit den Armen wie mit Flügeln zu schlagen und mit den Augen zu rollen wie – wie was? Karla lachte, obwohl ihr der Schock noch in den Knochen steckte und der sich vorwölbende Gittertüll ihr beklemmend unsympathisch war. Was wollte Ella denn bloß? Sollte das einen balzenden Auerhahn vorstellen? Karla zog fragend die Schultern hoch. Ella verdrehte ungeduldig die Augen, wies erneut nach unten und machte dann eine abwiegelnde Geste. Die wußte Karla nach dem ganzen Geflatter nun endgültig nicht mehr zu deuten, und ihr fiel dazu nichts ein, als mit dem Finger auf ihre Armbanduhr zu tippen und anschließend mit der Hand einen Kreis zu beschreiben. Da der Sinn dieser Botschaft wiederum Ella verborgen blieb, machte sie mit verständnisloser Miene, wenn auch nickend das Fenster zu, und Karla begann mit ihrem eiligen Rundgang durch den Garten. Viel Zeit blieb ihr dafür nicht mehr, hatte sie Ella bedeuten wollen.

Umgeben von schattig grünem Gesträuch, aus dem immer wieder Bäume aufragten, stand auf einer Art sonniger kleiner Lichtung, einem in strahlendes Licht getauchten Rasenstück, ein rotblühender Rosenstrauch, ein übermannshoher Solitär, wie er üppiger und gesundheitsstrotzender nicht sein konnte. Eine Katalogabbildung – Karla hatte in vielen Jahren keinen solchen Strauch gesehen, nur hier und da seine Abbildung. Doch hier war er – ein flammendes Fanal der Selbstbehauptung, und nun klopfte Karlas Herz, während sie näher auf den Rosenstrauch zuging, endlich einmal aus reiner, unvermischter Entdeckerfreude. War das *Wilhelm*? Das war *Wilhelm*.

»Was sollte das eigentlich vorhin bedeuten, dieses Geflatter mit den Armen, als du am offenen Fenster standest?« fragte Karla, als die beiden langsam über den Hof in Richtung Torausfahrt gingen.

»Ich wollte so etwas andeuten wie ein Schreckgespenst, und als du das nicht begriffen hast, wollte ich dich nur beruhigen. Es ist ja gar nichts passiert.«

»Der Hausgeist. Und gesagt hat sie wirklich kein Wort?« Ella schüttelte den Kopf. Sie hatte Karla, die in sicherer Entfernung vom Vordereingang des Hauses auf sie gewartet hatte, gerade erklärt, von einer Begegnung könne man eigentlich nicht reden. Die Frau sei, nachdem sie an ihrer Wohnungstür vorbeigegangen und bereits auf halbem Weg nach oben gewesen sei, aus ihrer Wohnung gerannt gekommen und habe ihr vermutlich nachgesehen. Sie wisse es nicht genau, denn sie habe sich nicht umgedreht und übers Treppengeländer geschaut. »Frag also gar nicht erst, wie sie aussieht – ich weiß es nicht. Auf dem Rückweg nach unten habe ich bloß ein leises Geräusch an ihrer Tür gehört, ich vermute mal, sie hat durch den Spion gesehen. Ich kümmere mich später darum. Sag du mir lieber, welcher Irre diesen Sperrgürtel hinter dem Haus aufgetürmt hat. Ist wahrscheinlich vermint. Ich finde, wir rufen sofort den Auwacki an, damit er das alles wegfährt. Morgen. Ich will daran gar nicht mehr denken müssen. Was war denn da hinter dem Gebüsch?«

»Der Mühlenstumpf. Nur bis zum Knie geht er allerdings nicht, er ist vielleicht zwei Meter hoch. Gelber Backstein. Die Tür ist mit einem Schloß versperrt.«

»Dann können wir uns ja wieder auf irgend etwas gefaßt machen. Und was gab es noch?«

»Ganz hinten ist noch eine Art Schuppen, schön groß. Der war offen und leer. Und der Garten – den hast du zum Teil ja gesehen. Sehr schön. Nur alles ziemlich wild. Bis auf einen Rosenstrauch. Den muß jemand gepflegt haben. Der stand wie für eine Ausstellung. Rotblühend. Ich würde sagen: *Wilhelm*.«

»Was?« fragte Ella ungläubig. »Ausgerechnet hier? Den wolltest du doch immer haben. Da kannst du wohl einen kleinen Pferdefuß verkraften. Und wie ist es ganz hinten, wo man nicht hinsehen kann? Noch ein Müllhaufen?«

Karla schüttelte den Kopf. »Nein, nein. Es endet hinten so wie rechts und links – mit einer Backsteinmauer. Da kann man nicht mal irgendwo durchgucken. Schrullig. Es ist nur eine massive Eisenpforte drin. Ich weiß nicht, ob da eine Straße angrenzt oder ein Grundstück. Wahrscheinlich ein Friedhof.«

»Ich sehe es kommen«, sagte Ella. »Wir müssen eine Leiter anstellen. Wenn Hanni abgefahren ist und wir den Vertrag haben, fahren wir her und stellen überall Leitern an. Und in der Tanne waren wir auch noch nicht. Ich lasse den Auwacki das Schloß aufmachen.«

»Es ist wirklich *groß*«, sagte Karla ein wenig erschöpft. »Sage ich doch«, sagte Ella. »Groß und schön.« Beide lächelten und traten durch die Toreinfahrt auf die Straße hinaus.

»Wie war denn die alte Frau?« erkundigte Karla sich teilnahmsvoll, als ihr Bruder am übernächsten Abend nach der abschließenden Begegnung mit der Eigentümerin in ihre Wohnung zurückkehrte. Hanni hatte seit seinem ersten Auftritt, als er ihnen, vibrierend vor Munterkeit, aus dem Taxi zugewinkt hatte, doch merklich an Frische eingebüßt. Selbst er kaufe so eine Bulette nicht mit links, das sei ihnen doch wohl klar – »hm, meine Süßen?«

»Ihr seht nämlich mal wieder arg – wie soll ich sagen, nun ja, wie nicht ganz im Bilde seht ihr wieder aus, o je.« Aber dafür sei es bei ihnen wieder richtig schön gewesen, wirklich.

»Die alte Frau – wie die war? Wie die Hexe Kaukau, zäh – bis die auch nur eine Mark mit dem Preis runtergegangen ist! Wahrscheinlich reibt sie sich heute den ganzen Abend die Hände. Und nun, Ella, du hattest doch irgendwo noch ein Fünkchen gesunden Menschenverstand für Notzeiten versteckt, könntest du das jetzt bitte mal in Gebrauch nehmen, ja? Folgende Schritte bleiben zu tun ...«

Ella saß mit einem Klemmbrett und schrieb und schrieb. Wenn das man gutging! Karla schossen die unguten Ahnungen durch den Kopf wie ganze Schulen zickzackschwimmender Raubfischchen. Nach einer Anstandsfrist setzte sie sich in einiger Entfernung von Ella und Hanni auf einen steifen Stuhl und versuchte, an etwas Neues, Schönes, Aufregendes zu denken, das nicht zugleich auch beängstigend war. Später, kaum daß sie dem ermattet zum Fenster emporlächelnden Investor Hanni in seinem Taxi nachgewinkt hatten, gestand sie Ella, daß sie lieber nicht an die Mühle gedacht habe.

Sie hatte sie in der Vorstellung umschlichen wie die Katze den heißen Brei und sich schließlich ganz, ganz hinten auf dem Grundstück, wo die Piranhas der unguten Ahnungen bestimmt nicht hinkamen, auf einen umgestülpten alten Eimer gesetzt und eine üppig blühende Rose angestarrt, einen prächtigen Solitärstrauch von unvergleichlicher Wüchsigkeit und Gesundheit. War das wirklich *Wilhelm*? So hatte sie sich bereits zum zweiten Mal über einen alles in allem beklemmenden Augenblick hinweggeholfen.

»Du weißt, ich neige dazu, mich zu übernehmen«, erklärte sie Ella später am Abend etwas kleinlaut und nicht zum ersten Mal. »Schaffe ich so viel weniger als andere oder lade ich mir so viel mehr auf?«

»Das ist doch Hose wie Jacke«, antwortete Ella, ebenfalls nicht zum ersten Mal. »Für dich ist es in jedem Fall zuviel. Aber ob nun Mühlchen oder Hüttchen, es ist wirklich groß.«

Der Große Groschenroman 1

Aus Rußland hatte der finnische Literaturagent Seppelainen die Idee des Großen Groschenromans mitgebracht, die er Ella am vergangenen Wochenende unter großer Heimlichtuerei ans Herz legte. Sie solle ihm mal so einen Großen Groschenroman herbeischaffen, schnell, bitte, er kümmere sich dann um den Rest, ja? Ella machte Karla am Dienstag nach ihrer Rückkehr vor, wie der finnische Seppel eine riesige Hand vor ihrer beider Gesicht gehalten und die Worte außerdem aus dem rechten Mundwinkel herausgepreßt hatte. »Weeeee ...«, machte sie und drückte Karla die Rechte an die Nase wie einen chloroformierten Wattebausch. Karla war fasziniert von dieser geheimdienstreifen Demonstration. Ella ließ sich auf die Tischkante fallen.

»Ja, und weiter?«

Ja, dem zufolge, was der finnische Seppel ihr anvertraut habe, gebe es in dem riesigen Rußland mit seiner grandiosen Literatur neuerdings kleine Gruppen von Pfiffikussen, die sich von noch größeren Pfiffikussen, den Verlegern von Groschenromanen, mehrmals jährlich in karg ausgestattete Zimmer einsperren ließen, um darin, mit modernen Leistungsstimulanzien wie Energiedrinks und Kraftriegeln versehen, innerhalb weniger Wochen einen neuen Groschenroman zu schreiben. Für Groschen oder, genauer gesagt, Kopeken gingen diese umfangreichen Machwerke heutzutage zwar nicht mehr weg, aber alles in allem waren sie doch innerlich und äußerlich geblieben, was sie bereits an ihren Anfängen im 19. Jahrhundert gewesen waren: reißerisch aufgemachte, reißerisch zusammengeklierte Geschichten von Liebe und Gewalt, die ihren Lesern, bei eifrigem Gebrauch, ein dringend erwünschtes zweites Leben ermöglichten.

»Das können wir auch«, erklärte Ella lakonisch, während sie einen Stoß Bücher vom Boden aufhob und auf Karlas Schreibtisch fallen ließ. Karla streckte die Hand aus und zog sie gleich wieder zurück, als könnte sie etwas beißen.

»Ach na ja, ich weiß nicht. Wollen wir das denn?«

»Das ist nicht mehr die Frage«, war Ellas Antwort. »Wir müssen. Wir brauchen Geld, viel und schnell. Die Dächer, die Heizung, du weißt das. Und diese Großen Groschenromane bringen ein Heidengeld. Seppel hat eine Autorin getroffen, so eine Mitautorin. Ich weiß jetzt genau, wie die das machen. Einer zeichnet mit dem Namen. Der gibt auch die Interviews und so. Und kriegt ein paar Prozente mehr. Die anderen schreiben alle gleich viele Kapitel, die von allen gegengelesen werden. Der Verleger streicht von allem, was über das Garantiehonorar hinaus reinkommt, fünfzig Prozent ein. Da kommt dann Seppel ins Spiel. Soll er mal machen und das Zeug an den Mann bringen. Die Leute kaufen so was wie wild. Der letzte von diesen Großen Groschenromanen hieß *Schwarzer Oktober*. Und der hier –«, sie hob das obenauf liegende Buch hoch, »so was wie *Kalter Borschtsch*.« Karla lachte einfach laut heraus.

»Ihr seid völlig verrückt, dieser Seppel und du.«

»Wir könnten den mal probeweise klonen. Immer strikt am Vorbild lang.«

»Wie wär's mit *Kalter Kaffee*?« fragte Karla, die noch längst nicht Feuer gefangen hatte. »Und warum sagst du denn Großer Groschenroman? Dicker Groschenroman trifft es doch wohl eher.«

»Es gibt eben auch kleine, mehr so Heftchen«, erklärte Ella. »Aber die großen sind richtig dick. Oder umgekehrt, was weiß ich. Und außerdem, hat Seppel gemeint, klingt das auf russisch irgendwie eindrucksvoller als bei uns – Bolschoi groschowij roman oder so.«

Jetzt hatte Karla richtig was zu lachen. »Bolschoi groscho – wie? Romanzeff? Was ich auch nicht verstehe, ist, weshalb das nicht alle machen, wenn das so wahnsinnig einfach ist.«

»Das ist doch manchmal so – man kommt nicht drauf, weil es zu einfach ist. Na, wie auch immer, du schaffst das schon. Ich sperr dich schon mal ein für den Probelauf. Unterdessen erkundige ich mich genauer über den Vertrieb.«

»Von was denn bloß?« Karla starrte Ella an. »Bist du jetzt völlig närrisch? Und wo sind meine Mitautoren? Meine Energiedrinks? Meine Vorschüsse? Und meinen Namen gebe ich für diesen Schund auch nicht her. Womöglich wird der noch mal gebraucht.«

»Ja ja, das sehen wir dann alles. Wir simulieren doch noch. Da kannst du dir das eine oder andere einfach dazudenken. Ich muß Seppel anrufen. Nicht daß wir dann noch monatelang auf unserem fertigen Produkt sitzen. So was steht rasch ab. Und außerdem – die Konkurrenz schläft nicht. Wer weiß, wer noch alles nach Rußland fährt und mit derselben Idee zurückkommt.«

Karla stellte sich Hunderte von finnischen Agenten vor, die mit einem dicken Stoß schundiger Bücher aus ihren Aeroflotmaschinen stiegen und mit flatternden Mantelschößen zum Ausgang des Flughafens hasteten, um den Großen Groschenroman für Westeuropa fruchtbar zu machen. Sie ließ den Oberkörper für einen Augenblick über die Tischplatte sinken.

»Ich rufe Witold an, der hat immer so gute Geschichten parat«, sagte sie dumpf unter ihrem Haar.

»O nein, das läßt du schön bleiben«, sagte Ella entschieden. »Du rufst niemand an, hörst du, niemand. Und schon gar nicht Witold. Was glaubst du wohl, wie diskret so ein Klan ist? Die tragen doch alles rum. Also mach es selbst. Hier brauchst du mal keinerlei Skrupel zu haben, kannst einfach loslegen! Es muß nur eine reißerische Geschichte sein. Wir reden dann heute mittag über alles, wenn das Exposé fertig ist.« Sie warf Karla eine Kußhand zu und ging mit drei raschen Schritten hinaus.

Karla saß da wie das sprichwörtliche Kind beim Dreck. Gut schreiben können hatte sie schon gern gewollt und, wie wir wissen, bis heute nicht gekonnt. Ihre Versuche würde sie künftig geheimhalten. Man machte sich ja lächerlich. So wie sie immer schon der Meinung gewesen war, daß ein Mensch spätestens ab Mitte Dreißig niemanden mehr für sein Schicksal verantwortlich machen sollte als sich selbst, so hatte sie immer schon gemeint und öfter laut bekundet, daß man ab einem bestimmten Alter nun mal kein vielversprechendes Talent mehr war. Auch Herzenswünsche entwuchsen einmal ihren kurzen Hosen, und irgendwann war es an der Zeit, davon zu schweigen. Oder nicht? Doch von vornherein schlecht schreiben hatte sie eigentlich nie gewollt. Wie ging das denn nun wieder? Sie legte die Beine auf die Schreibtischplatte und winkelte die Knie an. Den Kugelschreiber zwischen den Zähnen, versank sie in eine Nachdenklichkeit, aus der sie erst nach zwei Stunden wieder auftauchte, zwar mit einigen klareren Vorstellungen gewappnet, aber eben noch ohne jedes vorzeigbare Resultat. Die Zeit drängte. Das gehörte offenbar auch zu dieser Simulation. Denn eigentlich drängte ja gar nichts, hatte nie etwas gedrängt, außer gewissen Zahlungsterminen. Also, nützlich wäre so ein Unternehmen schon, das mußte Karla sich dennoch eingestehen. Das Geldproblem war derzeit doch wieder arg lästig. Sie stand auf und begann umherzulaufen. Die Stille im Haus, diese völlig ungewohnte Ungestörtheit begann, sich störend bemerkbar zu machen. Mit zwei Sätzen war Karla an der Tür, riß sie auf und fand ihren Verdacht bestätigt; *Nicht stören!* stand auf einem reichlich großen Pappschild, das an der Klinke hing. Wo das wohl herstammte? Ella machte nie etwas halb. Das war schon sehr beruhigend für einen Menschen wie Karla, die gern tausend Dinge gleichzeitig anfing. Und sich schon mal verzettelte. Sie seufzte und schloß die Tür.

»Nun los«, sagte sie halblaut. Erst einmal aufs Papier das Ganze, dann würde sie sehen. Um ein Uhr hatte sie drei freilich äußerst knappe Exposés geschrieben, mit der Hand, und war leicht benommen, empfand jedoch diese wohlige Ausgepumptheit, die sich nach einem Zuviel an ungewohnter Arbeit einstellt, als Ella den Kopf ins Zimmer steckte. »Fertig?« fragte sie bloß.

»Woher weißt du das?« fragte Karla matt.

Ella lachte dreckig. »Du bist im Grunde der Stechuhrtyp, wenn man dich läßt. So, nun gib her, ich lese das eben durch, dann reden wir kurz darüber, und danach können wir überlegen, wie es weitergehen soll.« Sie trat vor den Schreibtisch und zog ahnungsvoll die Brauen hoch. »Die ersten drei Bände, wie? Und so stilvoll – alles von Hand. Sütterlinschrift?« Sie schob die drei Blätter zusammen und nahm sie an sich. »Bis gleich. Drei Minuten werde ich aber brauchen.« Erschöpft sank Karla über dem Tisch zusammen und regte sich eine lange Weile nicht mehr.

»O nein«, stöhnte Ella eine halbe Stunde später. Sie hatten die Sitzecke in Karlas Büro für ihre Besprechung gewählt. Als Mittagessen waren Salzstangen und Quakenbrücker Stärkung, eine Art Molketrunk, vorgesehen. In einer zerkrumpelten Tüte war ein Rest Russisch Brot zu erahnen. Wie anregend. Etwas anderes war einfach nicht da.

Karla starrte das Angebot mißmutig an. »Das eine sage ich dir vorweg. Ehe ich noch eine Zeile zu Papier bringe, will ich in diesem fettfreien Büro richtige Vorräte sehen. *Fettige* Kekse. Schweinsfüße in Aspik. Solche Sachen.«

»Ja ja«, Ella, die sich sonst stundenlang auf Debatten über dieses Thema einlassen konnte, winkte ungeduldig ab. »Du kriegst ja alles. Nun hör doch erst mal ...« Sie breitete die drei Exposés fächerförmig auf dem Couchtisch aus. »Diese Sache hier mit dem Ehepaar, das auf der Fahrt zur kranken Mutter – oder war es die Schwiegermutter?«

»Beides, notgedrungen beides«, sagte Karla.

»... also zu der Kranken in einem Schneesturm die Orientierung verliert und in irgendeinem Wald verratzt, zu einer Hütte kommt und da festsitzt ...«

»Der heißt *Die Falle*«, sagte Karla bestimmt, als sei das die einzig sinnvolle Möglichkeit.

»Wie *der*? Der Roman?«

»Ja, genau. Der Roman.«

»Nun gut, es ist ja noch nichts endgültig, und ob er nun *Die Falle* heißt, ist wohl noch nicht wichtig. Jedenfalls kommen die doch dann an diese Hütte, wo sie Gott sei Dank ein paar Konserven vorfinden und Kerzen und etwas Holz – irgendwie kommt mir die Sache verdammt bekannt vor, entschuldige, aber das macht ja auch nichts, im Gegenteil. Und dann fangen sie an, sich mit Streitereien die Zeit zu vertreiben, und dabei geht ihnen auf, daß beiden unverhofft eine Möglichkeit in den Schoß gefallen ist, den Ehepartner loszuwerden. Wie, wissen wir noch nicht so genau. Aber da gibt's ja auch im deutschen Wald herrliche Möglichkeiten. Nun gut. Dummerweise finden sich in dieser Schneewehe noch andere Elemente, die auch gern wenigstens einen von beiden umbringen würden. Oder beide? Das ist nicht so klar. Oder sind das einfach noch andere Ehepaare, die auf denselben Einfall kommen? Das erfährt man nicht sofort. Und wie es ausgeht, auch nicht. Aber das ist ausbaufähig, glaube ich, vor allem nach den vielen Schneestürmen in den letzten Jahren.«

»Hauptsache, du kommst auf deine Kosten«, sagte Karla. Sie versuchte ein Solo mit Salzstangen. Solomikado. »Weiter, weiter. Welches gefällt dir noch?«

»Eigentlich gibt es ja nur noch eins – dies hier, warte –« Ella fischte ein Blatt aus dem Häufchen heraus. »Das könnte man aber auch mit der *Falle* zusammen verarbeiten ... Ich meine, *Ganz in Weiß* bezieht sich dann eben nicht nur auf die kirchliche Trauung dieser beiden Hochzeitsreisenden, sondern gleich noch auf den Schneesturm ...«

»Was denn? Und die Frischvermählten sollen sich noch am selben Abend so satt haben, daß sie sich umbringen wollen? Das geht nun doch etwas weit. Ein Minimum an Glaubwürdigkeit ...« Es war Karla trotz ihrer tapferen Einwände anzumerken, daß es mit ihrer Ernsthaftigkeit nicht mehr weit her war. »Und wo wir schon in einer Schneewehe steckenbleiben, können wir die gleich auch noch reinverarbeiten – *Weiße Wehen*, das wär doch was. Sie hätten dann eben geheiratet, weil die Braut kurz vor der Niederkunft stand, obwohl sie einander bereits haßten ...« Mit einer Art Schnarchlaut kündete sich Ellas Lachanfall an.

»Trotzdem«, sagte sie Minuten später, als sie ihr Taschentuch wegsteckte, »alle Tränen sind gelacht ... – und wie weiter? Was machen wir nun damit?«

»Solomikado«, sagte Karla.

»Was?«

»Der neue Titel, diesmal der endgültige.«

»So ein Blödsinn«, sagte Ella aus tiefster Überzeugung. »Und nun mach noch mal einen Versuch. Etwas seriöser kann er ruhig sein. Und etwas wilder. Und daß du ja hier sitzen bleibst.«

Wilder, dachte Karla verzweifelt, wilder! Wilder, schrieb sie in den großen Tischkalender, wilder. Doch je eindringlicher sie nach Wildheit schrie, wie eine Dürstende nach Wasser, desto mehr verschwammen ihr die kreischenden, kreisenden Glücksrädchen, die mechanischen Kinderwindmühlen, die gezwirbelten, zwiebelgemusterten Dreiersonnen zu schlierigen Nichtigkeiten, billigfarbigem Plunder wie diese federgespickten Papiertröten mit dem zerlaufenen Drachenmuster – alles nichts entschieden Schönes, Festes, Gegensätzliches, das sich zu behaupten vermochte, dem Chaos den Scheitel zog, so wie die Anakonda dem Urwald zeigte, was eine Harke war, denn das tat sie, diese einzinkige Harke, die mit unerschütterlich gleichmütiger Zielstrebigkeit das scheinbar Undurchdringliche nach beiden Seiten auseinanderschlug wie den Vorhang im Windfang einer Bierschwemme, durch den der Gast ins Freie trat: Luft, mehr Luft.

Sie hätte gern eine Geschichte über die einzige Anakonda geschrieben, die sie je gesehen hatte, das heißt die einzige in Fleisch und Blut, in einem kleinen Zoo war das gewesen. In einem Tierfilm mit dem Titel *Die Anakonda* hatte sie noch eine etwa vierzehn Meter lange Anakonda eben diesen Scheitel ziehen sehen, wobei dieses erhabene Exemplar auch nichts Feierlicheres im Sinn gehabt hatte, als ein Warzenschwein (oder war es ein Hängebauchschwein gewesen?) zu umschlingen und hinabzuwürgen. Sie hatte dann den restlichen Film hindurch gelegen und es verdaut, und Karla hatte sich ziemlich lange die Augen zuhalten müssen, denn im Innern der Anakonda war doch noch einiges los gewesen, und das hatte sich schrecklich lebhaft an der Oberfläche des Reptils abgezeichnet, o je. Verzweifelt hatte das Schwein ins Freie gedrängt, vergeblich. Bis es nur noch eine Beule gewesen war, eine Ausbuchtung, eine Verdikkung, reglos.

Nun, in einem Groschenroman, wie die Vorgabe nun mal lautete, würde das nicht gehen. Heftiges Umschlingen, Verschlingen, konvulsivisches Verdauen, vielleicht Hervorwürgen, das Scheiteln ganzer Urwälder, das würde alles nicht gehen. Denn solche Geschichten für Millionen, dachte Karla, wären nicht einmal in der Mitte anzusiedeln, in ihnen wäre die Mitte gleich das Ganze, und das, was sich rechts und links davon befunden haben mochte, im Reiche der Anakonda, zu weniger als einem dunklen oder strahlenkranzartigen, feurigen Saum geschrumpft, der nur ganz, ganz dahinten, wo nie einer je wirklich hinkäme, mit seinem Dräuen oder Strahlen für einen Wimpernschlag zu erhaschen wäre, wenn überhaupt. Doch darüber machte sie sich jetzt besser keine Sorgen, ehe sie auch nur eine Ahnung vom Großen, Ganzen der alles gewordenen Mitte hatte. Sie kniff die Augen zusammen. Schwarzes und rotes Gezüngel wich einer riesigen weißen Krümmung, flachen Krümmung, vielleicht wie auf diesen schematischen Zeichnungen von der Netzhaut. Doch hier endete schon jede Vergleichsmöglichkeit, denn eine so große weiße Fläche konnte nicht lange Bestand haben vor Karlas immer noch fest zusammengekniffenen Augen. Schon begann dieses Weiß zu irisieren, ja, zu wabern, und sie mußte den Druck ihrer Lider mindern, um wieder eine brauchbare leinenstille Fläche zu erhalten, auf der nun bald etwas erscheinen mußte, das war ihr schon klar, was sollte die arktische Weite und leblose Weiße auf die Dauer bewirken, hervorbringen, wenn nicht etwas Lebendiges, Dunkleres, mit dessen Erscheinen sich alles ändern würde, wie beim Eintauchen des ersten Steins in die stille Oberfläche des Teichs?

»Meine Güte«, sagte Karla laut und machte die Augen auf. Was sollte das denn werden? Ein Remake von *Soweit die Füße tragen*? Sie griff nach einem Kugelschreiber wie eine gelangweilte Angestellte der Reklamationsabteilung – *Und wann hatten Sie das Gerät gekauft*? – und schrieb in den großen Tischkalender: Nicht so wild, und gleich noch einmal: nicht so wild. Düster aufscheinender Saum, feuriger Saum nur jeweils für einen Wimpernschlag, denn die Welt ...

Herrgott, der Entwurf des Großen Groschenromans! Karla zog ein leeres Blatt heran. Linie von rechts unten nach links oben, das entsprach ihrer Vorstellung von Vorwärtsdrang; einige kurvende Schwünge ihrem erwachenden Unternehmungsgeist; einige völlig unmotiviert wirkende Schraffuren rechts und links der schwarzen Linie ihrem Sinn für Akzente der Raumaufteilung, ja, mehr: hier waren sozusagen die Abenteuerfelder, hier hatte man etwas zu erwarten, das waren die energetischen Tankstellen – etwas in der Art. Entschlossen zog sie, ohne abzusetzen, eine zweite neben der ersten Linie, und diese Doppellinie wand sich nun schon in großzügigen Schwüngen, aber auch zwei, drei engeren Kurven einem links oben zu vermutenden Horizont entgegen. Straße! Nehmen wir dies mal als rudimentäre Landkarte. Das war doch wirklich ein Anfang. Sie liebte diese grob skizzierenden oder aber übergenauen Karten in Büchern, aus denen anfangs kein Leser schlau wurde, ebensowenig schlau wie aus den vertrackten Ortsangaben im Text selbst, unter denen man sich erst ganz allmählich etwas vorstellen konnte.

(*Unweit Twixt o' Under traf man alsbald auf eine kleine Brücke, die sich zur Überquerung des Supper-*

lot anbot und im übrigen unmittelbar zu einer Ziegelei führte, die, längst aufgelassen und verlassen, in einsamer Mittagsstille dalag und den Herannahenden zugleich anzog und unheimlich berührte, so daß er sich nur in einer Mischung aus Verharren und Vorrükken daraufzu zu bewegen vermochte ... Zur Linken überragt von einem Turm, der im Dorf Trockenturm genannt wurde, zur Rechten geradezu unterspült von einem drängenden Nebenärmchen des Supperlot, entfaltete dieses menschenleere Industriedenkmal vor den Augen des zaudernden Fremden die unregelmäßig vertrackte Anordnung einer gewachsenen Kleinstadt, denn nicht Reißbrett oder, wie man heute sagte, Retorte hatten den Grundriß dieser Stadt vorgegeben, sondern der vielfältig ausufernde und dann doch wieder zu sich zurückkehrende Flußlauf der Geschichte ...)

So oder ähnlich hieß es da oft. Karla schnalzte vor Erwartungsfreude, doch waren es letztlich eher die Wonnen der Erinnerung an längst geschriebene Romane der Weltliteratur, die sie bewogen, ihrer imaginären Landkarte noch eine Weile nachzuhängen. Denn solch eine Karte hatte oft, vorwegnehmend, wenn man sie an ihrem üblichen Ort, der Innenseite der Buchdeckel, entdeckte, noch ehe man auch nur zu lesen begonnen hatte, die verheißungsvollen Striche, Linien, Punkte und Namen geliefert, die man brauchte, um in ahnungsvolle, freudige Bereitschaft zu geraten.

So etwas wollte Karla, warum denn nicht?, auch für den Großen Groschenroman.

Karla, der Entwurf! Schon 174mal die Augen zugepreßt und keinen Zentimeter weiter. Oder doch? Das mit der Karte war doch immerhin etwas. Und nun ziehen wir der unermeßlichen Weite den Scheitel – aber halt! Schon wieder halt!

Dieser Große Groschenroman würde natürlich in der

Mitte Europas spielen. In Deutschland und den Nachbarstaaten. Höchstens. In einem der dichtbesiedeltsten Staaten der Erde war es mit der unermeßlichen Weite nicht so arg weit her. Man hatte es vorwiegend mit drangvoller Enge zu tun. Nun gut, es gab schon noch ein paar Ecken ... Fast automatisch trug Karlas Hand an Wacholder erinnernde Silhouetten in die weißen Flächen rechts und links der Doppellinie ein. War es das? Waren die Würfel gefallen? Sollte dieser erste Große Groschenroman nach russischem Muster etwa in der Heide spielen? Karla schlug mit der flachen Hand auf den Tisch. Das war die Landschaft. Wacholder. Erika. Wackersteine. Hitze. Sand. Fliegengesurr. Heidschnukken. Truppenübungsplätze. Safariparks. Na, da war ja einiges los. Und ganz nebenbei kannte sie sich dort aus. Sie hatte mit der Heide sogar noch ein Hühnchen zu rupfen. Da war mal etwas gewesen ... Karla zog eine der unteren Schubladen ihres Schreibtischs auf und zog ein paar Blätter aus einem dünnen Ordner. Das konnte sie sich jetzt leisten, fand sie. Praktisch war sie ja fertig. Oder eher umgekehrt – theoretisch. Die Landschaft lag bereits unter der Sonne hingestreckt wie ein soeben erlegter wildernder Hund. Nicht so wild, hatte Karla gesagt. Na bitte, da lag er, natürlich nicht wirklich tot!, ganz zahm, tongue lolling. Jedenfalls ganz zahm. Das war die Trophäe. Die hatte sie zum Vorzeigen. Sie blätterte und legte dann das gesuchte Blatt auf ihre rudimentäre Landkarte. Es war doch schön, wenn man zu fast allem im Leben schon irgendwelchen Senf dazugegeben hatte. Vielleicht half ihr dieser Klacks hier endgültig auf die Sprünge. *Ausfahrten* hieß eine kleine Serie von ja – sagen wir ruhig, Heimatgedichten. Das war schon mal gut für Groschenromane, so eine Gegend namens Heimat. Da würde dann allerdings der eine oder andere Blitz einschlagen müssen, das war auch klar.

Diese Heimatgedichte waren von 1971-79, stand auf dem ersten Blatt. O je. Auch schon wieder eine Weile her. Gleich das erste war das Heidegedicht. *Wieder Heimat* – schon damals? Ja, ja, denn das war genau diese Art Heimat: Wieder-und-wieder-Heimat.

Wieder Heimat

Schellenlärmend hoch zu Verden
Sieh die Aller! Sandgeschöpft
Alle Heiden reich geboren
Doch entgeistert in den Mooren
Denk nur an
Nach alledem
Feiste Rappen nicht zu haben
Wird es klappen? Weg den Knaben
Freie Bahn dem Moorgedicht!
Setze Pfänder frei nach Ehra
Da die Heide lässig blüht
Eine kleine Ackerfurche
Gräbt doch Furcht mir ins Gemüt

Halte Kutscher an der Ecke
Wo die Birke immer steht
Schon erwartet mich das Meine
Aus der Stadt? Wie kommst Du spät

Nun, das hätte schlimmer kommen können. Karla fand das Gedicht mit seiner unerklärlichen Heiterkeit auch nach zwanzig Jahren noch recht gut zu ertragen. Bei dem Thema geradezu ein Wunder. Oder? Kam Heimat gerade wieder auf? Als Thema vielleicht etwas kokett? Doch brauchbar für ihre aktuellen Zwecke? Aber gewiß. Deshalb war sie ja drauf gekommen. Da war doch noch etwas gewesen, was war das denn noch gewesen und immer so weiter. Wenn's bloß keine Liebesschnulze würde. Und kein Muttermord. Oder jedenfalls nicht nur. Eine Moorleiche wäre einem Heidenröslein gewiß grundsätzlich vorzuziehen, aber doch ebenfalls etwas antiquiert, oder? Trotzdem, die Engländer hatten Hunderte von Moorleichen ausgelegt, antiquiert oder nicht. So ein, zwei sollte man sich eigentlich hierzulande leisten können. Man sollte sich überhaupt mehr leisten ... Karla, bitte, der Entwurf! Ja, da war doch immerhin schon die Moorleiche hinzugekommen, war das vielleicht nichts? Karla musterte eindringlich die rudimentäre Karte der Heidelandschaft. Was man hat, soll man auch zeigen. Und man hatte – Karla kritzelte angestrengt, um nicht von vornherein soviel Platz zu vergeuden, man wußte ja nie, was sich dereinst in der Gegend zutragen würde – man hatte links oben, beschloß sie einfach, VERDEN; und rechts unten, etwas kleiner, in kleineren Buchstaben schrieb sie EHRA LESSIEN in das immer noch beherrschende Weiß. Alle Orte, denn darum handelte es sich natürlich, waren in der Nähe der Bundesstraße gelegen, Verden näher und nur durch eine Art ohrförmige Umgehungsstraße davon entfernt, Ehra Lessien ein Stück moorwärts an einer Nebenstraße. Und nun war noch die Aller zu verstauen, diese allgegenwärtige mal silberne, mal graugrünliche Ringelnatter – o nein, eben keine Ringelnatter, denn die Flüsse, auch die kleinen, alle waren sie letztlich unterwegs zum offenen Meer. Und diese Aller, die hatte doch unendlich viele Nebenflüßchen – wenn ihr Gedächtnis sie da man nicht täuschte? Weiter, weiter. Die Aller mußte sich heute einmal dort entlangbequemen, wo der Große Groschenroman sie haben wollte. Es war sowieso schon alles anstrengend genug. Karla hatte mit einem zunehmend penetranten russischen Flair zu kämpfen, was zweifellos dem Stapel erfolgreicher Vorbilder auf der Schreibtischecke zu verdanken war ... Tundra, nein, nein, Taiga ... jedesmal wenn sie sich sozusagen mit quietschenden Gummistiefeln der Moorleiche näherte, wurde unversehens eine Russenleiche, die Leiche eines Russen vorerst beiderlei Geschlechts, daraus, ein Blödsinn, durch keine Vorgabe gerechtfertigt, doch es war, als führten ihr ihre russischen Fixsterne regelrecht die Hand ... Karla straffte die Schultern, nahm ein langes Holzlineal aus der rechten oberen Schublade, machte den Arm lang und stieß die gestapelten Vorbilder von der Schreibtischecke herunter.

»Ruhe«, sagte Karla. »Ganz ruhig mal. Eine Moorleiche aus dem Hüxelmoor bei Ehra Lessien bereitet der Polizei nach wie vor Kopfzerbrechen ...« Sie hob den Kopf. Sie hatte bereits eine Leiche, sie hatte ein wunderbares Gelände, sie hatte – nun ja, die Geschichte hatte sie noch nicht, aber wollte sie wirklich in die *Heide*? Wäre es dort nicht, auch heute und vielleicht gerade heute, viel zu lahm, geradezu unanständig lahm? Viel zu putzig für ein Schlachtengemälde von Leidenschaft und Gewalt? Doch sollte sie vielleicht ihre unmittelbare Heimat etwa zwanzig Kilometer weiter nördlich in Erwägung ziehen. Karla blätterte in ihrer Mappe. Da war es.

Heimat will ich nicht sagen

Wer spräche denn von einer Erde
Darin Millionen Rüben stehen
Kanäle sind hineingezogen
Laßt mal sehen:
Die bleichen Schüler springen noch vom Ufer
Daß die Lachen schillernd reißen
Wenn das einer sieht, den ganzen Dreck
Über dem Kanal ist blasser Himmel

Und der Kahn hat Wäsche überm Deck
Man hat Mühe, mit den Rädern raufzukommen
Die da lesen auf der Böschung oben
Sind wohl gar nicht erst geschwommen
Und ein Treidelpfad, das ist doch längst vorbei
Hätte man zu trinken mitgenommen

Heimat will ich nicht sagen
Doch das ist einerlei
Wer würde mich danach fragen?

War es soweit? Fragte man sie nun doch noch, oder fragte sie sich am Ende selbst? *Mußte das jetzt sein?* Sie mußte raus, einen Augenblick raus, ins Freie, um Wangen und Hände abzukühlen.

Sie erblickte Ellas Rücken in der Leihbibliothek und rief ihr im Vorbeieilen ein »Ich brauche eine Pause, bis bald« zu, dem Ella, wie sie aus dem Augenwinkel mitbekam, am Telefon hängend, nicht rasch genug zu widersprechen vermochte, hatte sie doch um diese Zeit garantiert die ZEITUNG, eine ihrer wichtigsten Auftraggeberinnen, am Apparat, um sich einmal mehr über die Böcke aufzuhalten, die man, ungeachtet ihrer Korrekturbemühungen, in die Ausgabe vom Tage hineinfabriziert hatte – das war beinah die Regel, und Karla, die sich eilends entfernte, wußte schon gar nicht mehr, wie oft sie Ella mit hochrotem Kopf ins Telefon hatte rufen hören: »Nun begreifen Sie das doch endlich – es heißt, aus aller Herren *Ländern,* hinten mit *n*! Ich hatte Ihnen doch die Eselsbrücke gefaxt, zum An-die-Wand-Hängen. So, haben Sie nicht – dann wiederhole ich es gern noch einmal: *Aus vielen Ländern kamen Gewürze und Spezereien – woher? Aus aller Herren Ländern.* Was Spezereien sind – meine Güte, das kann uns im

Augenblick doch weiß Gott gleichgültig sein. Haben Sie denn keine Nachschlagewerke in Ihrer Redaktion ...« So hörte sich das heute an, doch Ellas Eifer erstarb schlagartig, denn sie hatte Karla entdeckt. Ihr hektisches Wedeln, eine Mischung aus Lockbewegung und Hundeschulkommando, vermochte Karla mühelos zu ignorieren, und so erblickte eine nur Augenblicke später aus der Bürotür stürzende Ella die davoneilende Karla gerade noch, bevor sie in der Toreinfahrt verschwand, und schrie ihr nach: »Und das Zeug? Wo ist das Zeug?« Karla rief zurück: »Auf dem Schreibtisch.« Und setzte, weil sie nicht richtig lügen wollte und ja auch gar nicht mußte, hinzu: »Jedenfalls das, was da ist.«

Wie befreit eilte sie über den Sargasso Platz und die Larnaca Allee hinab, warf einen einzigen flüchtigen Seitenblick durch den Zaun auf die Wiese, nahm befriedigt zur Kenntnis, daß Halblang noch nicht wieder auf seinem Graszipfel stand – ausschließlich ihr Verdienst, so vermutete sie –, und lief an allem vorbei, was ihr Auge ungezählte Tage wahrgenommen hatte, an den rollenden Marktständen, den überquellenden Containern, dem hitzestaubigen Friedhof, und in den Stadtwald hinein, so tief hinein, wie man in einen Stadtwald laufen kann, in ihn hinein und wieder aus ihm heraus und ein Stück um ihn herum, bis das Ziel ihrer Wanderung, wohltuende Erschöpfung, erreicht war. Als sie das Gefühl hatte, keinen Meter mehr laufen zu können, ohne tot niedersinken zu müssen, verharrte sie einen Augenblick auf der Stelle, an einer Weggabelung, und schickte sich dann zu ihrer langen, langsamen Rückkehr an.

Halblang

Halblang sollte in den kommenden Jahren häufig, ja fast täglich auf dem Mühlenhof erscheinen, um Tergeune ausgiebiger zu plagen, als er das auf der Wiese vermocht hatte, wo der andere sich jederzeit grüßend hatte an die Mütze tippen können, und der sogenannte Altmeister wiederum sollte diese Wortgefechte schon im Kopf vorwegnehmen, wenn er genügend Muße hatte. Gewöhnlich, jedenfalls, wenn die Witterung es zuließe, würde Halblang bei seinen Besuchen auf der Bank unter dem Fenster Tergeunes Platz nehmen, das dessen Schreibtisch am nächsten war. Er draußen, sein Widerpart drinnen, so würde die Aufteilung von Anbeginn sein, was sich zunächst ganz natürlich daraus ergeben sollte, daß Halblang sich seine Besuchserlaubnis ja mehr oder minder erst hatte erkämpfen müssen.

Halblang war, nachdem Tergeune das Gelände an der Larnaca Allee nicht mehr betrat, sondern allenfalls über den Zaun hinweg gereizten Umgang mit ihm pflegte, alsbald auf dem Mühlenhof aufgetaucht. Ein heikles Unterfangen, wie Karla, die ihn heimlich dazu ermuntert hatte, beobachten konnte.

»O nein, Freundchen«, hatte Tergeune vernehmlich gesagt, als er seinen Plagegeist zum ersten Mal erblickt hatte, der wenige Meter von seinen Bürofenstern entfernt auf dem Kopfsteinpflaster des Hofes stand und, die Hände auf den Rücken gelegt, ein Loch in die Luft starrte. Das Krachen der Fensterflügel hatte vorerst jeden weiteren Annäherungsversuch Halblangs im Keim erstickt. Der verschmähte – allerdings auch ungebetene – Besucher hatte sich eins gegrinst, denn was hätte er anderes erwarten können?, es fürs erste gut sein lassen und sich auf seinen Standort am östlichen Zaun der Wiese zurückgezogen.

Nun hatte Karla sich am vergangenen Freitag ebenfalls von der Wiese verabschiedet und war erst am Montag morgen zur gewohnten Stunde wieder daran vorbeigeeilt, um in der Mühle nach dem Rechten zu sehen. Auf dem Hinweg hatte sie Halblang auf jenem lachhaft schmalen Stück Grasnarbe von ferne dabei beobachtet, wie er wieder einmal in unbequemer Stellung, diesmal mit mitleiderregend abgewinkeltem Kopf, in die Wolken hinaufstarrte, und beschlossen, sich auf dem Rückweg um den verwaisten Vogel zu kümmern.

»Huhu«, hatte sie schon ein paar Schritte vor Halblangs Stammplatz gerufen, um ihn nicht zu erschrecken.

Halblang hatte langsam den Kopf aufgerichtet und sein hellwaches, ausgebleichtes Greisenauge auf sie gerichtet.

»Huhu«, hatte er rührenderweise geantwortet und gekeckert wie ein Eichelhäher. Karla war stehengeblieben.

»Warum stehen Sie denn heute so unbequem, Herr Halblang?« fragte sie. Der alte Mann hatte gutmütig über die vorlaute Anfrage gelächelt.

»Die Frage ist zweifellos interessanter als die Antwort«, hatte er dann gesagt. »Ich stehe nämlich nur deshalb so, weil diese Stellung meinen bröckeligen Halswirbeln am zuträglichsten ist.«

»Immer?« hatte Karla ungläubig gefragt. »Ich meine, stehen Sie jetzt immer so?«

»Ach iwo«, hatte Halblang sie beruhigt. »Das wäre ja gräßlich. Nein, nur wenn ich gerade Probleme mit meiner Halswirbelsäule habe. Und ich habe gerade welche.«

»Gehen Sie doch mal zu Bella«, hatte sie vorgeschlagen. »Sie wissen schon – die Physiotherapeutin bei uns im Haus. Die ist wirklich gut. Einmal ist sie sogar zu einem Emir ins Hotel gerufen worden, als der Beschwerden hatte. Sie knetet Ihnen das weg. Bestimmt!« Es gab keine bessere Schlepperin im ganzen Viertel als Karla, das stand mal fest.

»Sie sind meine Rettung, Kind«, hatte der alte Mann erwidert und schien bereits halb kuriert, denn sein Hals ruckte und zuckte mehrmals aus seinem Seidenschal heraus, als witterte er das Heil wie die Schildkröte das Salatblatt. »Für übermorgen«, hatte er freudig gesagt und sich die Hände gerieben, wie es für ihn typisch war, »ach was, am besten gleich für morgen mache ich einen Termin.« So war das abgelaufen.

Am Dienstag morgen blieb Karla, sie war gleich nach dem ersten Gespräch über den Großen Groschenroman für einen Augenblick aus ihrer Bürotür getreten, um Luft zu schnappen, wie angewurzelt stehen, als der Zufall ihr eine, wie sie fand, hochinteressante Szene bescherte.

Tergeune stand, noch nichtsahnend, an seinem offenen Fenster und sog an seiner Pfeife, als ein zielstrebiger Halblang so eng wie möglich um den steinernen Pfeiler der Toreinfahrt gebogen kam und, die Hand im Nakken, auf Bellas Praxis zusteuerte, ohne den Blick auch nur eine Sekunde in Tergeunes Richtung zu lenken. Wohl aber erblickte der nun Halblang, wie er jede Bewegung im Hof registriert hätte – er teilte sich mit Karla inoffiziell die Aufgabe des Bewegungsmelders –, und sein Arm zuckte bereits zum Fensterhaken, um den offenstehenden Flügel zu schließen, da erlag er der Perfektion der Darbietung Halblangs und verfolgte jede weitere Bewegung der ewigen Reizfigur so gebannt, als wäre der andere im Rhönrad vor Bellas Praxistüre gerollt. Halblang spielte offensichtlich die Pantomime »Herr Halblang entschließt sich zum Besuch einer physiotherapeutischen Praxis«, und dies gründlich. Er beugte und streckte, drehte und reckte sich derart ausgiebig vor Bellas Erdgeschoßfenstern, in die er zugleich immer wieder hineinspähte, daß die Physiotherapeutin, vermutlich in der halben Erwartung, es mit einem Spanner zu tun zu haben, schließlich resolut aus ihrem Eingang geschossen kam und der Darbietung dadurch schlagartig eine Wende verlieh. Denn kaum hatte der neue Patient sich als solcher vorgestellt, wechselte er in die Rolle eines stark gealterten Maurice Chevalier, der sich gerade an Bord seines Kreuzfahrtschiffes begibt – *Let's make a trrriip on a shiiip* –, und dem animierten Ausschwenken von Bellas Hinterteil war anzumerken, daß sie die Nummer zu würdigen wußte. Nicht ein einziges Mal hatte Halblang sich umgewandt, um seine eigentliche Sache voranzutreiben, die, davon war Karla überzeugt, die Eroberung eines Plätzchens auf der gegenüberliegenden Seite des Hofes war, wo ein grimmig blickender Tergeune soeben das Fenster geschlossen hatte. »Das wird noch ein hartes Stück Arbeit«, sagte Karla, »aber du wirst gewinnen, gewinnender Greis.«

»O Karla«, sagte Ella hinter ihr, »dir wächst gerade wieder mal eine Pfahlwurzel. Was ist denn da bloß so interessant? Treibst du vielleicht Vorstudien für den Großen Groschenroman?«

»Das weiß man nie so genau«, sagte Karla schuldbewußt und eilte in ihr Büro zurück, um sich an ihre Exposés zu machen.

Der Große Groschenroman 1, Forts.

Nach ihrem kleinen Ausflug am frühen Nachmittag desselben Tages kehrte sie in ihr Büro zurück und fand Ella an ihrem Schreibtisch, die Beine angewinkelt auf der Schreibunterlage, in der Rechten ein DIN-A4-Blatt, ihre rudimentäre Landkarte, wie Karla auf Anhieb vermutete. Ella mochte ihre nüchternen Seiten haben, aber als Dramaturgin des Alltags war sie unübertrefflich gut. Fehlte nur noch, daß sie sich die Hand vor dic Augen hielt und durch die Finger spähte, um die Wirkung ihrer eigenen Maßnahmen zu kontrollieren. Karla liebte das an ihr und wußte, was sie ihr in diesen Augenblikken schuldig war. Schließlich hatte Ella selbst genügend Gespür dafür, daß so ein Alltag nicht nur aus dramatischen Höhepunkten bestehen konnte. Sie überzog folglich nie.

»Ella«, sagte Karla in dem erwartet defensiven Ton. Ella hatte offensichtlich schon länger in dieser Pose verharrt, denn sie schien sich geradezu schwerfällig aus einer gewissen Tranigkeit zu lösen. Wie ein Strichvogel. Schließlich kam sie im wahrsten Sinne hoch, indem sie die Beine, die vermutlich halb eingeschlafen waren, von der Tischplatte zog, sich mit einer Hand aus ihrem Sessel hochstemmte und dabei die Lider aufriß. Das Blatt Papier behielt sie nicht nur in der Hand, sondern reckte es entschlossen empor wie die bekannte Gelbe Karte (die Rote würde demnächst auch noch fällig, das konnte Karla jetzt schon voraussagen).

»Also wirklich!« sagte Ella. »Liegt hier irgendwo noch etwas, das ich übersehen habe – oder ist das alles, was du bisher verbrochen hast?« Und da diese Eröffnung rein rhetorischer Natur war, fuhr sie gleich fort: »Und vor allem, was *ist* das hier?«

Karla war zwar hundemüde nach ihrer Exkursion, aber jetzt hieß es etwas machen aus dem Tag. Also! Federnd näherte sie sich dem Schreibtisch und nahm Ella das Blatt aus der Hand. »Das ist mehr wert, als du vielleicht glaubst. Es ist eigentlich das Ganze – *Anfang, Mitte, Ende – alles.*« Das Tänzchen war eröffnet.

Ella stampfte mit dem Fuß auf, warf den Kopf in den Nacken und lachte ihr bösestes Stiefmutterlachen.

»Ich habe praktisch alles ganz deutlich vor Augen«, versicherte eine in Jahren sturmfest gewordene Karla. »Schauplatz, oder sagen wir gleich: Tatort, Personenkonstellation, Haupthandlung, Auflösung, was du willst.«

»Schauplatz«, wiederholte Ella.

»Du hast doch die Karte gesehen – eindeutig Heide; nicht? Moor. Hüxeler Moor, genauer gesagt.«

»Hüxeler Moor.« Mehr Verachtung ließ sich in zwei Worte nicht hineinlegen.

»Ja ja, das klingt irgendwie – regional, oder? Wie soll ich sagen: nicht wirklich hutzelig, aber so ähnlich. Du wirst sehen, das bringt am Ende noch etwas. Außerdem kenne ich mich da aus«, setzte Karla triumphierend dazu.

»Ich auch – leider«, konterte Ella. »Vergiß das nicht. Willst du vielleicht ein deutschnationales Familiendrama nach Hermann Löns verkaufen? Wer soll sich denn dahin verirren?« Ellas Empörung war nun ungespielt. Man war mitten in der Diskussion.

»Da gibt's genügend Auswahl – Handelsvertreter, Hebammen, Kriminelle, die die großen Wege scheuen, entlaufene Sträflinge, was weiß ich ...«

»Handelsvertreter! Handelsvertreter!« Ella kreischte vor Freude über diesen Volltreffer. »Ah ah, *Tod eines Handlungsreisenden ... Tod einer Hebamme ...* Ich fasse es nicht.« Aber, wie gesagt, Ella überzog nie, und so wußte sie, daß das Wort jetzt der Angeklagten zustand. »Nun, ich bin gespannt«, sagte sie und steuerte bereits die Couch an. »Eine Frage hätte ich allerdings noch – wo warst du eigentlich die ganze Zeit?«

Karla war darauf vorbereitet. »Ich habe mir noch einen alternativen Schauplatz angesehen«, sagte sie abwehrend. Ella kannte sie so gut, daß sie die Sache fürs erste auf sich beruhen ließ. Hier irgendwo in der Nähe lag Karlas Privatissimum, das wußte sie, hatte sie es doch oft genug in respektvoller Entfernung umkreist. »Demnächst werde ich ihn dir mal zeigen«, bot Karla hastig an, ein wenig verlegen.

»Jederzeit bereit«, erwiderte Ella, »solange ich nicht mit dir in die Heide muß – in dies, wie hieß es gleich? Hüxelige Moor.«

»Hüxeler Moor«, berichtigte Karla sie, »aber auch das könnte sich ereignen. Soll ich da vielleicht allein hinfahren?«

»Das solltest du, wenn überhaupt«, sagte Ella unumwunden. »Zur Strafe. Wer hat dich gehindert, deine Leiche ins Pissoir am Pekingplatz zu legen? Und du bist dir sicher, daß es auf jeden Fall eine Leiche geben wird, ja? Einen Tatort?«

»Auf jeden Fall«, antwortete Karla auf das bestimmteste, als hätte sie über dieses Thema gerade abschließende Reflexionen angestellt. »Es gibt praktisch keinen Roman mehr ohne wenigstens eine Leiche. Oft wird sie zwar nur eben hingelegt, und dann nimmt die Geschichte Umwege über Zentralasien und was weiß ich, und die Leiche muß warten, bis sie wieder dran ist, aber es gibt sie, es gibt sie immer. Oder sagen wir: ohne Gewalt geht nichts, und Gewalt geht in der Regel nicht, ohne daß irgendwann eine Leiche liegt. Glaub mir.«

Ella hörte aufmerksam zu und zuckte dann die Achseln. »Mir soll's recht sein. Vergiß nur die Leidenschaft nicht. Sonst ist das kein richtiger Großer Groschenroman. Und eine Landkarte ist ein guter Anfang, das stimmt. Man hat die Idee, daß der Rest sich von allein ergibt. Die Wege sind festgelegt, und übers Moor kann man bekanntlich nicht laufen. Jedenfalls nicht weit.« Sie lachte, offensichtlich halbwegs versöhnt mit dem aberwitzigen Anfang, den das Ganze genommen hatte.

Karla wurde sofort mutig. »Ich dachte, ich könnte vielleicht meine alten Heimatgedichte irgendwo einstreuen, wie so eine Begleitmusik, etwas in der Art vielleicht ...«

In Ellas Miene wechselten Licht und Schatten, so etwas wie liebevolles Wiedererkennen und Skepsis. Sie kannte diese Gedichte. Selbstverständlich mochte sie sie. »Ein Groschenroman soll das werden, Karla, ein Groschenroman, bedenke das, bedenke es ununterbrochen, sonst wird das nichts«, sagte sie sanft.

»Na gut«, meinte eine scheinbar lammfromme Karla, »im Augenblick stören sie ja niemanden. Sie sind bloß gut für die Stimmung, finde ich – meine Stimmung.«

Ella wußte, was da über die Heide geweht kam: Karlas Stimmungen waren nicht gerade ein Indikator für rauschende Erfolge. Sie waren vermutlich eher das, was jede lukrativ erscheinende Unternehmung von vornherein zum Scheitern verurteilte. »Karla«, sagte Ella. »Karla, es ist nur ein Kitschroman, ein Reißer, was du willst – das muß einfach aufs Papier. Keine von deinen Stimmungen, keine Echos der Vergangenheit, keine Heimat, nichts, nichts, nichts. Aber es ist eine Chance. Das weißt du doch.«

»Weiß ich, weiß ich, ich hab's nicht vergessen, ich vergesse es nicht. Wir machen das so, wie du sagst. So und kein Stück anders. Es ist nur so – so weit weg von dem, was ich gern ...«

»Karla, wir sind erfolglos geblieben. Absolut erfolglos. Wir kennen auch die Gründe, die sieben oder siebenvierzig Väter des Mißerfolgs. Das ist schon fast eine Story für sich. Das muß aufhören. Wie und wodurch ist doch im Augenblick gar nicht mehr die Frage. Aufhören muß es. Aufhören.«

Karlas Miene war jetzt schmerzlich gefaßt wie bei

einem Kondolenzbesuch. Sie sagte: »Wir haben gesagt, wir versuchen das. Dazu stehe ich. Es war ein Rückfall, glaub mir. Es wird auch nicht der letzte gewesen sein. Doch ich werde es versuchen. So lange, bis dieser Große Groschenroman fertig ist.«

Karla wirkte erschöpft. Ella wirkte erschöpft. Zwischendurch hatte selbst sie doch erhebliche Zweifel an diesem Projekt gehabt. »Das ist hier etwas, dem du dich anpassen mußt. Wir müssen es beide, aber du natürlicherweise mehr als ich. Nichts wird sich *uns* anpassen, wie sonst, wenn wir erfolglos sind, *wir* müssen das machen. Ob man das nach so langer Zeit als radikal Schlechterverdienende überhaupt noch kann? Ich weiß es doch auch nicht. Aber wir sollten es wirklich versuchen.«

»Ich werde dir morgen etwas geben, ja? Morgen. Morgen wirst du wissen, wer übers Moor fährt.«

»Morgen werde ich wissen, was der Handelsvertreter im Sacke hat. Morgen.« Ella knipste die Stehlampe aus. »Komm, wir gehen. Wir gehen etwas essen.«

»Ella«, flüsterte Karla, als sie an Wenneghem Shones Tür vorbeigingen, »nur mal nebenher – es ist erstaunlich, was da alles in Schwingung gerät, wenn du auf einmal eher zufällig auf Vergangenes stößt. Das reinste Glockenspiel – kennst du das nicht?«

»Ich weiß, das ist jetzt schwer für dich«, flüsterte Ella zurück, »bei dir schwingt sowieso immer einiges. Am besten stellst du dir jetzt vielleicht vor, du wärst wie eine Glocke ohne Klöppel.«

»Grausig!« rief Karla erschaudernd. »Was für eine grausige Vorstellung.«

»Nichts schwingt«, sagte Ella, »nichts klingt, nichts singt, nichts springt, da ist nur ...«

»Ein Grab«, sagte Karla dumpf. »Mein Grab. Eine Hunderttausend-Dollar-Beerdigung.«

»So ist es brav.« Ella zog das Hoftor hinter ihnen zu.

Was sie denn da für einen Bibi aufhabe, fragte Karla nach einer ganzen Weile und bedachte Ella vom Beifahrersitz mit einem angewiderten Seitenblick, als hinge ihr mindestens ein überfahrener Igel vom Kopf. Ob das das Wunschhütlein für Heidefahrer sei, der Erinnerungskegel für Spätheimkehrer?

»Das ist meine Schülermütze«, antwortete Ella ungerührt und klopfte sich zwei-, dreimal zufrieden auf den Kopf.

»Schülermütze? War mir nicht so, daß wir auf dieselbe Schule gegangen sind? Im Abstand von ungefähr 11 Monaten? In meiner Generation gab es keine Schülermützen.«

»Es war eine private Angelegenheit. Nur in unserer Klasse hat man die getragen. Und auch nicht alle.«

»Verdammt, Ella«, antwortete Karla schlechtgelaunt. »Du mußt mir jetzt nicht mit aller Macht vorführen, daß diese absurde Heimkehr auf meinem Mist gewachsen ist. Dies ist eine Dienstreise, vergiß das nicht. Also nimm diesen Klammerbeutel vom Kopf und unterstütze mich nach Kräften.«

Achselzuckend beförderte Ella ihre Kopfbedeckung auf die Rückbank. »Ich dachte, ich nehme die ganze Unternehmung von der heiteren Seite«, meinte sie dann. »Ganz leicht fällt mir das auch nicht, obwohl ich keinen Großen Groschenroman über Moorleichen verfassen muß. Ich bin schließlich hier in der Gegend geboren und aufgewachsen, Herrgott noch mal.«

»Wie ich«, erwiderte Karla, in Gedanken bereits wieder bei ihrem gemeinsamen Vorhaben. »Wir müssen Nachforschungen anstellen, ohne uns zu sehr zu verstricken. Wie das gehen soll, weiß ich auch nicht. Wir haben hier schließlich schreckliche Dinge erlebt.«

»Und weniger schreckliche. Wir haben hier *alle* Dinge erlebt, die wir überhaupt erlebt haben – am Anfang.«

Während der nächsten Stunde sprachen sie wenig.

Nun kämpften zwei Frauen sich an einem heißen Sommernachmittag auf sandigem Weg durch die Heide voran, als überquerten sie den Strand, um ans Wasser zu gelangen: Sie wirkten zielstrebig, hielten die Köpfe ein wenig gesenkt und schwiegen. Ab und zu blieb eine stehen, um ihre Halbschuhe auszuschütteln. Der Sand war fast weiß, und der Weg, den die beiden eingeschlagen hatten, stieg kaum merklich an und bestand nur aus zwei Sandstreifen, nicht breiter als Karrenspuren. Zwischen beiden wuchs wadenhohes Gestrüpp, mal Heide-, mal Blaubeerkraut. Das Heidekraut blühte noch nicht, die Blaubeeren waren noch nicht dunkel verfärbt, doch beide kannten ihresgleichen nicht und hielten unbeirrt und immergrün übers ganze Jahr die Stellung. Unverwechselbar.

»Unverwechselbar«, murmelte Ella einmal und wies, als Karla sich nach ihr umdrehte, auf die beiden landschaftstypischen Bodendecker. Denn das waren sie, nüchtern betrachtet. Durch ein wegwerfendes Schnauben tat Karla kund, daß sie die beiden Unverwechselbaren bereits mit ihrer Aufmerksamkeit bedacht hatte.

Ein wenig später, sie hatten die winzige Erhebung inmitten des krautigen Flachlands beinah erreicht, blieb Karla stehen, drehte sich abermals um und erklärte: »Es könnte vier oder fünf stilistische Varianten geben, was meinst du? Es sind schließlich ursprünglich, also in Rußland, auch vier oder fünf Ko-Autoren gewesen. Das kann man doch mal probieren. Vielleicht erfrischt das den Leser. Er muß es ja nicht ausdrücklich gesagt bekommen. Er merkt nur, daß es eine klimatische Veränderung gegeben hat, und ehe er das recht mitbekommen hat, kommt schon die nächste.«

Ella gehörte zur verschwindenden Minderzahl von Menschen, die darauf halten und entsprechend geübt darin sind, ihren Verstand zu gebrauchen, ehe sie den Mund aufmachen. Das dauert dann zwar zunächst etwas länger, lohnt sich aber allemal, denn das unbedacht Geäußerte will im nachhinein bedacht – und häufig genug: korrigiert oder verworfen – sein. Karla wußte diese rare Eigenschaft an Ella zu schätzen, denn so lustvoll sie selbst allen möglichen Unsinn erzählte, so ungern hörte sie ihn von anderen.

»Ich glaube nicht, daß der Leser solcher Bücher erfrischt werden will«, äußerte Ella schließlich. »Oder muß. Man fesselt ihn und schleift ihn über Stock und Stein, wie er es wünscht. Also spar dir die Mühe. Du kannst das mit dem erfrischenden Klimawechsel bei anderer Gelegenheit ausprobieren.«

Karla setzte sich achselzuckend erneut in Bewegung und ließ sich dann neben der jungen Birke zu Boden sinken, die die kleine Erhebung krönte. Ella streckte neben ihr die Beine weg und lehnte sich an das weiße Stämmchen. Sie zog eine Landkarte aus der Jackentasche und orientierte sich mit ein paar raschen Blicken.

»Da ist das Moor. Altes Moor genannt.« Sie wies in Richtung Horizont. »Da drüben die kleinere Straße, die nach Worfel führt.« Ihre Hand beschrieb einen Halbkreis, vom Moor ausgehend im Uhrzeigersinn. Hinter weißen Baumstämmen bewegte sich blitzend etwas Graues. Ihre Hand rückte weiter nach rechts und verharrte schließlich, wo das Weiß ihres eigenen Wagens durch die Bäume am Straßenrand schimmerte. »Da ist dann wieder die große Straße. Ein Dreieck also. Nein, ein Viereck: Große Straße –«, sie zog einen Strich durch den sandigen Boden, »Sandweg, Moor, kleine Straße.« Weitere Striche, mehr oder minder im rechten Winkel angesetzt, vollendeten das Viereck. »Das wäre dann der Hauptschauplatz. Nun mußt du dir überlegen, ob wir hier irgendwo eine Hütte hinstellen wollen oder ob die Leiche im Kofferraum diesen Weg herauf und bis an den Rand des Moores gekarrt werden soll. Im Dunkeln natürlich. Die Untat könnte ja auf einem Parkplatz oder besser noch, in einem Feldweg an der kleinen oder der großen Straße stattgefunden haben. Oder im Gasthaus ... Wo du willst. Da hinten, wo die kleine Straße offenbar einen Knick hat, kommt dann bald dieses winzige Nest aus fünf, sechs Häusern, Worfel. Da steht auch einer dieser Heidekrüge. Ach so, ja, irgendwo fährt noch eine Bahn lang. Regionalbahn. Mehr ist nicht zu haben. Reicht dir das?«

Karla starrte düster das Moor an, starrte in Richtung der kleinen Straße, die nun, da sich nichts mehr darauf entlangbewegte, nur noch zu erahnen war, starrte die Bäume an, die die große Straße säumten. Und starrte Ella an. »Willst du mir mal verraten, woher du das alles so genau weißt?«

»Später, später«, sagte Ella ungeduldig, »sag erst mal du, ob du damit etwas anfangen kannst. Reicht dir diese Grundausstattung?«

»Aber ja«, sagte Karla und stand auf. »Mir platzt gleich der Kopf. Heidekraut! Moor! Zwei Straßen! Das ist alles so aufregend. Man weiß gar nicht, wo man anfangen soll.«

Ella lachte. »Es war deine Idee, hier eine Leiche abzulegen. Irgend etwas wird dich doch dazu inspiriert haben. Was fehlt dir denn?«

»Wasser«, sagte Karla und ließ mit der Schuhspitze eine kleine Sandwolke aufstieben. »Wasser! Wasser! Eine Brise. Eine Prise Leben. Zu trocken, zu heiß, zu leblos. Es ist schrecklich hier, schrecklich. Entweder beschaffst du mir jetzt einen Fluß, oder ich habe mich grundsätzlich geirrt.«

»Oh, wenn's weiter nichts ist.« Ella war anders als die unzufriedene Karla äußerst animiert. »Was hättest du denn gern – Aller, Örtze, Luhe ...«

»Fluß habe ich gesagt, Fluß – nicht Rinnsal.«

»Dann nehmen wir die Aller. Wir können sie ja verlegen. Etwas Größeres gibt es hier allerdings nicht. Aber das wußtest du doch, auch wenn du so gut wie alles vergessen zu haben scheinst. Was habt ihr hier denn am Wochenende getrieben, daß dir partout nichts dazu einfallen will?«

»Na was schon! Du warst doch selbst ein paar Mal dabei.«

»Ja, aber viel öfter war ich mit Tante Lellek im Harz. Dafür bin *ich* die Spezialistin.«

»Trotzdem – was soll mir dazu schon einfallen? Diese Wochenenden weichen kaum ein Fitzelchen voneinander ab. Mal ist mehr Sand im Kartoffelsalat, mal weniger. Je nach Windverhältnissen. Mal gibt es schon auf der Hinfahrt Streit, mal erst nach der Ankunft. Mal bleibt man im Sand stecken, mal im Morast ...«

»Danke, danke. Als Material für einen Reißer ist das allerdings recht dürftig, das sehe ich ein ...«

»Ha! Einmal hat mich eine Biene durch die Sandale gestochen. Was sagst du nun?«

»Das ist doch schon etwas. Du mußt dir einfach nur Mühe geben. Diese Biene kenne ich wie meine eigene Verwandte, aber ich liebe sie immer noch. Der Leser wird heiße Backen kriegen. Sonst noch was?«

»Einmal ist eine Thermosflasche runtergefallen, auf der Straße, beim Aussteigen, und war kaputt.«

»Och nee, Karla, das ist nun wirklich nicht ausbaufähig. Was anderes?«

Karla schwieg eine lange Weile, als warte sie diskret und wolle ihr eigenes Gedächtnis nicht stören. Es war, als hätte der Boden sich ganz sacht zu heben und zu senken begonnen. »Prügel. Eine Tracht Prügel. Da war aber auch wieder Wasser im Spiel. So ein See. Und ein Gürtel hüfthoher Brennesseln drum herum.«

»Die kenne ich doch auch schon, diese Prügel. Das ist schwärzeste Autobiographie. Grundsätzlich lehnen wir so etwas ab, oder? Der Leser scheut mit Recht davor zurück, ahnt er, weiß er doch aus Erfahrung, daß jetzt gleich die ersten Verwandten angetrapst kommen werden. Aber als Anregung für einen Groschenroman taugt so eine bittere kleine Jugenderinnerung allemal. Nimm mal die derzeit nicht sehr aktiven Helden. Ich glaube, du solltest ihnen wirklich eine Hütte hinstellen, dann könnten die aufgestauten Spannungen sich im Morgengrauen oder spätabends entladen, indem die zwei Hauptwidersacher sich ein Stück davon entfernen, sagen wir, bis zum Fluß oder dem nächsten Teich, und dann kommt die Prügelszene. Aber dabei stirbt noch keiner. Das schafft bloß ein Klima der Gewalt und legt eine falsche Fährte für spätere Verdächtigungen.«

»O Ella, soll einem davon nicht schlecht werden? Sei ehrlich.« Karla klang mutlos.

»Und ob. Wir sind offenbar auf dem richtigen Weg. Und jetzt fahren wir in diesen Heidekrug, trinken Kaffee und vervollständigen deine Landkarte, komm.«

»Erzähl mir nicht, daß wir da übernachten wollen!« sagte Karla, die Mühe hatte, mit ihrer euphorisch ausschreitenden Freundin mitzuhalten.

»Wenn es etwas bringt, warum nicht? Wir werden ja sehen. Merk dir alles schön, dann mußt du dir das später nicht aus den Fingern saugen. Das spart schon wieder Zeit.«

»Heidekrüge sind tückisch. Über den Betten der Gäste ticken die Wanduhren der Wirte.«

Ella sah sie prüfend an. »Das ist mir neu. Wo war das denn?«

»Sprakensehl. Pfingsten. Diese Uhr hat die ganze Nacht getickt wie die bei meiner Urgroßmutter. In das laute Ticken mischten sich auf deren Bauernhof, wenn ich noch nicht ganz wach war, am Schlachttag die Todesschreie der Ziegen. In einem Heidekrug habe ich einmal die halbe Nacht gewartet, daß es wieder losgehen würde. Es blieb still, doch ich habe kaum ein Auge zugetan, und mein Herz hat so laut geschlagen ...«

»Karla, alte Schlachtenbummlerin, das ist jetzt schon wieder etwas für später, wenn wir kein Geld verdienen müssen. Aber die Uhr, ohne die Ziegen, können wir ja schon mal aufhängen. Wenn nicht tatsächlich schon eine dahängt.« Sie waren an der Straße angelangt und schüttelten – nicht zum letzten Mal an diesem Tag – den Heidesand aus ihren Schuhen.

»Herr Wirt«, sagte Ella eine Stunde später im Heidekrug, als Karla draußen war, um sich umzusehen. »Haben Sie Uhren in den Gästezimmern?«

»Uhren?«

»Ja, solche Wanduhren mit Pendel, die ziemlich laut ticken.«

Der Wirt lächelte mild. »Wir haben in den letzten fünfzehn Jahren alle sechs Zimmer renoviert. Laut tickende Wanduhren mit Pendel finden Sie da nicht mehr.«

»Aber es gab sie mal?«

»*Eine* gab es, eine. Nach dem Tod meiner Großmutter war die in einem der Gästezimmer aufgehängt worden. Wie man das damals so gemacht hat.«

»Vielen Dank für die Auskunft«, sagte Ella. »Und

noch eine Frage: Wir versuchen, die Stellen wiederzufinden, an denen wir früher sonntags gepicknickt haben. Dazu gehörte auch ein Stück Heide mit einem Fluß, der mittendurch floß. Haben Sie eine Idee, wo das gewesen sein könnte?«

Der Wirt lachte. »Wenn Sie nicht haargenau die Stelle wiederfinden wollen, an der Sie früher waren, hätte ich eine ganze Menge Ideen. So viele Flüsse wie hier mitten durch die Gegend fließen ... Oder was man hier Flüsse nennt. Warten Sie mal –«, er federte davon, umrundete die Theke und kam mit einem Block in der Hand zurück. »Also gleich in der Nähe fließt die Irse. Da gibt es eine Stelle, die ist perfekt, wie auf 'ner Ansichtskarte – so.« Er zeichnete eine kleine Skizze, die von seinem Heidekrug ausging und mit wenigen Strichen vollendet war. »Das ist praktisch genau in der Mitte der Schnuckenheide. Da schneidet die Irse durch. Wenn Sie nur Wiedersehensgefühle suchen, können Sie nichts Geeigneteres finden. Aber warten Sie mal –« Er wandte sich nach der Theke um, hinter der auf einmal eine alte Frau stand und Gläser abzutrocknen begann.

»Mutter, hier sucht jemand Flüsse. Können wir da weiterhelfen?«

Die alte Frau griff lächelnd nach einem Löffel, mit dem sie viermal gegen die Metallkante der Theke hieb, um sich selbst den Takt vorzugeben.

»Aschau Lache Drebber Wietze ...« Sie gab ihrem Sohn den Einsatz:

»Örtze Luhe Aller Strietze ...«

»Wiehe Irse Oerre Barstel ...«

»Allermüden – Strich – Großgarstel ...«

»Fällt der Schnee vom Dache ...«

»Gibt es eine Lache ...«

»Ist die Lache zugefroren ...«

»Wird das Jesuskind geboren ...«

Die alte Frau und ihr Sohn schlugen gemeinsam mit ekstatisch geröteten Gesichtern den Takt, sie mit dem Löffel, er mit seinem Kugelschreiber, als Ella Karla in der Tür auftauchen sah. Sie rührte sich nicht mehr vom Fleck, bis der Orffsche Erdkundeunterricht beendet war:

»Lutter Lehre Lurse ...«

»Warnau Waise Murse ...«

»Böhme Wümme Rodau Este ...«

»Ilmenau Allehn und Peste ...«

Beide, Mutter und Sohn, rissen synchron die Arme hoch, und Ella dämmerte, daß dieses Pärchen womöglich bereits seit Jahr und Tag zu den Attraktionen der Heide gehörte, ein Vogelpark, ein Safaripark, ein Vergnügungspark, ein Wilseder Berg im kleinen, aber Feinen, denn fein war das gewesen, kein Zweifel, eine sehr gelungene, ziemlich raffinierte Nummer – vom unauffälligen Stichwort, das die alte Frau aus der Küche in den Gastraum gelockt haben mußte, bis hin zum Armehochreißen.

»Bravo!« rief Ella und erhob sich zu stehenden Ovationen, in die auch die bereits stehende Karla ausbrach. Die rasch von einem Tisch gegriffene Serviette schwenkend, hielt sie darauf ihren Einzug in die Gaststube, eine Kreuzung aus Einmarsch des Elferrats und Schützenumzug aufs glücklichste improvisierend.

Der Wirt hatte, nach einer tiefen Verbeugung, rasch eine zweite Skizze von einem Flußlauf angefertigt. »Hier fließt die Aller entlang. Die kennen Sie doch wohl, da finden Sie allein hin. Und dort fragen Sie. Manches hat sich allerdings auch verändert.«

Karla trat an den Tisch und blickte fragend auf die Skizzen. »Aha«, sagte sie.

»Wollen wir da eben noch hinfahren – wenigstens zur Schnuckenheide?« fragte Ella.

Karla zog vielsagend die Brauen hoch. Vor der Haustür sagte sie: »Schnuckenheide! Das erfinden die doch. Sieh mal den da«, sagte sie dann. »Den nehmen wir als Spanner oder Exi mit rein. Der ist echt.« Auf der anderen Seite des eingezäunten Hofes stand ein jüngerer Mann über ein Motorrad gebeugt. Er hob den Kopf und schaute zu ihnen herüber. Sein Gesicht wirkte seltsam schwärzlich, wie angesengt. Vielleicht war es auch nur ölverschmiert. Er fuhr sich mit der Zunge über die Lippen, entblößte die Zähne und beugte sich dann wieder über das Motorrad.

»Wie unangenehm«, sagte Ella leise. »Der sieht aus wie angekokelt. Wie macht er denn das?«

»Vielleicht ist er Köhler«, schlug Karla vor. »Das wär doch was für das große Publikum. In den meisten alten Heideschlagern kamen Köhler vor.«

»Das erfindest jetzt aber du«, sagte Ella energisch. »Junge Jägersmänner, ja – aber Köhler? Du denkst immer, ich merke so was nicht. Nimm den Köhler rein oder nicht, aber mach uns nicht miteinander bekannt. Der ist wirklich schaurig. Jetzt bleckt er schon wieder die Zähne.«

»Ich denke, er könnte als irreführendes Element in der Geschichte die Hütte umschleichen und vielleicht irgend etwas mitkriegen, was meinst du? Ein Spanner eben.«

»Warum nicht? Das wären jetzt allerdings schon zwei irreführende Elemente. Erst die Prügel am See, und jetzt der angesengte Spanner. Wo sind denn die Hauptfiguren eigentlich abgeblieben? Ist das nun ein Paar, oder sind es zwei, oder was hast du dir gedacht?«

»Ich sag's dir vielleicht nachher, beim Essen. Ich bin mir noch nicht ganz schlüssig. Vielleicht wählst du unter zwei, drei Möglichkeiten aus. Darin bist du besser.«

»Wieso das denn?« fragte Ella argwöhnisch.

»Weil du dich nicht auf irgendwelche Abwege locken läßt – du weißt, was gewollt wird, und Schluß.«

»Ja ja«, sagte Ella. »Ella weiß, was Leser wollen.«

Erfunden oder nicht, die Schnuckenheide befand sich allem Anschein nach genau dort, wo der Wirt des Heidekrugs sie in seiner Skizze plaziert hatte, das sahen sie alsbald an einem handgeschnitzten Schild in Wegweiserform, worauf in erhabenen Buchstaben stand: »Schnukkenheide 0,5 km« und das im Vergleich zu zwei anderen, provisorischen mit den Aufschriften *Heidehonig hier* und *Wolle & Felle* geradezu winzig war.

»Honig hier?« meinte Karla, »Wolle & Felle? Heißt das, hier hockt irgendwo ein Imker, und der Schäfer zieht auf dieser Schnuckenheide mit seinen Heidschnukken umher?«

»Warum nicht«, sagte Ella. »Jedenfalls hast du dann gleich zwei Spanner mehr. Die Gegend füllt sich langsam. Inspiriert dich das nicht?«

»Was denn? Die ganzen Spanner? Ich zeige dir morgen mal die Stelle, wo ich den ersten Spanner meines Lebens kennengelernt habe. Das war für mich damals täglich Brot. Vor denen hatte ich nie Angst. Und heute sind sie praktisch ausgestorben. Den letzten Exi habe ich vor etwa fünfzehn Jahren in Ostberlin in der S-Bahn gesehen.«

»Wie geht das denn?«

»Der spiegelte sich einfach in einer Fensterscheibe. Das war ungeheuer dreist, finde ich. Zweifach effektiv. Und zweifach riskant, denn, wie gesagt, er war ja gleich zweimal zu sehen. Da brauchte doch bloß der Falsche ...«

»Das führt uns jetzt aber doch arg weit ab, wenn ich das sagen darf. Obwohl es natürlich sehr unterhaltend ist. Erinnerst du dich noch an den indischen Exi auf dem Olivaer Platz?«

»Das führt ja noch weiter ab. An den habe ich schon ewig nicht mehr gedacht. Der auf der Bank hinter seiner Frankfurter Allgemeinen.«

»Also – willst du nun Spanner oder Exis auf der Heide oder nicht? Ich liefere sie dir auf dem Präsentierteller. Oder mach etwas anderes draus. Ich finde die Idee ganz lustig, daß hier, in einer scheinbar menschenleeren Gegend, doch alle möglichen Leute herumstolpern oder -schleichen oder was sonst. Fällt dir übrigens auf, daß wir bisher nur Männer untergebracht haben?«

»Unter den Spannern? Es gibt wahrscheinlich gar keine Spannerinnen.«

»Kann ich mir auch nicht vorstellen. Und weibliche Exis auch nicht. Wen soll denn der Anblick von so was erschüttern? Das ist doch nichts Halbes und nichts Ganzes.«

»Also ich muß doch bitten. Da blüht eben alles im Verborgenen. Deshalb sieht man von weitem nicht sehr viel. Aber wie gesagt, heute gibt's sowieso keine mehr. Auch wieder Opfer des Fernsehens.«

»Dieses Opfer bringen wir relativ gern«, sagte Ella. »Man hat sich doch öfter erschrocken, wenn die so hinterm Busch hochkamen. Auch der Inder, das war schon ein kleiner Schock. Wer ahnt denn so was. Hinter der Frankfurter Allgemeinen. Du sollst deine Scham nicht blößen, heißt es, glaube ich, in der Bibel. Das hat schon was für sich. Entweder alle nackt oder keiner.«

»Dann doch eher alle, würde ich sagen.«

Die beiden Frauen stapften mittlerweile zum zweiten Mal an diesem Nachmittag durch den Sand. Auch diesmal folgten sie einem Weg mit einer Wagenspur, nur wuchs in seiner Mitte kein Heidekraut und kein Heidelbeergesträuch, sondern vergilbtes Gras. Es war immer noch sehr heiß. Der Weg war gesprenkelt von

Kaffeebohnen, und ab und zu wichen beide den dikkeren Batzen der Schafe aus. Nach einer ganzen Weile hatte der Weg die letzten Fichten und jungen Birken von seinen Rändern gestreift und zog sich nackt unter flirrendem Licht um eine Biegung. Aus einiger Entfernung, aber wer wollte das in solchen echolosen Landschaften schon einschätzen, drang ein langgezogenes Blöken durch die Stille. Ella, die voranging, blieb auf der Stelle stehen, als sie um die Wegbiegung kamen. Karla trat neben sie, und beide betrachteten wortlos den neuen Ausblick.

Wenige Wacholder erhoben sich aus der weiten bewachsenen Senke, die von einem silbrigen Flüßchen durchschnitten wurde. Das sah sehr hübsch, sehr anmutig aus und verlieh der ganzen hitzeschläfrigen Landschaft etwas Lebendiges.

»Na siehst du«, sagte Karla nach einer Weile, »solche Flüßchen sind vielleicht nicht gleich die Augen der Landschaft, wie es so schön heißt, aber Wasser ist nun mal Leben – das nehmen wir. Findest du nicht auch?«

»Es ist vollkommen. Genau was wir brauchen. Jetzt bin ich richtig froh, daß wir hergefahren sind.« Wieder verharrten sie eine Weile schweigend vor dem perfekten Landschaftsbild.

»Wie gemalt. Und jetzt können wir gehen«, sagte Karla schließlich. »Möblieren können wir selber.«

Ella wies auf ein dunkles Dach, das sich in der Ferne hinter einer Hecke abzeichnete. »Honig & Wolle«, sagte sie. »Kein Bedarf?«

»Erst mal sehen. Diese Wolle ist immer so kratzig, aber das ist vielleicht etwas kleinlich gedacht. Zur Not fahren wir hier auf dem Rückweg noch mal vorbei. Alles in allem ist hier sehr wenig Betrieb. Das sieht man doch gleich. Man hat einen langen Anmarsch. Nur im August kommen wahrscheinlich mehr Menschen und gucken. Unter solchen Bedingungen können wir nicht lauter Spanner hier herumlaufen lassen. Und dann noch im Winter. Es sei denn, wir verlegen uns aufs Absurde, dann natürlich.«

»Auf keinen Fall. Nichts Absurdes. Schlag dir das aus dem Kopf.«

Karla hob theatralisch die Achseln und setzte sich wieder in Bewegung. »Na siehst du. Jetzt müssen die Hauptfiguren her. Die Geschichte. Alles.«

»Ach so«, sagte Ella nach einer Weile, »was ich noch fragen wollte – wo stand das mit den Flüssen und den Augen der Landschaft noch mal? Und hieß es nicht Ströme?«

»Es fällt mir nicht ein«, sagte Karla, »mit Strömen nicht und mit Flüssen auch nicht. Aber schön ist es.«

»O ja«, sagte Ella.

Stadtfahrt

»Was hast du übrigens in der Aktentasche da drüben?« fragte Karla, als sie am Abend ihr Gepäck in die Wohnung ihrer Mutter getragen halten, die gerade im Schwarzwald eine Kur machte. »Die sieht ja bald aus wie die von Lenin. Ist das Kunstleder?«

Ella setzte eine geheimnisvolle Miene auf. »Ich reise gern vorbereitet«, sagte sie, »das weißt du doch. Im Fall einer Reise in die Vergangenheit –«

»Moment«, unterbrach Karla sie sofort, um deren Laune es erneut nicht zum besten stand, »wir sind doch auf Motivsuche, dachte ich. Von einer Reise in die Vergangenheit kann überhaupt keine Rede sein. Das lehne ich ab.«

»Ja ja«, sagte die unbeirrbar wohlgelaunte Ella, »nenne es meinethalben Motivsuche. Wie du Vergangenheit und Gegenwart in diesem Fall auseinanderhalten willst, ist mir allerdings schleierhaft. Das ist an Orten, die du von früher kennst, gar nicht zu schaffen. Also machen wir das Beste draus, habe ich mir gesagt. Für den Fall, daß du dich von den Orten der Vergangenheit inspirieren lassen willst, habe ich einen Teil meines Archivs mitgebracht. Gegen eine kleine Benutzungsgebühr auch für Ignorantinnen geöffnet. Abteilung Karla Distelkamp, Kindheit und Jugend zwischen Harz und Heide.« Sie kniete vor der Tasche nieder und ließ die beiden Schlösser aufschnappen.

»Also bitte«, protestierte Karla und stieß ihre Schuhe von sich. »Warum kümmerst du dich nicht zuallererst um deine eigene Geschichte? Wie? Ella Hermann, Reife und Greisenalter zwischen Armenhaus und Irrenhaus. Nun gib schon her – was ist das denn bloß für Zeugs? Hebst du immer noch alles, alles auf – Bonbonpapiere, Straßenbahnfahrscheine, alles, alles?«

Ella drückte die Aktentasche an sich wie die Irre von Chaillot. »Erstens habe ich mein eigenes Zeugs, wie du dich auszudrücken beliebst, nicht gefunden – gut zu wissen, daß es nicht da ist, dann kann ich demnächst mal in Kassel nachforschen, ehe der dortige Zweig endgültig verdorrt ist –«

»Oder in Lommatzsch«, unterbrach Karla sie.

»Das nun nicht, eher kann ich noch mal bei Witold nachsehen, der hat immer so viele Sachen auf dem Boden gehabt. Jeder hat da etwas abgestellt, vielleicht ja auch Tante Lellek. Und zweitens – wie war noch die zweite Frage gewesen? Ach ja, ob ich immer noch alles, alles aufhebe? Ja, ich hebe immer noch alles, alles auf, und der Tag wird kommen, an dem du mich anflehst, dich doch nur fünf Minuten Einblick in mein Archiv nehmen zu lassen. Ja, was rede ich – er ist praktisch gekommen, der Tag, an dem ...«

Karla grimassierte nervös vor sich hin und sagte schließlich ärgerlich: »Du glaubst gar nicht, wie sehr mir bei der Vorstellung graut, in solche Taschen blicken zu sollen –«

»– oder zu wollen«, warf Ella ein und stellte ihre Tasche am Kopfende des Sofas wieder ab.

»Ich stelle mir vor, daß jemand verstohlen hinter mir hergehuscht ist, jahrelang, jahrzehntelang und meine Bonbonpapiere und Fahrscheine aufgeklaubt, auf den Dachboden geschafft und dort erst glattgestrichen und dann katalogisiert und registriert und was weiß ich noch alles damit gemacht hat. Ist das nicht eine grauenhafte Vorstellung, gib's zu?«

Ella streckte sich auf ihrer Bordsteinkante aus, wie Karla das Sofa ihrer Mutter nannte, und zog die Dekke hoch bis ans Kinn. »Du meinst Bonbonpapiere und Fahrscheine aus der Zeit, als man noch Bonbonpapiere und Fahrscheine weggeworfen hat? Die Epoche ist jedenfalls reich dokumentiert, meine Beste. Da sind zum Beispiel deine Schulzeugnisse ... Aufsätze ... So komische Briefe an zwei Brüder, mit denen du als Zwölfjährige in den Wald gefahren bist und die du noch nie erwähnt hast ...«

Blitzschnell griff Karla sich Ellas Tasche und ließ sich mit ihrer Beute auf ihrer Matratze nieder. »Ich brauche sowieso noch etwas zum Einschlafen«, erklärte sie lahm, und Ella ging darauf nur insoweit ein, als sie ihr empfahl, dann doch lieber die Lokalzeitung zu lesen, die neben ihr auf dem Boden lag.

»Du wirst kein Auge zutun, du doch nicht. Dein Klöppel schwingt ja jetzt schon wieder wie ...«

»Laß meinen Klöppel in Ruhe.« Karla spähte vorsichtig in die Aktentasche, angelte ein Schreibheft heraus und begann, auf den Ellenbogen gestützt, zu lesen.

Die Aufsätze in dem linierten Schreibheft waren – na ja, dachte Karla achselzuckend. Was sollte ein neunjähriges Mädchen schon erlebt haben, das sich für einen Erlebnisaufsatz eignete? Die wirklich interessanten Dinge würde sie wohl kaum in der Schule vorlegen. Was in dem Heft stand, war bestimmt fast alles erfundenes Zeug, auf »wahre Begebenheit« zurechtfrisiert. Selbst mit einem Bienenstich durch die Sandale hindurch ließen sich nun mal keine drei Seiten füllen. Ella hatte unrecht: Von Schwingungen keine Spur. Karla hatte nicht minder unrecht: Im offenbar einzigen, durch die Jahrzehnte geretteten Exemplar von Auerbachs Kinderkalender, das noch von ihrer Mutter stammte, lag noch ein liniertes Doppelblatt, DIN A5, das von ihrer eigenen Kinderhandschrift beschrieben war. Es war zudem so furios von Kugelschreiberstrichen verunstaltet, daß Karla Hanni im Verdacht haben mußte, hier in einem frühen Anfall von Zerstörungswut am Werk gewesen zu sein. Die zwei Seiten waren folglich nur mühsam zu entziffern, und es handelte sich wieder um einen Schulaufsatz, einen, der offenbar nicht nur bei dem zweijährigen Hanni nicht gut angekommen war, denn Karlas Blick zuckte vorbei an den roten Ausrufe- und Fragezeichen zu seinem Ende hinunter und folgte dann der energischen Lehrerhandschrift. *Komm bitte nach dem Unterricht zu mir.* Mit einem leisen Seufzer begann sie zu lesen. Noch als sie dachte: Das erfindet sie doch jetzt wieder alles, schwang nicht die Spur von persönlichem Interesse mit.

Nun, es war ja auch lange her. Karla erinnerte sich nicht an den Ausgang dieser Begegnung nach dem Läuten, ja, sie erinnerte sich überhaupt nicht an eine derartige Begegnung. Ebensowenig an den Aufsatz, wohl aber an die volkstümlichen Gedichtzeilen, deren Deutung offenbar die Aufgabe gewesen war, und, was sie erstaunte, sie verstand jedes Wort ihrer damaligen Interpretation auf Anhieb.

Der Aufsatz begann *Am schönsten finde ich die letzten 2 Zeilen, weil ich sie selbst so gut verstehe. Wenn ich das mit dem totgeschoßnen Hasen lese oder höre, der auf der Sandbank Schlittschuh lief, muß ich immer an meinen Vater denken, der so etwas Ähnliches macht. Ich meine, man hat mir gesagt, daß er oft so wütend ist, weil er im Krieg so viel Schreckliches erlebt hat. Tote vor allem, und nun kommt er oft spätabends nach Haus, weil er Lastwagen fahren muß, statt fertig zu studieren, und wenn es finster ist und der Mond scheint, geht er über die Straße zum Teich. Dort zieht er seine Schlittschuhstiefel an und fährt Achten mit hocherhobenem Bein, immer um Löbbeckes Insel herum. Manchmal fällt er, und natürlich lache ich dann nur ganz leise. Man darf ihn nämlich nicht beobachten. Er läuft so langsam, wie auf Sand. Und das Komischste ist, daß er einen Hut aufhat, einen ganz normalen Männerhut mit einem Kniff drin wie beim Hasenkissen auf dem Sofa. Als Jacke trägt er die dünne gelbe mit dem Gummiband in der Mitte, eine Windjacke ist das, die er zum Lastwagenfahren anzieht, wenn es wärmer ist, und die hat vorne Ölflecken. Die Hosenbeine steckt er gleich am Anfang oben in die Schlittschuhstiefel. Das ist aber nicht richtig lustig für mich, sondern als wenn es nur für ihn allein ist, und ich gehe immer schnell vor ihm über die Straße und nach Hause. Und danach im Bett fallen mir dann die ganzen anderen Sachen ein, die zu ihm gehören und die ich irgendwo gefunden habe und wieder versteckt. Da hat er kleine Pfeile mit bunten Federn, von einem Gewehr, hat meine Mutter behauptet, und Kastagnetten zum Tanzen und Schuhe mit Nägeln vom Hürdenlaufen. Das hat er alles angeschafft, als ich noch gar nicht da war. Da hat er also ganz andere Sachen gemacht. Aber das ist sein Geheimnis. Jetzt bin ich froh, daß er das nicht auch alles hervorholt wie die Schlittschuhe und schießt und tanzt und über die Hürden rennt, alles mit diesem Hut und der öligen Jacke und so langsam.*

PS: Ich habe das alles geschrieben, als wäre es heute, doch ich weiß nicht warum, denn heute macht er das gar nicht mehr. Ich kann das leider nicht mehr ändern, es läutet gleich.

»Wir haben wenig Zeit, doch ein paar Sachen würde ich mir gern in der Stadt noch ansehen, nur einen Blick drauf werfen. Wo wir schon mal hier sind. Salve Hospes, Löbbeckes Insel und den Klint mit der Treppe, von dem ich dir erzählt habe. Das schaffen wir bestimmt schon am Vormittag. Und dann sollten wir auf dem Rückweg vielleicht doch bei dem Haus vorbeifahren, das wir gestern durch die Büsche hindurch gesehen haben und wo es wahrscheinlich die Schafwollsachen gibt«, sagte Karla. Ella musterte sie fragend über ihre Tasse hinweg, sagte jedoch nichts. Sich selbst fragte sie, was Karla wohl am Abend zuvor aus ihrem Archiv herausgezupft hatte. Löbbeckes Insel sagte ihr auf Anhieb nur, daß es sich dabei um einen Ort in der Nähe von Karlas erster »richtiger« Wohnung gehandelt hatte, diesem Gartenhaus hinter der zerbombten Villa, der »Klint mit der Treppe« hingegen sagte ihr gar nichts. Und die Schafwollsachen waren vermutlich eine Konzession, weil sie mal wieder an alles andere als an den Groschenroman gedacht hatte. »Ist gut«, sagte Ella.

»Zum Salve Hospes, bitte, wie komme ich da hin?« fragte Karla zeitig an diesem Morgen, wie Ella, noch etwas zeitiger, gefragt hatte: »Zum Bäckerklint, bitte, wie komme ich da hin?« Mittlerweile schuckelte jede in ihrer Straßenbahn in die Innenstadt, Ella bereits in der Nähe ihres Ziels, während Karlas Bahn gerade laut bimmelnd auf die Schüler zuhielt, die in der Manier einer Büffelherde in den Kral des Neuen Gymnasiums drängten.

Karla wußte, daß sie heute einen entscheidenden Schritt im Leben weiterkommen würde. Sie wußte es einfach. Sie war glänzend aufgelegt, sie war gespannt. Ihre Jackentasche straffte ein nagelneues Oktavheft. Sie schaffte es kaum, mit zwei Fingern einen Karamelbonbon herauszuholen, »Hier knistert nicht nur das Einwickelpapier«, prahlte sie, allerdings nur halblaut, in den mittlerweile fast leeren Straßenbahnwagen hinein. Nur eine alte Dame hob kurz den Blick und wandte ihn errötend gleich wieder ab. »Wahrscheinlich redet sie auch immer vor sich hin«, mutmaßte Karla, der das nicht entgangen war.

Heute konnte vieles passieren, nur eins mußte sie vermeiden: Sie durfte nicht an den Großen Groschenroman denken. Diese grotesken Figuren, zerstrittene Ehepaare, Schläger, Spanner, Schnuckenhirten, Handelsreisende, Häftlinge und Hebammen, über die sie gestern auf den letzten Kilometern vor der Stadt schon nicht mehr gesprochen hatten, wären nun wirklich, und das obendrein noch an einer der Wirkungsstätten Till Eulenspiegels!, das allergroteskeste flickenbunte Narrengelichter, das nur ein Hirn in äußerster – beispielsweise pekuniärer – Bedrängnis zu ersinnen vermochte, nicht zu vergleichen mit den halb in pastellfarbener Unentschlossenheit verharrenden, halb ungeduldig andrängenden Gestalten ihrer Vergangenheit. »Ich erkläre es dir dann heute abend, Ella«, sagte Karla, wieder halblaut. Diesmal war die alte Dame jedoch gewappnet. Sie blickte entschlossen auf den Rücken des Straßenbahnschaffners, und ihre Wange blieb fahl.

»Lessingplätz«, sagte der Schaffner. Karla stieg aus und lachte laut auf. In ihrer Vorstellung war dieses unregelmäßig geformte Plätzchen ein brausendes Inferno von Straßenbahnen, Pkws, Radfahrern und ständig auf die schmalen Inseln der Haltestellen hinauf- und von ihnen herabdrängenden Passanten gewesen. Der Lessingplatz der späten Neunziger wirkte hingegen geschrumpft. Alles war geschrumpft, wie es gut und richtig ist, wenn man selbst zu einer Gulliverfigur herangewachsen war. Sie drehte sich zweimal im Kreise, ehe sie ihre Richtung wählte und die Haltestelle verließ.

Bevor sie die paar Meter zum Salve Hospes zurücklegte, wollte sie noch einen Blick von der Brücke werfen. Sie hatte in früheren Zeiten vom ehemaligen Bahnhofsgebäude über den Fluß hinweg zum Lessingplatz geführt, und wohl fast jeder Einwohner der Stadt hatte sie mehrmals im Jahr passieren müssen. Solange sie nur in Begleitung Erwachsener unterwegs gewesen war, erinnerte sich Karla jetzt, hatte sie dies nie getan, ohne den Satz zu hören: »Hier hat früher die Harfen-Agnes gestanden und gesungen.« Und die Mutter, die Großmutter oder die Tante hatte, während sie sie an der Hand zum Brückengeländer führte, zu singen begonnen. »Ich s-teh auf der Brücke und s-puck in den Kähn ...« Karla beugte sich über das Brückengeländer und blickte in den unverändert dahintrödelnden Fluß, der, wo immer gerade kein Weg, kein Steg und kein Gebäude war, von Trauerweiden überhangen wurde. Das war akzeptabel, das war sogar schön. Eine Stadt, die keinen Fluß hatte, sollte sich einen schaffen, fand sie. An Flüssen wuchsen Kinder vermutlich anders auf.

Die Große Kurfürstin

»Harfen-Agnes«, »Rechen-August«, eine »?-Jule«, deren Spezialität ihr entfallen war – sie waren auf ihre Weise so inspirierend für eine Stadt wie alte Laternenpfähle. Gar nicht. Sie waren einfach nur da. Sie hatte sich früher, als sie sich über alles geärgert hatte, auch darüber geärgert, daß sie solche Figuren, die sie selbst nie gesehen hatte, denn sie gehörten älteren Zeiten an, in den Kopf gepflanzt bekommen hatte, noch ehe sie selbst die Sonderlinge ihrer Zeit und deren Taten hatte in ihr Gedächtnis aufnehmen können. Wie etwa diese ... – was hatten sie der damals noch hinterhergerufen, dieser Großen Kurfürstin auf dem Fahrrad, eine ehemalige Opernsängerin war das angeblich gewesen, die die Überreste ihrer divenhaften Kleidung noch immer an sich herumschlottern und -flattern hatte, ein Wagenrad von einem Hut auf dem Kopf?

Die Große Kurfürstin
Mit ihrem Wasserstrumpf
Vom hohen Rad
Dem brüchigen Gesang
Stadteinwärts schlängelnd
Jahrelang
Wo wollte sie nur immer hin?
Es schrillte ihr ins Hochgefühl:
Die Große Kurfürstin

Und Affa eben, oder, genauer gesagt, Affas Bruder. Ganz selten einmal war ihr in den vielen vergangenen Jahren in den Sinn gekommen, wie ein dicklicher, unbeholfener Junge laut schreiend und mit den Armen wedelnd hinter der Straßenbahn hergerannt war. Dort drüben war das gewesen – auf einer dieser Inseln, die schon damals als Haltestellen für die Straßenbahnen eingerichtet gewesen waren.

Karla stand jetzt unmittelbar vor dem Salve Hospes und hatte ihm den Rücken zugewandt. An dieses Gebäude, das seinen Namen merkwürdigerweise der Inschrift in seinem Gesimsband verdankte, obwohl man doch auch »der Kunstverein« hätte sagen können, denn der hatte in dieser prachtvollen Kaufmannsvilla seit langem sein Domizil, hätte sie sich vielleicht mit geschlossenen Augen erinnern können – falls sie es nicht mit dem ehemaligen Bahnhofsgebäude verwechselt hätte, sie hatte das nie geprüft, und nun war es zu spät –, mit Sicherheit aber an diesen Blick auf den Platz, diesen speziellen Ausblick auf die Verkehrsinsel und den rennenden und schreienden Jungen ... Karla hatte ein paar langsame Schritte rückwärts getan und streckte im richtigen Augenblick, als hätte sie die Zahl dieser Schritte im Kopf gespeichert, die Hand hinter sich, die einen Stab des schmiedeeisernen Zauns umfaßte. Sie ließ sich auf dem Einfassungsmäuerchen nieder und zupfte das leere Oktavheft aus der Tasche. Sie wollte versuchen, ein Verzeichnis sämtlicher Personen anzulegen, deren sie sich aus früheren Zeiten erinnerte. Sie stellte sich vor, daß sie einmal, wenigstens ein einziges Mal, vielleicht indem sie Kontakt zu Franz Schaffer aufnähme, dem Bruder des Jungen, an den sie sich gerade erinnert hatte, das Selbstbild ihrer Erinnerung mit dem Erinnerungsbild anderer vergleichen könnte. Wie wäre sie wohl in der Erinnerung anderer zusammengesetzt und ausstaffiert – zusammengestoppelt nach der Auswahl eines fremden Gedächtnisses wie eine Vogelscheuche? Oder, aus irgendeinem Grund, herausgeputzt wie eine Prinzessin, wie sie es nie gewesen war? Dieser Franz »Affa« Schaffer mußte sie in späteren Zeiten zwei-, dreimal gesehen haben, wie sie ihn, denn sie waren einander auf überraschende Weise irgendwann, irgendwo wiederbegegnet, ohne freilich auch nur ein Wort zu wechseln. Die Zeit war dafür nicht reif oder der Ort war falsch oder, wenn sie ehrlich war, sie selbst war nicht bereit gewesen. Kein bißchen. Doch nun war sie hier und fühlte sich – auf jeden Fall anders als jemals zuvor, das war klar. Wann hatte sie jemals die mindeste Aufmerksamkeit auf diese Stadt verwendet, nachdem sie – vor vielen Jahren – ihren ersten (mißglückten) Versuch unternommen hatte, sich, wie es so schön hieß, ihrer Vergangenheit zu stellen? Sie war mit Sicherheit nicht reif dafür gewesen, wirklich hinzuschauen und zu hören, mit Sicherheit nicht, denn sie war buchstäblich getürmt nach einem halbblinden Blick auf die Stätten ihrer Kindheit und Jugend, ja, die meisten hatte sie gar nicht erst aufgesucht. Das war nichts gewesen damals, alles in ihr hatte sich gegen diese Orte und ihre Menschen gesträubt, und über lange Jahre hinweg hatte sie einfach nicht mehr an sie gedacht. Sie hatten ihr auch nicht gefehlt. Sie hatte das manchmal erschreckend gefunden, sich dann jedoch klargemacht, daß das ihr eigenes Werk war, diese Armut, diese Verarmung. Sie war für einen zutraulichen Umgang mit den Orten und Gestalten ihres früheren Lebens einfach noch nicht bereit gewesen. Diesmal jedoch war sie bereit, aufnahmebereit wie ein Walfischmaul, sie fühlte sich gut, wie eine Riesin eben, die sich an einer Spielzeugstadt gewiß nicht verschlukken würde ...

Ganz oben schrieb Karla, sozusagen aus gegebenem Anlaß, auf ihre Liste:

Franz Schaffer: Heißt Affa, weil sein Bruder angeblich den eigenen Nachnamen mit dem Wort Schaffner verwechselt hat und »Affa! Affa!« schreiend hinter der Straßenbahn hergerannt ist. Franz Schaffer hat bei dieser Geschichte jedoch stets unterschlagen, daß sein Bruder nicht nur ein kleiner Junge, sondern auch ein sogenannter Mongoloider war. Dafür hat er die Pointe hinzugefügt, daß es auch die Variante »Oberaffa« gegeben habe. Aber hat es denn je einen Oberschaffner gegeben? Und in der Straßenbahn? Das hat er erfunden, denkt Karla jetzt lächelnd. *Affa* ist ihm selbst jedenfalls geblieben.

Als nächstes ist Affa in Karlas Erinnerung durch einen hohen Eisenzaun in der Universitätsstadt G. zu sehen. Er überquert gerade den Hof der Medizinischen Fakultät. Er trägt einen länglichen Gegenstand auf dem Arm, der von einem weißen Tuch umhüllt ist. Karla fragt ihn durch den Zaun hindurch, was er denn da in dem Paket habe. Er sagt lächelnd: »Ein Bein. Gefroren. Ich bringe es in die Pathologie.« Für Karla, die damals schon mit ihrer Phobie gegen alles Tote zu kämpfen hat, ist das die erste Möglichkeit, sich den Menschen in Teilen vorzustellen. Ein Bein. Ein Bein allein war gar nichts, befand sie. Das Leben entwich doch nicht aus einem Bein. So war es ihr auch immer angenehmer gewesen, Hähnchenkeulen zu kaufen statt eines ganzen Hähnchens. Nur zum Beispiel. Kurz darauf hat Affa sich »irgendwie« beim Kauf ihres alten Fiat 500 verdient gemacht. Das erscheint ihr nicht interessant, doch weshalb fällt es ihr dann wieder ein? Und siehe da, es dämmert ihr, daß Affa nicht nur beim Kauf, sondern auch beim Verkauf ein oder zwei Jahre später eine Rolle gespielt hat. Das war schon interessanter. Denn Karla hatte bei dieser Gelegenheit – zum ersten Mal? – das Gefühl, ein krummes Ding gedreht zu haben, hat ihr Franz Schaffer damals das Geld des Käufers doch mit den Worten übergeben: Hoffentlich kriegt er nicht gleich mit, daß das Auto einen Riß im Motorblock hat. Diese Erinnerung regt Karla nun zu der Überlegung an, ob die eigene Korruption, diese stillschweigende Bereitschaft zu krummen Touren, nicht vielleicht doch schon viel früher vorhanden gewesen, ja, ob sie nicht gewissermaßen eine anthropologische Konstante ist. Die Erinnerung an deren erste Manifestation wäre dann wieder eine von denen, die man nicht liebt und die einem folglich nicht gerade zufliegen. Wenn solche Erinnerungen, jede für sich genommen, auch nicht gerade höllisch brennen. Sie haben eher die Qualität von Sandkörnern im Schuh, stellt sie sich vor. Gut möglich, daß irgendwann dann doch eine Blase draus wird.

Einmal aufgestört aus ihrer Unbehelligtheit, spinnen sich Karlas Erinnerungen an die seltenen, aber merkwürdigen Begegnungen mit Affa wie von selbst fort. Eine hat es vor Jahren in der Toskana gegeben, seltsam genug, wenn man bedenkt, wie viele Menschen an wie vielen Orten einander dort täglich verfehlen müssen ... In einer Kleinstadt hat sie plötzlich Affa hinter der Schaufensterscheibe eines Fleischers zu erkennen gemeint und ist danach, als sie auf der Straße mit ihrem Einkauf an ihm vorbeimußte, seinem zerstreuten, erst spät aufmerkenden Blick begegnet. Sie hat diesen Blick damals eine ganze Weile im Rücken gespürt, auf einen Ruf gewartet, noch als sie schon ein ganzes Stück weitergegangen war. Sie hat sich nicht umgedreht, der Ruf ist nicht erfolgt, und sie ist erleichtert gewesen, weil das keine Situation für diese Art von Wiederbegegnung war. Eine konkrete Wiederbegegnung wäre ihr damals nicht recht gewesen.

War das so verlaufen? Ganz sicher ist sie sich nicht.

Merkwürdiger noch findet Karla die beiden Begegnungen, die im letzten Herbst stattgefunden haben und die nun für ihr Gefühl wirklich nach Konkretisierung rufen. Sie ist ja nicht taub. Sie wird auch in diesem Herbst eine solche Begegnung haben, und dann wird sie Affa ansprechen.

Der Zaun, der den halbrunden Vorsprung des französischen Gartens umschließt, ist ein etwa zwei Meter hohes schmiedeeisernes Gitter aus schwarzgestrichenen Stäben, die jeweils von einer goldenen Speerspitze gekrönt werden. Karla bleibt hier manchmal stehen und schaut durch die Gitterstäbe über den Spreearm hinweg zum anderen Teil des Gartens hinüber. Er wird, durch einen Rasenstreifen und einen Weg vom Wasser getrennt, von einem großen gelblichen Sandplatz dominiert, der trotz der Parkbänke, die ihn rundherum säumen, und vielleicht wegen der soldatisch aneinandergereihten Bäumchen wie ein preußischer Exerzierplatz aussieht. Im scharf konturierenden Licht des sonnigen Herbstmorgens kommt ihr in den Sinn, vor dem Zaun stehend durch die Finger zu sehen, was sie, wegen des reizvollen Gittereffekts, schon früher getan hat. Heute sieht sie insofern ein ungewohntes Bild, als sich in diesem Ausschnitt etwas bewegt, eine männliche Gestalt, die von der fernen Seite des Platzes auf den Fluß zukommt, ein Mann, so viel kann sie immerhin erkennen, denn sie sieht nicht so gut und hat die passende Brille vergessen. Sie bewegt die Finger vor den Augen ein wenig hin und her und versetzt den Mann damit in eine

Art Pendelbewegung, die sie an einen Eisschnelläufer erinnert. Seltsamerweise springt dabei jedoch auch ein Moment des Wiedererkennens heraus (seltsamerweise insofern sie keine Eisschnelläufer persönlich kennt). Etwas an den Bewegungen des Mannes, die sie gerade manipuliert, bleibt unverändert, tritt eigentlich dadurch erst auffällig hervor. Bei allem Gependel und Gezappel, das sie mit Hilfe ihrer Finger vor den Gitterstäben hervorbringt, hat dieser Mann, wenn er geht, so etwas wie eine unbewegliche Achse, die merkwürdigerweise von der linken Schulter diagonal zum rechten Bein verläuft. Etwas Steifes oder, besser gesagt, etwas Starres. Und das kommt ihr bekannt vor. Der Mann hat den Weg zwischen Kanal und Exerzierplatz erreicht und bleibt stehen. Der Eindruck des Vertrauten verfliegt. Sein Gesicht sieht sie noch immer nicht scharf, auch nicht, als sie die Hände sinken läßt und mit zusammengezogenen Brauen zu ihm hinüberblickt. Vielleicht sieht der Mann besser, denn er schaut zu ihr hinüber und hebt nach ein paar Sekunden zögernd die Hand zu einem nur angedeuteten Gruß. Karla kann sich nicht entschließen, einfach zurückzugrüßen, und macht nur so eine kleine Geste mit zwei Fingern, die alles mögliche, auch ganz zufällig, sein kann. Dann dreht sie sich um und geht auf die offene Seite des Halbrunds zu. Und vergißt den Mann und seinen Gang.

Nach etwa einer Woche sieht sie ihn, als sie auf ihrem Ausguckposten angelangt ist, an der hüfthohen Einfassung des Uferstreifens lehnen. Diesmal trägt er einen Kamelhaarmantel und einen weißen Schal. Es ist ein frischer Frühlingsmorgen. Er kann sie nicht gesehen haben, denn er hält den Blick aufs Wasser gesenkt und wendet sich, ohne den Kopf zu heben, wie in Gedanken zur Seite und gleich darauf zum Gehen, kaum daß Karla den Kopf an die Gitterstäbe gelehnt und den Blick auf den Mann geheftet hat. Und seltsam: daß das der Mann ist, den sie schon einmal beobachtet hat, wird ihr erst richtig bewußt, als er sich in Bewegung setzt und sich zügig entfernt, so wie er sich beim ersten Mal genähert hat. Diesmal sieht sie die Eigentümlichkeit seines Gangs, ohne die Hände vors Gesicht heben zu müssen. Aus einem Grund, den sie nicht kennen kann, denn sie sieht ja nur seinen Rücken, winkelt er für einen Augenblick beide Arme an, während er weitergeht. »Affa«, denkt sie. »Affa ist das. So geht Affa.« Diesmal vergißt sie den Mann nicht. Sie träumt sogar von ihm, glaubt sie einmal, als sie aufwacht und die verblassenden Eindrücke des Traums zu greifen versucht.

Traumich steht in der Nähe des U-Bahn-Ausgangs hinter einer Säule und beobachtet Affa, der vor dem Gedichtverkäufer mit der Harfe steht und mit angestrengtem Blick die auf ein Samtkissen gepinnten Gedichte studiert. Sie sind auf Zigarettenpapier geschrieben, sehr kurz, in sehr feiner Schrift. Traumich kennt diese Gedichte, sie findet sie gut, nur ein bißchen teuer. Affas Blick hat sich an das Gedicht mit dem Titel ›Entsprungen‹ geheftet. Das ist das Gedicht über die Harfe, das 5 Mark kostet und ungefähr so losgeht: ›Entsprungen ist der jüngste Ton der Harfe ...‹ oder jedenfalls ganz ähnlich. Affa zeigt mit dem Finger darauf, und während er sein Portemonnaie herausholt, sagt er: ›Das da nehme ich.‹ – ›Und was wäre dieser der jüngste Ton?‹ fragt er dann noch. Der schmächtige junge Mann tippt mit dem Finger an das obere Ende einer Saite, und Traumich meint, ein unsäglich feines Zirpen zu hören. ›Na gut‹, sagt Affa, ›ich nehme es trotzdem.‹

Karla hat das beim Erwachen witzig gefunden. Ob er aber wirklich so war wie in ihrem Traum? Genau darum geht es ja bei ihrem Personenverzeichnis. Vielleicht ist das wirklich Affas Art, die Wirklichkeit zu überprüfen? Zuzutrauen wäre es ihm, denn damals, vor hundert Jahren, so erscheint es ihr jetzt, ist er ziemlich witzig gewesen. Sie meint, sich ganz genau zu erinnern, wie er sich damals auf einer Gemeinschaftsfahrt von Oberstufenschülern und -schülerinnen in die ehemalige und künftige Hauptstadt im Kreis einiger Klassenkameraden beschwert hat, es gebe hier ja gar keine Eckensteher. Er habe seine Hausarbeit darüber machen wollen. Ob das auch wieder nur so eine Großstadtlegende sei, wie? Er habe an die achtzig Ecken überprüft – nicht einer. Nur einmal habe ein Mann in einem hellen Burberry mit schwarzer Aktentasche an einer Ecke gestanden und mehrfach zur Uhr gesehen. Nach einer Weile sei er weggegangen. Also wirklich. Was er davon halten solle? Vielleicht habe man ja mal *einen* Eckensteher gehabt und daraus ein ganzes Heer gemacht. Nichts liege schließlich näher als die Verallgemeinerung. Nimm einen Russen, und du hast sie alle. Als das Gelächter der umstehenden Schüler sich gelegt hat, ist die Stimme von Affas Klassenlehrer zu hören: »Genau«, hat er erklärt, »nimm einen Schüler des Neuen Gymnasiums, und du hast sie alle.« »Una banda di deficienti«, hat Carlo Mumme, Sohn einer italienischen Mutter und eines deutschen Vaters, zugestimmt. »Diesmal hast du Pech, Freundchen«, hat Affa zu Carlo gesagt, »glaub bloß nicht, daß wir die Worte banda und deficienti nicht verstehen.« »Klar«, hat ein anderer Schüler gerufen, »deficienti kommt von Defizit – kennt doch jeder. Hat mein Alter auch immer.«

Auf Lücke

Während Karla sich langsam auf den Weg machte – sie wollte zu Fuß nach Hause gehen –, begann sie der Gedanke an ihre Liste so sehr zu beschäftigen, daß sie sich zweimal verlief. Vielleicht hätte sie sich aber ohnehin verlaufen. In dieser Stadt, Target Brunswick, einer einstigen Schießscheibe der Alliierten, war ja während der letzten Kriegsjahre fast kein Stein auf dem anderen geblieben. Beinah ihre ganze Kindheit und Jugend hindurch war Karla »auf Lücke« gegangen, wie ihre Großmutter Grete das genannt hatte. Sie hatte sich an dem orientiert, was nicht da war, an den Lücken eben, die doch jede für sich genauso charakteristisch waren wie irgendein Gebäude, das vorher da gestanden haben mochte und das Karla ja nicht mehr kennengelernt hatte. Beim ersten Aufbau, in den späten fünfziger und den sechziger Jahren, erinnerte sie sich, als sie auf den Löwenwall zuhielt, war vieles noch provisorisch gewesen, aus billigen Materialien zur Behebung der Wohnungsnot eilends erbaut, und so manche Lücke offengeblieben. – Das hatte sie ja auch an ihrem neuen Heimatort so anziehend gefunden: Dort hatte es wesentlich später immer noch etliche Lücken gegeben. Sie war gewissermaßen den Lücken nachgezogen. (Und sie war damals nicht etwa die einzige Lückenfreundin gewesen, hatte sie nach und nach erfahren.

Was Beckett gefiel

Hier ging Beckett immer lang
Auf dem Weg zur Werkstatt
Die Stadt gefiel ihm gut
Die Lücken
Hatten es ihm angetan)

Den zweiten Aufbau, wie sie die nächste städtebauliche Attacke nicht ganz zutreffend für sich nannte, hatte sie gar nicht mehr richtig zur Kenntnis genommen, den

Aufbau der achtziger Jahre mit seinen Klinker-Glas-Kompositionen, die sich so gar nicht in das Gemisch aus wenigem Alten und längst verwohnten Fünfziger-sechziger-Jahre-Häusern hatten fügen wollen. Doch hatte dieser zweite Aufbau Karlas schlecht entwickeltem Orientierungssinn den Rest gegeben. (»Wunderbar, wunderbar ist 'ne Kuh mit Pferdehaar«, hatte ihre Großmutter schon in den fünfziger Jahren zum Gesicht der Stadt zu bemerken gehabt.) Die Kirchtürme halfen ihr auch nicht weiter, denn sie waren nach dem Krieg, als noch beinah alles in Schutt und Asche lag, einsame Größen gewesen, einst ohne Turmspitzen von ihr erlebt und in ihrer privaten Stadtkarte verzeichnet worden. Und so hätte sie noch heute nicht zu sagen gewußt, welches spitze oder glockenhutförmige Dach zu welcher Kirche in welchem Viertel gehörte.

Allein schon Püppi Stowinski

Als Karla schließlich die drei Hochhäuser auftauchen sah, zu denen das Haus ihrer Mutter gehörte, war sie bereits entschlossen, ihr Personenregister so weit zu fassen, daß ihm günstigstenfalls alle Menschen angehören sollten, die sie je im Leben gekannt hatte. Ein Verzeichnis, das sie dann um den stichwortartigen Eintrag dessen erweitern wollte, was ihr von diesen Begegnungen noch erinnerlich war. (Ob das sehr viel – zuviel werden würde? Im Augenblick schob sie diese Frage beiseite. Solange man noch so gut wie gar nichts hatte, sollte man sich vielleicht nicht gerade darum sorgen, wie das Zuviel zu bewältigen sein würde – eine Lebensregel, die sich ganz generell bewährte, fand sie.) Zunächst einmal galt es, den Reiz ganz neuer Möglichkeiten auszukosten. So stellte sie sich, während sie in den Hof des Hochhauses einbog, vor, daß sie ihrerseits auf den Listen dieser Menschen vorkäme, die ihr im Leben begegnet sind.

Ob sie in Vergessenheit geraten war, wo sie selbst noch eine mal stärkere, mal schwächere Erinnerung an den vergeßlichen Zeitgenossen hatte? Ob, beispielsweise, Püppi Stowinski sich an sie erinnerte – so wie sie selbst sich an Püppi Stowinski? Und war es nicht wahrscheinlich, daß andere ein ganz anderes Erinnerungsbild von ihr hatten als sie selbst? Das war doch naheliegend, fand sie und bestieg den Fahrstuhl. Und warum sollte Püppi Stowinski sich beispielsweise an ihre eigene Katzentasse erinnern? Vielleicht war sie für sie etwas ganz Gewöhnliches gewesen – und wäre also heute etwas längst Vergessenes –, sagen wir, die zweite oder dritte in einer Reihe von Katzentassen?

Karla will diese Liste chronologisch zusammenstellen, nimmt sich jedoch vor, beim unzeitigen Auftauchen eines Namens, eines Gesichts unverzüglich einen Eintrag zu machen, denn sie vermutet, daß so ein Name, ein Gesicht ebenso unerwartet wieder verschwinden können, wie sie aufgetaucht sind. Sie vermutet das nur, sie *weiß* es nicht, denn sie hat sich mit dieser Frage bislang nie beschäftigt. Es könnte ja ebensogut sein, daß ein wiederaufgetauchter Mensch seinen Abdruck im Gedächtnis des anderen erneuert, auffrischt, so daß er für geraume Zeit erst einmal wieder darin lebt. Nun, sagt sich Karla und schließt die Wohnungstür auf, das wird man sehen.

»Ella?« Karla weiß, daß Ella noch nicht zu Hause sein kann. Doch wie immer fragt sie für alle Fälle in die lautlose Wohnung hinein.

Wo sie nun schon auf Püppi Stowinski gekommen ist, die als Beispiel für entlegene Figuren ihres Lebens herhalten kann, fährt sie am besten gleich mit ihr fort. Oder besser gesagt, beginnt mit ihr. Denn die Ära Püppi verhält sich zur Ära Affa etwa wie die frühe Permzeit zur Jurazeit. Püppi ist etwa eine Million Jahre älter in Karlas Geschichte. Warum kann sie sich bloß so genau an dieses Mädchen erinnern? Sie weiß doch fast nichts von ihr. Sie hat sie gekannt, als sie sechs, sieben Jahre alt war, mein Gott. Sie waren kurze Zeit in derselben Volksschulklasse. Hätten für kurze Zeit ein Stück gemeinsamen Schulweg. Sie wohnte an der Treppe, die vom Wall zum Klint hinunterführte. Am Okerarm, wenn sie sich recht erinnert. Jedenfalls an einer Treppe. Sie hatte ein zartes, blasses Gesicht, feines, dunkles Haar, das ihr, an der Seite gescheitelt, fast bis auf die Schultern fiel. Lockig. Ohrringe. Eine Haarspange. Lackschuhe. Eine Tasse, eine große, eher ein geräumiger Becher, mit Henkel, Goldrand und dem Bild eines Katzengesichts. Milch darin. Mit Haut drauf, die in Karlas Familie (aber doch wohl nicht nur?) »Flott« genannt wurde. Karla erinnert sich jetzt nicht so gern an diese harmlos wirkenden Dinge. Irgend etwas ist da gewesen. Zum Beispiel: Sie hat nicht so oft hingehen sollen. Zu Püppi Stowinski nach Hause. Ihre Mutter hat eine spöttische Bemerkung über katholische Ohrringe und Lackschuhe gemacht. Karla wird diese Püppi verraten haben, was denn sonst, denn die Geschichte der Kindheit mit ihren heftigen Freundschaften ist bekanntermaßen auch eine Geschichte von Treulosigkeit und Verrat, wie sie das Geschlecht der Borgia nicht hätte übertreffen können. Sie steht am Wohnzimmerfenster und erinnert sich nur mühsam, daß sie Püppi Stowinski alsbald der Lügenhaftigkeit bezichtigt hat. Mit anderen Kindern hat sie ihr auf dem Schulweg »Spinnebacke, Spinnebacke« nachgerufen. Auch diese Geschichte gefällt Karla nicht. Ihr Bild von sich als Kind – was soll daraus werden? Warum hat sie sich, von ihrer Mutter aufgewiegelt, über die kleine Stowinski erhoben? Hat man damals mit dem Finger auf die Katholiken gezeigt? Sind das einfach nur Flüchtlinge gewesen, ärmliche Leute ohne »Geschmack«, wie man an den Ohrringen, der Tasse und den Lackschuhen nur allzu leicht ablesen konnte? Wie war denn damals der richtige Geschmack? Karla reibt sich die Augen und muß eine Anwandlung von Verzagtheit und Überdruß überwinden. Allein die Frage, was wohl Püppi Stowinski, falls sie noch lebt, heute noch von ihr wissen mag, hält sie bei der Stange. Erinnert sie sich überhaupt an sie? Erinnert sie sich an ein blondlockiges Mädchen mit Haarspange und großer Zahnlücke im Oberkiefer, in einem Strickrock mit dazu passendem Pullover und einem (für die damalige Zeit) ausgefallenen Ranzen, der nicht braun war, sondern naturfarben? Hier war er, der richtige Geschmack. Der ihr nicht gepaßt hat, sondern ihr verpaßt worden ist, denn sie selbst hat sich letztlich für alles geniert, was ihr an Besonderem, Ausgefallenem, Geschmackvollem übergestreift worden ist, fällt ihr wieder ein. Mit der einen Ausnahme der langen Strümpfe, die sie nicht hätte tragen wollen, obwohl fast alle anderen sie getragen haben. Wie war denn nun in diesem Fall der richtige Geschmack? Sie erinnert sich: Wenn man Geschmack hatte, hat man keine langen Strümpfe getragen. Weil englische Schulkinder im Winter auch keine langen Strümpfe tragen mußten. Und die waren schließlich etwas Besonderes und so gut wie nie krank. Das hat jedenfalls ihre Mutter zu dem Thema beizutragen gewußt.

Mit Ausnahme der langen Strümpfe im Winter hat sie zwar genau dasselbe anziehen wollen wie alle anderen, aber offenbar nicht aussehen wollen wie Püppi Stowinski. Aber die war ja auch nicht angezogen gewesen wie alle anderen. Eher ausgefallen, wie sie selbst gekleidet sein sollte, nur im anderen Extrem. Jetzt kommt sie der Sache, dem Kern ihres Unbehagens, schon näher, spürt sie. Ob Püppi Stowinski sich an sie als ihre Peinigerin erinnert? An ihren Kummer, als sie verraten, fallengelassen, verhöhnt worden ist?

Karla setzt sich an den Eßtisch. Nach einer derartigen Anstrengung ihres Erinnerungsvermögens weiß sie nicht recht, ob sie die Liste in dieser Weise fortführen kann. Diese Art Erinnerungen fliegen einem tatsächlich nicht gerade zu, muß sie erneut feststellen. Sie ist etwas erschöpft. Was verfolgt sie hier? Die Entstehung des Individuums, eines durchschnittlich oder womöglich überdurchschnittlich gemeinen Menschen, in 177 Einzelbegegnungen? Prägende Begegnungen, prägende Erlebnisse nannte man das in Biographien. Warum weiß man nicht die ganze Zeit, was man für ein Mensch ist? Wäre das so schlimm? Würde man dadurch nicht sogar weniger schlimm? Zeitungsmeldungen fallen ihr ein, die die Erforschung der menschlichen Selbsteinschätzung betreffen. In kurzem Abstand ist, auf der Seite *Natur und Wissenschaft* war es wohl, zweimal darüber zu lesen gewesen, daß 98% aller Amerikaner sich für überdurchschnittlich intelligent hielten. Was ja schlechterdings nicht möglich war. Das erkläre sich daraus, hatte ein Hirnforscher behauptet – und wenig später ein anderer bestätigt –, daß die Selbsteinschätzung sozusagen in der falschen Zone des Gehirns getätigt werde – in dem für die Imagination zuständigen Lappen, während das Urteilsvermögen anderswo angesiedelt sei. Nun, das konnte dann ja auch nichts werden.

Karla ist müde. Sie wird ihr Selbstbild, das des Kindes und infolgedessen auch das aller späteren Lebensstufen, in vielem korrigieren müssen. Wäre das spannend? Wäre das interessant? Sie ist sich nicht recht schlüssig. Auf jeden Fall wäre es anstrengend. Hatte sie Angst, sich immer unsympathischer zu werden? Wohl nicht. Dafür hatte sie in den letzten Jahren, ja, Jahrzehnten schon zu viele unliebsame Entdeckungen machen müssen, auch ohne vorsätzliche Gedächtniserforschung. Es ginge ohnehin nur noch mit Humor.

Karla möchte ein »wahres«, ein dreidimensionales Bild von sich, von ihrem bisherigen Leben gewinnen, das zugleich, und sei es das einer Vogelscheuche, eine Vergewisserung gegen das spurlose Vergehen sein soll. Ein Monument, wie es jedem Menschen zusteht. Was sie am Ende ihrer Vergangenheitserforschung für eine gewesen sein wird, kann sie nicht wissen. Sie wird sich womöglich überhaupt nicht mehr gefallen. Humor hin oder her, ein bißchen riskant ist das schon, denn so übel findet sie sich trotz früherer unliebsamer Entdeckungen derzeit gar nicht. Sie möchte sich durchaus nicht von sich verabschieden, kann jedoch ihrem Selbstbild nicht mehr wirklich trauen. Es hat, von gestern auf heute, zu schnell zu viele Risse gegeben. Sie hat gepolkt, wie es in ihrer derzeitigen Heimat heißt, und nun ist sie nicht mehr ganz, etwa dem angebohrten Schokoladenosterhasen, diesem Hohlkörper, zu vergleichen, findet sie. Sie kann nicht mehr zurück. Und sie möchte auch nicht die Spur einer Chimäre hinterlassen, farblos, flüchtig wie ein Gerücht. Sie möchte einfach nur ihres Abdrucks im gigantischen Wildwechsel ihrer Zeitgenossen sicher sein, nicht mehr und nicht weniger. Aber die Aufgabe ist sehr groß.

»Du bist die Aufgabe, kein Schüler weit und breit«, schreibt Karla wieder einmal auf das nächstliegende Blatt Papier. Heute empfindet sie ihr Lieblingszitat nicht als edle Verpflichtung, mit der sich gut liebäugeln läßt, sondern als peinlichen Zwang. *»Danke, Kafka«*, schreibt sie mokant darunter und karikiert sich daneben mit gräßlich verdrehten Augen und ratlos-dümmlichem Lächeln, als hoffnungslosen Fall eben.

Schon nach dem zweiten Eintrag in ihre Liste also beschleicht Karla Unlust, dies Vorhaben fortzuführen. War sie daran eigentlich interessiert – ein möglichst vollständiges Bild ihrer Verfehlungen und Untugenden zu gewinnen? Sollte sie vielleicht den Rest ihres Lebens in Sack und Asche gehen? Aber sie fängt sich wieder und hält sich vor, daß sie doch jetzt schon erfahren habe, wie wenig letztlich von ihr übrigbleiben würde, wenn sie auf ihr bislang wohlweislich an der kurzen Leine gehaltenes Erinnerungsvermögen verzichtete – eine Frau ohne Hinterland, ohne Geschichte. Gern ist sie zu Püppi Stowinskis Behausung an der Treppe allerdings nicht zurückgekehrt, ja, letztlich nicht einmal zu Franz »Affa« Schaffer in G. Das Bein aus dem Kühlhaus hat damals einen zwiespältigen Eindruck in ihrer Erinnerung hinterlassen – aber immerhin, es ist ein Eindruck geblieben, und er hat sie heute zu ihrer beider Aktion als krumme Autoverkäufer zurückgeführt. Bitte sehr – wenn man nur wollte ... Doch diese Erinnerung hat ihr Selbstbild ebenso beeinträchtigt wie ihr freundlich-interessiertes Bild von Franz und eine schwache, aber vermutlich unauslöschliche Schliere in ihrem Gedächtnis hinterlassen.

Aber diese Bilder sind gar nicht das Wichtigste. Was sie sich jetzt merken will, ist, daß es infam ist zu fordern, der Mensch möge sich ständig und auf alle Zeiten seiner schimpflichen Unterlassungen und verwerflichen Handlungen erinnern. Wie sollte das gehen? Wohl war das Gedächtnis imstande, das Gewissen zu geißeln, bis es biß – oder wurde es gebissen? Biß es sich selbst, wie der Hund den Floh zu beißen versucht? Wie auch immer – es sollte doch wohl die Lebenden nicht lebensuntauglich machen? Der Mantel des Vergessens – wo kam der noch mal her? –, gewiß, er wäre der Gnade zuviel, da fehlte nicht viel bis zum Bemänteln, aber so ein paletotartiges kurzes Mäntelchen, so eine »Zudecke«, die, wie es so treffend hieß, hinten und vorn nicht reichte, wäre vielleicht ein bescheidener Kompromiß, der auf seine doch immer leicht zugige Art die eine oder andere Blöße zu bedecken vermochte.

Karla steht wieder auf und geht an den Wohnzimmerschrank ihrer Mutter. Hinter der mittleren Doppeltür lägen die »wichtigen Dinge«, hat ihre Mutter ihr eingeschärft, Urkunden, Dokumente, ein paar Briefe, Fotos. Karla holt aufs Geratewohl ein in schmuddeliges graues Leinen gebundenes Album heraus. Am Tisch sitzend, beginnt sie zu blättern und stellt mit einem Schauder der Reue fest, daß sie nur wenige von diesen vielen Gesichtern wiedererkennt, obwohl es sich, den säuberlichen Bildunterschriften zufolge, eindeutig um die Gesichter, die Gestalten und Gesten enger und ferner Verwandter handelt. »Gertrud am Kartoffelfeuer« – o bitte nicht. Schlagartig geht ihr auf, daß sie wohl reif sein mag für die Erinnerungsbilder in ihrem Kopf, nicht aber für die Bilder, die fotografisch genauen Abbilder der Vergessenen, mittlerweile großenteils auch Verstorbenen. Sie blättert schneller, und nur ein Porträt von Ellas Tante Lellek fesselt sie länger. Sie kennt es, kennt Lelleks Gesicht mit diesem Ausdruck schmerzlicher Verwunderung. Er gehört eher zu Ellas Geschichte, nicht zu Karlas.

Schmerzliche Ahnung

In dein friedliches Gesicht
Gehe ich ein als Schmerz
Es flucht mir nicht
Es grollt mir nicht
Es zeigt Wirkung

Das Foto ist nicht eingeklebt. Sie nimmt es heraus und legt es für Ella beiseite. Blicklos, empfindungslos sitzt sie eine Weile und versucht zu begreifen, was es mit diesen stummen Porträts auf sich hat. Was es mit ihr selbst auf sich hat. Was ist denn bloß so schrecklich an ihrer Stadt, an ihren Verwandten gewesen, daß sie sich so weit von ihnen hat entfernen müssen? Karla seufzt. Die Euphorie der Morgenstunden war dahin. Die Gulliverfigur in ihrer Spielzeugstadt ist auf menschliches Normalmaß, wenn nicht auf Zwergenmaß geschrumpft. Die machen einen hier immer so klein, denkt sie ärgerlich, weiß aber genau, daß das nicht stimmt. Sie selbst hat sich beizeiten eine Schrumpfkur verordnet. Eine Dreiviertelexistenz, wenn es hoch kam. Sie blättert ein letztes Mal um. *Sonntagsfoto* steht unter der letzten Schwarzweißaufnahme. Es zeigt eine sonnenbeschienene, sonntäglich verlassene Straße der Innenstadt. Drei Frauen, Urgroßmutter, Großmutter, Mutter, und ein Kind, ein Mädchen in einer Art angedeutetem Dirndl, sonntäglich angezogen auch die Erwachsenen, haben einander untergehakt und legen offensichtlich die letzten Meter von der Haltestelle zu einem Wohnhaus zurück. Ein Blumenstrauß und ein Kuchenpaket verraten die Art der Nachmittagsveranstaltung, die auf sie wartet. Die drei Frauen lächeln bereitwillig in die Kamera, das Mädchen aber hat diesen unverwechselbaren Ausdruck leidenden Protests. Es geht ganz außen, auf der Straßenseite, die eine – die freie – Hand tief in die Rocktasche gebohrt. Karla muß unwillkürlich lächeln. Wie schrecklich in dem Alter immer alles gewesen war, wie unermeßlich öde und beengt ...

Sonntagsfoto

Ist das nicht schrecklich
Wenn die Glocken läuten
Und die Menschen
Festlich angetan
Mit diesem Lächeln
Durch die Straßen schreiten
Und bimmelnd naht die leere Straßenbahn?

Apen un Ulen

»Karla?« fragte Ella in die stille Wohnung hinein.

»Hier«, sagte Karla und richtete sich auf.

Es war inzwischen Nachmittag geworden. Ella wirkte kraftlos und nicht im mindesten animiert, wie noch am Vortag, am Beginn ihrer Unternehmung in der Heide. Sie ließ sich auf einen Stuhl am Eßtisch sinken.

»Alles weg«, sagte sie resigniert.

»Wie – alles weg? Was denn?« fragte Karla erstaunt. Was konnte es denn noch geben, das nicht bereits seit Jahrzehnten verschwunden war?

»Keine Eulen und Meerkatzen mehr«, sagte Ella verdrossen. »Wie kann denn eine Stadt eine der wenigen touristischen Attraktionen, die ihr nach dem Krieg geblieben sind, einfach abschaffen? Du glaubst ja nicht, wie häßlich dieser Platz ist, wo der Eulenspiegelbrunnen steht. Und nun ist der Bäcker mit den Eulen und Meerkatzen auch noch weg. Nicht nur der Bäcker – auch anderswo gibt es offenbar keine Eulen und Meerkatzen mehr. Und Eierkränze seit zwei Jahren auch nicht mehr, hat mir eine Verkäuferin gesagt.«

»Diese Stadt, Ella«, sagte Karla und ließ den Kopf seufzend wieder auf die Arme sinken, »und womöglich jede Stadt ist und bleibt ein Pfahl im Fleische ihrer Kinder. Laß uns heute trotzdem noch hier übernachten. Jetzt noch ein Rindenhüttchen mit Flokatis und Schnuckengeläute, das wäre zuviel. Morgen, morgen«, sagte sie. »Heute erzählen wir uns lieber in Ruhe, was wir gesehen haben, was meinst du?«

»Morgen«, sagte Ella, »morgen werden wir wissen, wer über die Heide gefahren kommt.«

»Vielleicht«, sagte Karla am Abend tröstend, »finden wir ja auf der Heimfahrt den Bäckerladen wieder, den mit den spiegelblanken Broten. An einer Wassermühle mit so einem Schaufelrad lag der, weißt du noch?«

»Ja. Weiß ich alles noch.« Ella sah Karla mit leicht spöttischer Miene an. »Und du glaubst, die stehen da immer noch mit dem Backschieber, bis wir endlich vorbeikommen?«

Karla mußte lachen. »Zieht uns raus, zieht uns raus, wir sind schon ganz braun«, sagte sie.

»Ja«, sagte Ella, »so ungefähr, und damit du dich nicht einsam fühlst, hat am Ortseingang ein Laden aufgemacht, der mit übermannshohen Gartenzwergen und gigantischen Tierplastiken handelt. Ich habe ein Foto davon gesehen.«

»Wo denn, um Himmels willen?« Karla konnte sich wieder nur über Ella wundern.

»Wo die Zeitung von heute ausgehängt ist. Das wenigstens machen sie noch genauso und an genau derselben Stelle.«

»Hast du euer Haus gesehen?«, wollte Karla als nächstes wissen.

»Hmh.« Ella schien dazu gegenwärtig nichts weiter sagen zu wollen.

Karla war jedoch nicht Ella und fragte weiter: »Und?«

»Unverändert«, antwortete Ella widerwillig. In diesem Haus in der Konzerthausstraße hatte sie nach dem Tod der Mutter mit der aus Kassel herbeigerufenen Tante Lellek gelebt, solange ihr Vater am Leben war, bis fast zum Ende der Schulzeit. Es war ein schönes Haus gewesen, groß, zu groß, aber nicht für Ella, und an den großen Garten dahinter schloß sich noch ein Gewerbegrundstück an, das früher an eine Druckerei verpachtet gewesen war. Karla, die bald nach Lelleks Eintreffen in der Stadt häufig in der Konzerthausstraße zu Besuch gewesen war, hatte die entfernte Kusine, die ihr der Himmel geschickt zu haben schien, vor allem um diese Tante beneidet. Gleich danach war jedoch schon das Haus gekommen. Noch heute konnte sie nicht genug darüber hören, und Ella, der längst die noch unverbrauchten Erinnerungen ausgegangen waren, erzählte ihr unverdrossen immer wieder die alten und schmückte sie nach Belieben aus.

»Ich habe heute davor gestanden«, sagte Ella leise, »als wäre ich zu Recht daraus vertrieben worden. Zum ersten Mal habe ich keine Bitterkeit und kein Selbstmitleid empfunden, sondern mich schuldig gefühlt.«

»Wieso das denn auf einmal?« Karla war verblüfft. Sie hatte in all den Jahren nichts anderes erlebt, als daß Witolds rasch gefaßter Entschluß, das Haus, das Zuhause Lelleks, seiner jüngsten Schwester, und seiner Nichte, kurzerhand zu verkaufen, als Ellas Vater bei einem Autounfall gestorben war, Ella mit unversöhnlichem Groll erfüllte. Karla bemerkte, daß Ellas Blick auf Lelleks Foto gerichtet war.

»Ich fühle mich schuldig«, sagte Ella, »weil ich mir so lange nicht eingestehen konnte, wie wichtig Lellek für mich immer noch ist. Wichtiger als das Haus. Ich habe getan, als würde sie ewig leben. Und nun eilt es schrecklich. Sie ist älter geworden, verdammt. Die ganze Stadt hat mir heute aufs Gewissen gedrückt, Straße um Straße, Haus um Haus.«

Ella schwieg eine Weile. »Diese Stadt ist ungeheuer verschandelt«, sagte sie dann. »Sie war allerdings auch ungeheuer zerstört. Sie hat sozusagen ihre Strafe weg. Eine schreckliche Strafe, finde ich. Ich habe in der Baron'schen Buchhandlung in einem Stadtführer gelesen, daß sie die erste Naziregierung hatte. Das hatte ich längst vergessen, wenn ich es je gewußt habe. Dazu einen braunen Fliegerhorst und noch irgendeine Offiziersschule oder so was. Deshalb hat man ihr auf dem Flug zur Reichshauptstadt immer eine Kelle Pech und Schwefel auf den Kopf geschmissen, und auf dem Rückweg gab's Nachschlag. Damit du's nicht wieder vergißt, werden die amerikanischen Freunde sich gedacht haben.«

»Aber wir kommen doch wieder her?« fragte Karla beklommen. »Wo wir jetzt schon mal angefangen haben ...«

»Ja ja«, sagte Ella. »Wir kommen bald wieder her. Ich muß Lellek herumführen. Oder besser gesagt, sie mich. Sie wird mir dabei helfen, mich zurechtzufinden.«

Ella sieht es kommen

»Ich sehe es kommen«, sagte Ella auf der Heimfahrt am nächsten Nachmittag, »ich sehe es kommen, daß wir in einer Ruine hausen werden, und durch die Fensterhöhlen wird der Wind hereinfegen, unter den Dielen wird man die Trippelschrittchen der Ratten hören, durch die leeren Flure das Tropfen weitentfernter Wasserhähne, ein fallender Dachziegel nach dem anderen wird das blaue Himmelsloch vergrößern, und wenn es sich schwarz färben wird, werden wir Eimer herbeitragen und sie darunter aufstellen dicht an dicht, wir werden –«

»O Ella, hör auf«, sagte Karla, »ich flehe dich an.«

Ella hatte es immer schon kommen sehen, ob sie nun in früheren Zeiten die eigene Heirat und Scheidung mit dieser unkenhaften Vorausschau bedacht hatte – »ich sehe es kommen, daß wir genauso schnell wieder geschieden sind und mit einem Moralischen aus der ganzen Affäre hervorgehen« – oder, in späteren Zeiten, wirtschaftlichen Niedergang und gesellschaftliche Isolation. Armut, Alter, Krankheit, Tod. Ella sah es kommen, hatte es immer schon kommen sehen, aber eben nie dann, wenn es vielleicht – aber auch nur vielleicht – noch etwas hätte nützen können, so daß sie Enrico nicht geheiratet, den Erwerb der Mühle verhindert, deren anfangs allzu großzügigen Ausbau bescheidener geplant, den Großen Groschenroman nicht zur fixen Idee, zum Nonplusultra der Geldvermehrung erhoben hätte ...

Nun, im letzten Falle, der ja noch keineswegs abgeschlossen war, wandelte Ella ihre bevorzugte lebensphilosophische Verlautbarung in ein »ich hätte es kommen sehen müssen« ab, das sich vorerst nur auf Hindernisse und Verzögerungen auf dem Weg zum Großen Groschenroman bezog, aber noch keineswegs sein endgültiges Aus besiegelte. Nein, was Ella hätte kommen sehen müssen (aber nicht hatte sehen wollen), war Karlas bestenfalls eiertanzähnliche Herangehensweise an dieses Projekt von höchster Dringlichkeit, die ihre Herangehensweise in allen solchen Fällen einer rein finanziellen Soforthilfe war. Aber Ella hatte immerhin ihre Mittel, o ja, ihre vorletzten und letzten, zu denen sie mit der gebotenen Sparsamkeit zu greifen gewohnt war, wenn alles Unken wieder nichts genützt hatte und ein größeres Debakel sich anbahnte. Und ein weiterer Herbst mit seinen Regenstürmen würde, was die Mühle betraf, mit Sicherheit ein solches Debakel werden. Ein Loch im Dach, das Ganze in solchen Fällen jeweils multipliziert mit drei oder vier, denn wie wir wissen, handelte es sich bei dieser Mühle zuallerletzt um eine solche, sondern vielmehr um eine ganze Ansammlung allenfalls notdürftig geflickter Gebäude, war ein Debakel, nicht nur weil jedes Loch im Dach sich dahin ausweiten mußte, wenn man es nicht alsbald schloß, sondern weil, in diesem besonderen Falle, neue Mieter dringend benötigt wurden, um die laufenden Ausgaben halbwegs zu decken, nicht aber weitere verscheucht werden durften, was in zwei Fällen bereits geschehen und ähnlichen Debakeln anzulasten gewesen war.

Als die beiden Frauen nun ohne die Spur eines künftigen Bestsellers im Gepäck von ihrer Ausfahrt in die Heide zurückkehrten, arm am Beutel, reich im Herzen, wie es so schön heißt, und beim Einbiegen in die Toreinfahrt in Gestalt des eben herausbiegenden Leichenwagens der Tatsache begegneten, daß die alte Frau Krickel herausgestorben war und damit nicht nur unbeschwertere Zeiten, sondern auch ein saftiger Mietausfall und erhebliche Renovierungskosten ins Haus standen, kündigte die Stirnfalte Ellas, die sich von Minute zu Minute steiler und tiefer einkerbte, ein heraufziehendes Sturmtief an. »Ich hätte es kommen sehen müssen«, sagte sie über den Kofferraum gebeugt beim Auspacken, und, die wahre Ella-Kennerin hätte jetzt eigentlich ebenfalls kommen sehen müssen, was da kommen würde, aber auch und gerade eine Karla reißt sich nicht um die Konflikte, und in diesem Fall suchte sie das Unabwendbare durch ein geradezu lachhaft überzogenes Türaufhalten abzuwenden. So daß wir den Irrealis »ich hätte es kommen sehen müssen« vermutlich bis auf weiteres zum letzten Mal gehört haben dürften, denn beim Aufschließen ihrer Wohnungstür sagte Ella bereits zähneknirschend »Ich habe es kommen sehen«, und wir befinden uns nunmehr auf der Schwelle zu

Ellas Anfall

Fürs erste war Ella, die es mal wieder hatte kommen sehen und später doch völlig unvorbereitet in die Geldkofferaffäre hineinstolpern sollte, im Übergang vom Irrealis der Vergangenheit zu einem drohend in der Luft hängenden Präsens – »ich sehe es kommen ...« bis ins Große Zimmer ihrer Wohnung vorgedrungen, gefolgt von einer mittlerweile tapfer entschlossenen Karla, die denn auch sofort scharf in die angrenzende Küche abbog, um einen stimmungsverbessernden Drink vorzubereiten. Er würde unter Umständen eben erst später getrunken werden.

Was nun noch, eine ganze Weile vor der Entdeckung des Vermächtnisses der Toten, bei der Rückkehr in Ellas Wohnung erfolgte, läßt sich ungefähr so selten beobachten wie die totale Mondfinsternis. Ella bekam einen Anfall, und obwohl die letzte Mondfinsternis schon einige Jährchen zurücklag, faßte Karla sich angesichts ihrer Vorzeichen augenblicklich und bog, wie gesagt, in die Küche, um den Kühlschrank zu inspizieren.

»Ich habe es satt. Endgültig satt. Ich mache mich doch nicht zum Affen. Jahrelang ertrage ich diese Hexe. Und überhaupt alles und alle ...«

Instinktiv hob Karla bei dieser Generalisierung des Angriffs den Kopf und zog ihn dann ganz schnell wieder ein, denn schon kam etwas Faustgroßes geflogen und krachte gegen die Tür des Gefrierabteils.

Es mag manchen erstaunen, doch Werfen ohne Gefahr für Leib und Leben ist im privaten Bereich durchaus eine verbreitete Protestform, mit der sich gerade etwas distanziertere Menschen zur Not einmal Luft machen. Ella war also eine Werferin. Karla, die das wußte, ging klaglos in die Hocke nieder, um das Ende des Anfalls abzuwarten. Von oben tropfte etwas Rotes auf sie hinab. Warum ihr der idiotische Satz »Der Kühlschrank brach blutüberströmt zusammen« in den Sinn kam, hätte sie auch nicht sagen können, doch verspürte sie augenblicklich den fast unbezähmbaren Drang zu lachen, eine haltlose Lachlust – es war doch aber auch zum Totlachen, mein Gott, nur ohne Ella war das nicht dasselbe, und die war ja noch nicht frei, hoffentlich hatte sie bald ausgerast! Karla hatte sich zwar vorsichtshalber nicht umgedreht und nur versucht, den Kopf so weit zur Seite zu wenden, daß ihr das rote Zeug nicht weiter ins Haar tropfte. Es roch ... es roch irgendwie fürchterlich. Aber das war jetzt nicht wichtig, solange in ihrem Rücken ein Anfall kaum je erlebten Ausmaßes tobte ... »Alles und alle«, schrie Ella, »alles und alle, alles und alle«, und diesmal krachte, wie Karla vermutete, irgend etwas in das Seestück über dem Sofa. Sie seufzte. Auf diesem großen Bild, auf dem beruhigenderweise fast nichts zu sehen war, außer, selbstverständlich, grünem Wasser und grauem Himmel, würde jetzt womöglich solch ein rotes Rinnsal der unteren Bildkante zustreben, ein Loch, dort wo das Geschoß eingeschlagen war, würde das mindeste sein. Aber das war jetzt nicht wichtig. Der Anfall hatte seinen Höhepunkt eindeutig noch nicht überschritten, nein. Er kam sogar näher, o je, eine Art Windhose ... »Und dich habe ich am allersattesten. Auch wenn du dir das natürlich nicht vorstellen kannst. Doch nicht unsere Karla ... Eben mal einen Groschenroman schreiben, zur Aufbesserung der Kasse, einfach mal so, ohne diesen ewigen Eiertanz, ob wir das gerade können, wollen, dürfen ... Doch nicht unsere Karla! Und nun stirbt dieses gemeine alte Miststück von Frau, Gott habe sie selig, im allerprekärsten Augenblick. Keine Miete mehr, keine Kaution da, seit hundertfünfzig Jahren nichts renoviert. Wer soll denn da einziehen?

Das sind Monate ohne Einnahmen ... Tausende ...« Das Schlimmste war vorbei, wie eine nun recht geknickte Karla aus Erfahrung wußte. Die Windhose hatte sich ohne weitere Verheerungen wieder hinausgedreht, und schon war Ellas lautes Rumoren aus einem anderen Teil der Wohnung, irgendwo von rechts, wo das Bad war, zu hören, und Karla erhob sich schwerfällig mit schmerzenden Knien und führte ihr ursprüngliches Vorhaben zu Ende. Sie nahm eine Flasche Weißwein aus dem Kühlschrank, schloß dann die Kühlschranktür mit dem Ellenbogen und wusch sich an der Spüle die Hände und das Gesicht. Das rote Zeug roch nach wie vor nicht gut, sehr künstlich, aber es war wenigstens nicht klebrig. Sie tupfte sich das Haar mit Küchenkrepp ab. Mit Flasche, Korkenzieher und Gläsern kehrte sie ins Wohnzimmer zurück. Ihr erster Blick galt dem Seestück. In der grauen Weite über der schwarzgrünen Wasserwüste prangte ein Triangel. Akkurat. Das war soweit in Ordnung. Das Wurfgeschoß war auf den ersten Blick nicht zu entdekken. Jedenfalls war keine rote oder überhaupt eine Flüssigkeit im Spiel. Alles halb so wild. »Tut mir leid«, sagte Ella wenig später in Karlas Rücken. »Aber irgendwann ist das Maß eben voll. Davon brauche ich auch nichts zurückzunehmen, glaube ich.« Karla machte ein paar eilige Schritte auf Ella zu und klopfte ihr ungeheuer vorsichtig mit ausgestrecktem Arm auf den Kopf wie einem Lama. »Es tut mir ja auch leid.« Ella musterte sie äußerst kritisch, das nasse Haar mit den roten Streifen, die rotgesprenkelte weiße Stirn, die Wischspur am Hals. »Aber Karla, was haben wir denn da Rotes und Nasses?« sagte sie, ein erster, noch sehr schwacher Versuch zu scherzen.

»Granatapfelbeschuß, nehme ich an«, antwortete Karla erleichtert.

»Das war Banshees Badeelixier. So eine Plexiglaskugel. Ich hätte nie gedacht, daß die so wenig aushält ... Ein Geburtstagsgeschenk von Frau Strutze, du weißt schon – das ist die mit den Memoiren.«

»Ella«, sagte Karla, immer noch kleinlaut, »ich finde ja, du hast recht. Ich habe beschlossen, ich schreibe diesen verdammten Groschenroman. Ich schreibe ihn heute und morgen und übermorgen, und wir wollen nicht mehr von ihm sprechen, ja? Ich schreibe ihn einfach. Ich opfere dafür meine Brombeerleiche. Die ist im Augenblick sowieso zu nichts nutze. Und das Moor, das Moor heben wir uns für etwas Besseres auf. Für ein Buch über das Erinnern vielleicht.«

Wenn andere laut wurden und sich aufregten, gar schon ihre Freundin Ella, wurde Karla endlich einmal ganz ruhig. Dinge begannen, ihr durch den Kopf zu gehen und sich zu ordnen, und verhinderten, daß er hitzig oder konfus wurde wie bei anderen Gelegenheiten. Nenne man diesen segensreichen Mechanismus, wie man will – um Frontschlaf oder den berühmten Totstellreflex des gejagten Hasen oder bedrohten Opossums handelte es sich zweifellos nicht, denn Karla tauchte in solchen Situationen nicht wirklich ab, sondern wurde im Gegenteil schon bald so tätig, wie eine Frau nur sein kann. »Im falschen Jahrhundert, im falschen Land, auf dem falschen Kontinent geboren«, hatte Ella zu diesem zupackenden Zug einmal spöttisch bemerkt, doch Karla hatte widersprochen. »Ich suche mein Jahrhundert, mein Land und meinen Kontinent hier und jetzt, merkt man das nicht? Irgendwo müssen sie ja sein.« Und Ella hatte geseufzt und genickt.

Der Große Groschenroman 2

Leise zog Karla die Tür hinter sich zu. In dieser Wohnung gegenüber der Ellas, in der sie bisher keinen Tag lang gewohnt hatte, standen doch immerhin einige Möbelstücke, die mit den Jahren als Vorhut hier Einzug gehalten und sich zu einem echten Sammelsurium zusammengefunden hatten. Ich muß jetzt endlich hier einziehen, dachte Karla wieder einmal, während sie nach dem Lichtschalter tastete. Das ist doch schweinisch, Ella immer allein in diesem Haus hocken zu lassen. Karlas reuiger Seufzer ertönte gleichzeitig mit dem Aufflammen der beiden Wandleuchten und verlor so ein wenig von seiner schaurigen Hohlheit, die dem beinah leeren, endlos langen Flur zu verdanken war. Die schweinische Karla ... Für einen Augenblick verlor Karla sich, immer noch an der Eingangstür stehend, in der Aussicht, ein mutiges autobiographisches Buch über dieses Thema zu schreiben, was immerhin zur Folge hatte, daß sie sich geradezu hastig an die Erfüllung ihres Versprechens machte, sofort den Großen Groschenroman zu schreiben – innerhalb weniger Tage, ja? Sie steuerte im Eilschritt auf das größere der beiden Vorderzimmer zu, wo seit Jahr und Tag ein ziemlich großer und ziemlich leerer Schreibtisch auf sie wartete. Schon morgen oder übermorgen würde es keine schweinische Karla mehr geben. Denn einziehen würde sie auch sofort. Sofort. Das war ja selbstverständlich (und auch kein Kunststück mehr, da mit der alten Frau Krickel sozusagen das Haupthindernis gestorben war, wenn du bitte ehrlich bleiben willst, reuige Karla).

Karla hatte wieder einmal das Gefühl, daß die Nacht schneller und schwärzer im Innenhof von Henks Mühle niederging, als ihre Bewohner zum Lichtschalter gelangen konnten. Eben noch genügte ihnen das Tageslicht, um im Hof oder im Haus der einen oder andern Feierabendverrichtung nachzugehen – so eilte der alte Tergeune oft um diese Stunde mit seinem Papierkorb in Richtung Toreinfahrt, wo die Mülltonnen standen –, und von einem Augenblick auf den anderen war alles nachtschwarz, alles verschluckt, Bewegliches wie Unbewegliches, der alte Tergeune eingeschlossen, und Ella oder Karla erwarteten dann, am dunklen Fenster stehend, einen Augenblick lang, ihn niemals wiederzusehen. »Jetzt ist er in den Gully gerutscht«, hatte Ella einmal kommentiert, aber er war doch, wie all die anderen Male, wenig später, kurz vom gelben Licht seiner Türöffnung gerahmt, zu einem schwarzen Scherenschnitt wiedererschaffen worden – ein dürrer, leicht gebeugter Mann, der sich sorgfältig die Füße abtrat. Wo das überhaupt möglich war, weil es Mieter gab und zudem solche, die gerade im Haus waren, gingen in kurzem Abstand die Lichter an, Außen- und Innenlampen. Zwischen erleuchteten Fenster- und Türöffnungen blieben stockdunkle Partien, die vor allem Ella, von Geldnot gepeinigte Vermieterin, die sie war, jedesmal daran gemahnten, daß die Belegung des Gebäudekomplexes, denn so konnte man diese Ansammlung geräumiger Häuser wohl nennen, nur stockend voranging.

Am immer noch dunklen Fenster ihrer künftigen Wohnung stehend, spürte Karla, als gäbe es gar keine Wände, den gepreßten Atem der Freundin, die, jenseits des Treppenabsatzes am dunklen Fenster stehend wie sie selbst, zum hundertsten Male den Tag verfluchte, als sie beide ohne Bedenken zugegriffen und Henks Mühle in ihren Besitz gebracht hatten. Sie konnten diese Mühle nicht wirklich bezahlen, nicht wirklich – was hereinkam, reichte, seit Hannis Tod, nicht vor und nicht zurück. Obwohl Karla vor Unbehagen erschauderte, spürte sie doch zugleich eine wachsende Erregung, die sie zu umfließen begann wie ein statisch aufgeladenes Gewand: sie würden es schaffen, bestimmt, und nicht nur das – diese ganze Dienstreise, diese Fahrt in die Heimat, war so viel mehr gewesen als eine bloße Motivsuche, sie hatte viel mehr gebracht, als sie gerade gebrauchen konnten! Einmal mehr war die Antwort weit größer ausgefallen als die Frage, und Karlas Erregung ging daher weit über das belebende Gefühl, etwas Sinnvolles geleistet zu haben, hinaus. Es war ein so starkes Gefühl, daß die Lichtinseln der Laternen im dunklen Hof ihr langsam aus dem Gesichtsfeld schwammen. Statt dessen erblickte sie wieder diesen lodernd gelbroten Saum am Himmel, dort wo eine ganze Landschaft Feuer gefangen hatte, eine Landschaft, auf die ihr bislang gerade nur ein flüchtiger Blick vergönnt gewesen war. Was in ihrem Rücken lag, was in Ellas Rücken lag, was im Rücken aller lag, war eine Verheißung, das war jetzt so klar und so konkret und dabei so etwas Festes, Verläßliches – wie der Lauf eines Geländers vielleicht?, sie würde später darüber nachdenken.

Nun, darüber sollte sie sich in der Tat zu diesem Zeitpunkt am wenigsten den Kopf zerbrechen – einen Schritt nach dem anderen. Und so haben wir zunächst ein spannendes, ja, sagen wir ruhig: ein großes Kapitel zu erwarten. Denn nun wird sich weisen müssen, ob Ella einen geschickten Kurs steuert, wenn sie die ja noch ungeläuterte, nur von Läuterungsabsichten erhobene Karla zwei Tage und zwei Nächte sich selbst und ihrer Aufgabe überläßt, im Vertrauen darauf, daß diese unsichere Kantonistin ein heimlicher Quartalsworkaholic und in der Not eines ungeheuren Ausstoßes fähig sein könne. Wobei nun einmal anzuerkennen ist, daß kein anderer Mensch eine derart erschöpfende

Einschätzung von Karlas verborgenen Möglichkeiten zu liefern imstande ist wie Ella. Und groß wagen wir das folgende Kapitel bei allen denkbaren Makeln zu nennen, weil es sich schließlich um den strammen deutschen Zwillingsbruder des Großen Groschenromans, Bolschoi Groschowij Roman, handeln wird, wenn Karla nach etwa zwei Nächten und zwei Tagen taumelig vor Müdigkeit, aber glücklich mit ausgestrecktem Arm aus der Casa Pferdefuß wanken und Ella ein stattliches Bündel von 78 frisch ausgedruckten Seiten vor die Nase halten wird. »Hier. Es muß nur noch ausgewalzt werden. Oder aufgepumpt. Nun bist du am Zuge ...«, wird sie wohl sagen. Doch bis dahin werden zwei schwarze Nächte über dem Hof der Mühle niedersinken, zwei heiße Hochsommertage Backstein und Kopfstein zum Glühen bringen, einige nachtgeschwärzte und einige mittäglich überbelichtete Gestalten den Hof kreuzen, holend, bringend, Rat suchend, Rat findend.

Die Gefühle der ersten Nacht

In der ersten Nacht fanden nicht nur einige hochinteressante Dinge statt – es ergab sich auch eine ganz eigene Bewegungsstruktur, die von ihrem Gewicht her am ehesten den Vorkämpfen bei sportlichen Großereignissen zu vergleichen wäre. Hinzu kam – Ella und Karla blieb dies vorerst verborgen –, daß sich nicht zwei Hauptpersonen auf dem Mühlenhof aufhielten, sondern drei. Zwei allenfalls in dem Sinne, als Friedrich Tergeune in der ersten Nacht, mucksmäuschenstill, entweder gar nicht erst schlief oder aber mal wachte, mal schlief nach Greisenart, in jedem Fall aber gänzlich passiv blieb. Er blieb also auch als Bewegungsmelder passiv, wenn so etwas bei einem Melder überhaupt vorstellbar ist: er meldete nicht, er vermeldete lediglich in einem alten Journal die eine oder andere Bewegung, womöglich einfach um der Vollständigkeit willen. Daß Tergeune sich über Nacht in seiner Remise aufhielt, was ab und zu vorkam, hatte diesmal den Grund, daß der alte Mann mit höchster Effizienz die Einsargung und Abholung der hinaus-, aber eben doch nicht wirklich zum Tor hinausgestorbenen Frau Krickel veranlaßt, das Sterbebett ratsch, ratsch der Sterbebettwäsche entkleidet und diese, jedermanns Einverständnis voraussetzend, kurzerhand in zwei Plastiktüten gestopft und in den Hausmüll geworfen hatte. Das Ganze selbstverständlich mit äußerster Diskretion. Ansonsten hatte er die Krickelsche Wohnung gänzlich unangetastet gelassen, den Abtransport der Toten gewissermaßen im Stehen begleitet, nachdem er zuvor Wohnzimmer- und Küchentür bereits vorsorglich geschlossen hatte. Selbst ein jeglichem leeren Stroh abholder trennscharfer Geist wie Tergeunes war, so hatte sich während des routinierten Wirkens des Bestattungsinstituts herausgestellt, in solchen Situationen an der Kante des Lebens nicht gänzlich gefeit gegen das Placebo der beliebigen Rede – und schon gar nicht ein weit über siebzigjähriger, so vermuten wir. So daß er sich zu seinem eigenen Verdruß mehrmals dabei ertappt hatte, wie er den Satz »Tja, solche Dinge passieren eben« laut in den leeren Krickelschen Flur hineinsagte. Nur gut, daß der alte Halblang nicht in der Nähe gewesen war.

Im übrigen hatte sich Tergeune bei seinem Tun in der Wohnung der Verstorbenen strikt auf die unangenehmsten Aspekte beschränkt, eben die Abholung der ungeliebten Toten und die Entsorgung ihrer Bettwäsche, die den einen oder anderen grauslich hätte anmuten können. Alles übrige, so hatte er in der Zeit zwischen der Benachrichtigung des Arztes und dem Wirken des Bestattungsinstituts *Silenzio,* beschlossen, sollte Ella als der schon qua Altersunterschied am Ende siegreichen Dauerwidersacherin der alten Frau Krickel überlassen bleiben. So erklärt sich auch, daß Tergeune den »Für Ella Hermann« adressierten kleinen Koffer auf dem Küchentisch gar nicht weiter zur Kenntnis genommen hatte. Nach Erledigung seiner beiden selbstgewählten Aufgaben, der noch ein gründliches Wohnungslüften vorangegangen war, hatte Tergeune kurz überlegt, wie wohl den beiden, womöglich beschwingt von ihrer Fahrt in die Heimat zurückkehrenden Frauen nüchtern zwar, aber doch stilvoll beizubringen wäre, daß die alte Frau a) gestorben, b) auch schon hinaustransportiert war. Am Ende teilte er dieses Vorhaben in einen symbolisierungsfähigen Teil – der sich in einem schwarzen Trauerflor an der Türklinke der Krickelschen Wohnungstür ausdrückte – und einen nicht symbolisierungsfähigen, dem der mit Tesafilm danebengeklebte Zettel zugeordnet war, worauf in Blockbuchstaben geschrieben stand: »Für Ella und Karla: Die Verstorbene ist bereits abgeholt worden. Friedrich Tergeune.« Denn es war doch wohl nicht ganz ohne Belang, ob sie noch drin war oder nicht, wie? Dann hatte Tergeune, nachdem alles getan und der Leichenwagen in der Toreinfahrt verschwunden war, beschlossen, die Nacht für alle Fälle in der Mühle zu verbringen. Es war ja nicht ausgeschlossen, daß es in den Stunden nach dem Eintreffen der beiden Frauen – das dann, wie wir bereits wissen, nur Augenblicke nach der Abfahrt der Toten erfolgen sollte – zu nervlichen oder sonstigen Komplikationen kommen würde. Dann wäre er jedenfalls bereit. Vorerst unentdeckt, würde er beim Dunkelwerden durch einen Lichtspalt am Fenster nötigenfalls diskret seine Anwesenheit zu erkennen geben. Er war bereit, und mehr war nicht gefordert. Von der Klientenseite seines Schreibtischs aus, wohin er jetzt seinen bequemen Lehnstuhl rückte, konnte er die gesamte Fassade der Casa Pferdefuß, den Weg zwischen deren Haustür und dem Stall und das Stallgebäude selbst bequem überblicken.

Lilli drehte sich behaglich seufzend um, als er den Platz wechselte. Er blickte voller Zuneigung zu ihr hinab. »Wieder rein nischt mitgekriegt, der Hund. Na, so verrätst du uns wenigstens nicht.« Denn vorerst würden die beiden Frauen annehmen, daß er den Hund, wie vereinbart, am frühen Abend mit zu sich nach Hause genommen hätte.

Als Tergeune am nächsten Morgen leise fröstelnd den Kopf von seinem Journal hob, über dem er irgendwann im Morgengrauen niedergesunken war, las er:

19 Uhr 30	K. und E. fahren über den Hof und laden vor der Casa Pferdefuß aus.
19 Uhr 40	K. und E. in Wohnung von E.
21 Uhr	Licht im Flur von K.s Wohnung; K. im Halbdunkel am Fenster im rechten Vorderzimmer; dann Schreibtischlampe an.
22 Uhr	E. geht durchs Treppenhaus; Licht in der Wohnung der verstorbenen Frau Krickel. E. hält sich dort nur ein paar Minuten auf, geht wieder nach oben.
22 Uhr	Mache Licht im Büro aus.
22 Uhr 15	K. kommt die Treppe herunter, läßt Tür auf, überquert den Hof, macht Licht an der Stallwand an, geht durch die Tür der Leihbücherei hinein, Licht in der Teeküche; Licht aus; K. geht offenbar auf der Veranda weiter bis zu ihrem Büro, Licht dort; Licht wieder aus; K. verläßt Büro durch den Vordereingang. Hat einiges zu tragen. Macht Tür mit dem Fuß zu, Licht an der Stallwand mit dem Ellenbogen aus.

Ähnlich am Eingang der Casa Pferdefuß: K. macht Licht im Treppenhaus mit dem Ellenbogen an, Tür mit dem Fuß hinter sich zu. K. geht wieder in ihre eigene Wohnung. Schreibtischlampe bleibt die ganze Nacht an.

22 Uhr 30 E. kommt heraus, mit leerem Einkaufsbeutel. Geht zum Wagen am Torhaus, fährt weg.

23 Uhr E. kehrt zurück, Beutel scheint gefüllt. Geht in ihre Wohnung hinauf, kurz darauf noch einmal im Treppenhaus, vor Ks. Tür, zu sehen.

Dann kurz am Telefontischchen vor dem Fenster, telefoniert. Gleichzeitig hält K. nickend den Telefonhörer in der Hand, legt auf, steht auf, reckt den Kopf aus der Wohnungstür, Tür schließt sich wieder. Nach kurzer Zeit erscheint K. wieder an ihrem Schreibtisch. Sie kaut und beißt immer wieder von etwas ab, wahrscheinlich von einem dieser Riegel, wie die jungen Leute sie ständig in der Hand halten. Sie trinkt. Coca-Cola? Tee aus der Dose?

Licht bei beiden bis morgens, beide Köpfe bis etwa vier Uhr zu sehen.

Hier endet die Aufzeichnung Tergeunes über seine erste Nachtwache. Ist man nicht versucht daraus zu folgern, der alte Mann habe im verborgenen unkontrollierbare Manien, die sein hochfahrendes Verhalten gegenüber Menschen wie Halblang recht anmaßend erscheinen lassen? Warum schreibt dieser Mann, der eigenem Bekunden nach der Aufklärung, einer schnörkellosen Rationalität und einer vernünftigen Humanität, verpflichtet ist, ein Logbuch von einer solchen statistischen Beliebigkeit, wie sie sonst nur noch von der Verkehrszählung erreicht wird? Dieser Vergleich hinkt durchaus nicht, denn wie das Statistische Bundesamt nach gehabter Zählung zur Auswertung schreitet, so beginnt ein Tergeune erst nach vollendeter Aufzeichnung seines im tieferen Sinne aufklärerischen Amtes zu walten.

Tergeune denkt. Ein wahrer Nick Knatterton der Ungereimtheiten des Alltagslebens, wittert, packt und beutelt er den Hinterlauf des Widersinns, wo und wann immer er seine Pfade zu kreuzen sich erfrecht.

Tergeune denkt: Was will denn Karla ausgerechnet heute abend in ihrer Wohnung, in der sie sich ohnehin selten, nie aber abends um diese Zeit aufhält? Weshalb steht sie so lange am dunklen Fenster und blickt hinaus? Was treibt denn Ella um diese Stunde in die Wohnung der alten Frau Krickel? Weshalb bleibt sie nur so kurz dort unten? Weshalb aber, am allerrätselhaftesten überhaupt, kehrt sie in ihre Wohnung zurück, ohne Karla einen Besuch abzustatten, und weshalb, nicht minder rätselhaft, geht Karla in den Stall hinunter, ohne auf dem Hin- oder wenigstens dem Rückweg Ella einen Besuch abzustatten? Kombiniere: Streit. Streit jedoch worüber? Tergeune weiß, daß er ohne ein einziges Indiz in dieser Frage nicht weiterkommen kann. Er wird weiter die Augen offenhalten müssen. Und damit nicht genug: Was kann Karla nach ihrem Besuch der Teeküche und ihres Büros aus dem Stall in ihre Wohnung hinaufgeschleppt haben? Den Drucker? Ach was – das machte man doch umgekehrt. Das Aufnahmegerät? Doch um WAS aufzunehmen? Oder einen Stapel Bücher? Und Mineralwasser? Es ist nicht zu erkennen gewesen, was sich da auf ihren beiden Armen befunden hat. Und nun, kuriosestes Puzzleteil überhaupt, was kann Ella bloß bewogen haben, um halb elf mit dem Auto irgendwohin zu fahren? Was kann um diese Stunde in ihren leeren Beutel gewandert sein und ihn gefüllt haben, und in welchem Zusammenhang steht damit das kurze Wiederauftauchen Ellas im Treppenhaus, vor Karlas Tür, und beider kurzer Austausch am Telefon? Und muß Karlas eigene Stippvisite im Treppenhaus nicht als Vorstufe ihrer späteren Nahrungsaufnahme vor dem Schreibtisch zu werten sein? Mit einem Wort, hat Ella dort Lebensmittel abgelegt, sich aber sogleich wieder zurückgezogen? Und wenn das so ist, warum um Gottes willen diese Kontaktscheu, wo man doch nach der jahrelangen Behinderung durch die garstige alte Frau Krickel erwartet hätte, daß ab heute sämtliche Türen offenstünden?

Streit, denkt der alte Tergeune wieder und wiegt bedenklich den Kopf, während er sein Frühstückstablett niedersetzt, Streit, doch worüber? War das PROBLEM der Vorwoche nur beiseite geschoben worden? Hatte sie nun, seiner Wachsamkeit zum Trotz, hinterrücks doch wieder Einzug gehalten, die Krise, während er einen Augenblick, einen einzigen Augenblick nur im Kielwasser eines unvorhersehbaren Ereignisses von anderen Pflichten beansprucht worden war? Tergeune seufzte schwer.

Es war sechs Uhr, als er und Lilli gesittet, wie es beider Art war, zu frühstücken begannen.

Und es war sechs Uhr dreißig, als Ella von der schmalen, harten Liege in ihrem Arbeitszimmer emporschreckte. Sie fuhr sich mit beiden Händen übers Gesicht, während sie sich ins Gedächtnis rief, was ihr Leben so in Unordnung gebracht hatte. Ihr Blick zuckte zwischen der vor dem taghellen Fenster brennenden Tischlampe und dem Köfferchen am Boden neben der Liege hin und her. Den Aschenbecher auf dem Stuhl neben sich wollte sie gar nicht gesehen haben. Sie wollte das alles überhaupt nicht erlebt haben und gestand sich doch seufzend ein, daß sie aus den schalen Überresten des Vortags

– sie warf einen strafenden Blick auf das Köfferchen –, ja, ganzer Jahrzehnte in Kürze einen neuen, frisch gegürteten, wohlriechenden Tag würde machen müssen. Oder sie präsentierte sich gleich mitsamt dem Köfferchen in der Aufnahme der nächstgelegenen Klapse. Wer wollte ihr das verdenken? Ella räumte auf und ließ den Vorabend in seiner unvergleichlichen Zudringlichkeit, so mußte man das wohl nennen, in ihr Gedächtnis ein, während sie den Wasserkessel füllte.

Einhundertsiebzigtausend Mark hatte sie gestern, als sie, sich selbst und ihrer Unruhe überlassen, einer Eingebung gefolgt und noch spät in die Krickelsche Wohnung hinuntergegangen war, in einem verschlossenen Köfferchen auf dem Küchentisch gefunden. In dem Umschlag mit der Aufschrift »Für Ella Hermann« hatte, neben dem Kofferschlüssel, ein Zettel mit einigen handschriftlichen Zeilen gesteckt. Während sie mit pochendem Herzen die Hand über die Geldbündel hatte gleiten lassen, war ihr die Infamie, gewissermaßen der letzte Huftritt der alten Widersacherin, in ihrer ganzen Tragweite klargeworden. Ella hatte gemeint, daß dieses unbeschreibliche Ballett in der Toreinfahrt, als der Leichenwagen und ihr eigener VW-Bus nach mehrfachem Zurücksetzen und erneutem Vorstoßen um ein Haar doch noch ineinandergekracht wären, was zu einem längeren Wortgefecht geführt hatte, der letzte Gruß der Verstorbenen gewesen wäre, aber weit gefehlt – sie hätte es kommen sehen müssen, hatte sie aber nicht, sondern sie war, von anhaltender Unruhe getrieben, durch das nächtliche stille Haus gegangen, um – ja, um sich mit eigenen Augen zu vergewissern, daß das Kapitel Krickel nun endlich abgeschlossen wäre, und, wenn sie ehrlich war, auch um sich, angesichts des Zustands der Wohnung und der damit zu erwartenden Renovierungskosten, gründlich und gänzlich unbeobachtet zu grausen.

Sie hatte, gestand sie sich ein, das »Verwohnte« sehen wollen, von Raum zu Raum gehen, die abgetretenen Dielen, die kabbeligen Linoleumböden, die abschilfernden Lackschichten der Fenster und Türen, die borkigen Tapeten, die bröckeligen Fugen zwischen den klogrünen Fliesen ... Sie hatte nichts davon gesehen, war sie doch stracks auf die verschlossene Küchentür losmarschiert, dorthin, wo man in solchen Wohnungen gewöhnlich Schlimmstes vermuten muß, und in die Küche hinein, auf den Küchentisch zu, wo dann das Köfferchen auf sie gewartet hatte.

Nun, Geld ist ja bekanntlich nie nur Geld, man könnte auch gleich sagen: Geld an sich ist nichts, und dieser generell gültige Satz sollte sich im Fall Krickel gegen Hermann auf besonders hinterhältige Weise bewahrheiten, insofern in einem Augenblick, in dem verzweifelt eine größere Summe gebraucht wurde, Geld erst völlig überraschend wie Manna vom Himmel gefallen schien, das sich dann sogleich als gänzlich ungenießbare Klapperfrüchte eines Baumexoten erweisen sollte, auf dem sich vermutlich obendrein die Lachtauben kringelten. Jedenfalls meinte Ella momentweise etwas derart Höhnisches zu hören, kaum daß sie mit ihrem Fund in ihrer eigenen Wohnung angekommen und wieder von tiefer Stille umfangen war, die nur gelegentlich durch ein dumpfes, fernes Schurren von Karlas Frankfurter Stuhl unterbrochen wurde. In der einzigen der Dramatik des Augenblicks angemessenen Weise, nämlich stehend, las sie noch einmal die Begleitzeilen.

Die Ausgabe des Krickelschen Geldes war, man glaubt es nicht, an eine haarsträubende Bedingung gekettet, wollte die Erblasserin oder, wie man sie in diesem Fall wohl korrekterweise nennen mußte, die verstorbene Besitzerin dessen Verwendung doch nur gestatten, wenn sie eine Gedenkstätte für Thea und Jost Krickel zum Ziel hätte. (Immerhin stieß Ella irgendwo mitten im Brief auf den lapidaren Begleitsatz: »Geld ist versteuert!«) Es war doch wohl nicht an ein Heim oder eine ähnlich unhandliche Einrichtung gedacht? Hah! Ella nahm gerade noch zur Kenntnis, daß sich am Boden des Köfferchens ausführlichere Mitteilungen »meines lieben Mannes, des verstorbenen Jost Krickel« befänden, knallte den Deckel zu und trat ans Fenster. Sie meinte, Karlas Wohnungstür ins Schloß fallen zu hören, und, in der Tat, kurz danach hörte sie die Haustür, und Karla überquerte eilenden Schrittes den Hof, öffnete die Tür zur Leihbücherei, verweilte eine Weile darin, machte dann das Licht in der Teeküche an und die Kühlschranktür auf, wie Ella an ihrer gebeugten Silhouette erkannte, während ihr siedendheiß bewußt wurde, daß die läuterungswillige Erfolgsautorin in spe Hunger und Durst leiden mußte und auch weiter leiden würde, denn die Versorgungslage hatte sich während der Tage ihrer Abwesenheit gewiß nicht verbessert. Die Lichter verloschen wieder, Karla tauchte schwerbeladen mit nicht eßbarer Fracht wieder auf dem Hof auf und kehrte in ihre Wohnung zurück.

»Verdammt, verdammt«, sagte Ella, stürzte in die Küche, wo sie nach ihrem Portemonnaie und einem leeren Beutel griff, verließ ihrerseits das Haus und dann sogar den Hof und fuhr zum Tankshop an der Ausfallstraße, einkaufen. Alles einkaufen, was von Rechts wegen aus den Kühlregalen entfernt gehörte – Fettes, Süßes, Fettsüßes, stark Gesalzenes, giftfarbene sogenannte Muntermacher in Flaschen, coffeinhaltige Dosenlimonade mit elf chemischen Zusatzstoffen ... die ganze Palette, alles stopfte sie aus dem Korb in ihren schlaffen Leinenbeutel, dieses kraftlose Mahnmal einer naturnahen Produktionsweise.

Auf einmal geht's, hörte sie Karla jetzt schon befriedigt sagen.

Wie konnte ein Mensch um einer Dachreparatur willen nur so umfassend und widerstandslos seine heiligsten Überzeugungen verraten! Einen Augenblick lang meinte Ella, beim Verlassen der Tankstelle ohnmächtig zu Boden sinken zu müssen, so als wiche das Blut aus ihren Wangen, was es vermutlich auch tat, während gleichzeitig heiße Scham in die entgegengesetzte Richtung emporwogte ... Doch das war nur ein Augenblick. Hier ging es ja gar nicht um sie, um ihre moralische Unversehrtheit oder was auch immer – hier ging es tatsächlich um ein Loch im Dach und, eng damit verbunden, Karlas knurrenden Magen. Ich komme, murmelte Ella vor sich hin, ich komme ja schon ... Halte durch. In ihrer Wohnung angekommen, kippte sie den ganzen Beutel auf dem Küchentisch aus und starrte einen Augenblick unschlüssig auf die überwältigende Farbenpracht nieder. Portionieren oder rationieren oder ...? Ach was. Ella fegte den ganzen lebensverkürzenden Unrat auf ihr Tablett, hielt noch einmal kurz inne, beschloß, Karlas Herzverfettungstod nicht ewig überleben zu wollen, und legte zwei Erdnußkaramelriegel auf den Tisch zurück. Wovon sollte sie leben? Seufzend – ich bekenne mich schuldig, Herr Richter, geben Sie die Höchststrafe – zog sie zwei Schachteln Dunhill (rot) aus der Jackentasche und legte sie neben die Riegel. Da sie sich mitten in ihrem dritten (und, der Leser sei beruhigt, letzten) Entwöhnungsversuch befand, war dieser Ausrutscher um ein Vielfaches schwerer zu bewerten als die paar Plombenzieher, mein Gott. Nun, sie war auch nur ein Mensch, und morgen würde sie ihre Freundin Malli anrufen und ein ausgiebiges Suchtgespräch mit ihr führen. Sie planten seit längerem die Eröffnung einer gemeinsamen Suchtberatungsstelle, sowie sie beide von sämtlichen in diesen pathologischen Formenkreis gehörigen Handikaps losgekommen wären. Die Präliminarien zogen sich nun schon eine Weile hin, doch die beiden trösteten sich damit, daß sie so wenigstens über ausreichende Suchterfahrung (und Entwöhnungserfahrung) verfügten und sich nicht etwa Fressen, Saufen und Qualmen erst noch würden angewöhnen müssen, denn darin waren sich beide einig: einschlägige Sucht- und Entwöhnungserfahrung war die Vorbedingung zu jeglichem suchttherapeutischen Erfolg. Was keineswegs ein Allgemeinplatz war, im Gegenteil. Denn bekanntlich tummelten sich Heerscharen von Quacksalbern in dieser Goldgrube, Spezialisten, deren eigene Suchtgewohnheiten häufig genug die Größenordnung von zwei Portionen Tiramisu im Jahr nicht überschritten. Was den Selbstreinigungsprozeß zugleich verlängerte und komplizierter gestaltete, war die Tatsache, daß die beiden Frauen bei grundsätzlicher Suchtanfälligkeit doch ganz unterschiedliche Akzente setzten, und damit nicht genug – daß diese Akzente keineswegs dort bleiben mußten, wo sie einmal gesetzt waren. Durchaus konnte die eine heute der exzessiven Nahrungsaufnahme verfallen sein und die andere dem Nikotin oder ein andermal die eine dem Wein- oder Wodkagenuß und dem Nikotin, die andere hingegen der Sahnetorte (nur an harte Drogen gingen sie nicht heran), wie sie denn generell den Eindruck gewannen, daß die Süchte, einer Hydra ähnlich, kurzerhand einen neuen Trieb sprießen ließen, sowie man einer von ihnen zu Leibe gerückt war. Kurz, das Bild blieb wechselhaft, changierend und die Eröffnung einer neuen Beratungsstelle eine Fata Morgana, die nur gelegentlich in trügerische Nähe rückte, um dann von einem Tag auf den anderen wieder in eine geradezu fabulöse Ferne zu entschwinden.

»Malli, höre«, mochte Ella einen solchen Tag eröffnen, »es ist wieder passiert. Verdammt, verdammt.«

»Womit?« fragte die pragmatische Malli, die diese

Haltung speziell für die Rückfallsituation lange trainiert hatte.

»Rauch«, sagte Ella, die knappstmögliche Form der Beichte.

»Umph«, sagte Malli, zweiter Schritt ihrer neuentwickelten Rückfalltherapie.

»Ja, umph«, sagte Ella seufzend und blätterte bereits in Ella Hermanns Suchttagebuch, das es zu vervollständigen galt.

Rauch

Begegnungen mit Malli waren spannend, auch wenn sie hauptsächlich über ihre Versuche, sich das Rauchen abzugewöhnen, ihre Leber auszukurieren, Gewicht zu verlieren etc. sprach. Die Welt der Krankheiten überhaupt und speziell die der Süchte oder besser gesagt; der Heilung von beiden wurde in ihren Schilderungen zu einem Abenteuerland, wobei sie in ihrem meist atemlosen, ja, keuchenden Erzählstrom Akzente setzte, die sie oft selbst erst im Augenblick ihrer Beschreibungen und Überlegungen entdeckte und die für sie selbst folglich ebenso verblüffend und überwiegend erheiternd waren wie für ihre Gesprächspartner. Diese Art sympathischer Unterhaltungskünstlerin war Malli. Häufig schluchzten sie und Ella oder Karla oder alle drei bei ihren Gesprächen hysterisch vor Lachen, doch es kam auch vor, daß sie, in einer plötzlich eintretenden Erzählflaute, nachdenklich über den Tisch und aus dem Fenster blickten.

Löste ein rauchender Mensch sich, seinen Suchtgewohnheiten folgend, womöglich allmählich in Rauch auf? Zog seine Persönlichkeit vielleicht, ohne daß er sich dessen bewußt wurde, mit den Jahren in Schwaden davon? Rauchte er, wenn er ein Schreibtischmensch war, irgendwann nur noch, statt zu arbeiten? Zu denken? Mein Gott, wenn alles in Rauch aufging, was blieb denn dann ohne Rauch? Saß hinter diesem blauen Vorhang der Mensch von einst, der das Rauchen noch nicht kennengelernt hatte, der einzige echte Nichtraucher, einfach hockengeblieben und gottergeben abwartend, daß er wieder zum Vorschein käme, wenn der Rauch sich irgendwann einmal verzogen hätte? Oder säße da nur noch ein Raucher im vorläufigen Ruhestand? Denn ein Nichtraucher würde es ja wohl schlecht sein können, immer nur ein ehemaliger Raucher – und ein zukünftiger, also ein immerwährender Raucher, ob er nun gerade ausübend oder passiv – ach, nein, das lieber nicht, sagen wir: inaktiv war. Saß sie da, die alte, zugenebelte Persönlichkeit, und tauchte eines Tages mit welker grauer Haut, giemenden Bronchien, wild geäderten Beinen und kribbelnden Füßen aus dem Rauch auf, physisch mitgenommen zwar, aber im Kern dieselbe, unverwechselbar die alte ...? Oder hatte auch das Wesen dieses einst rosenhäutigen, frei atmenden, blankbeinigen und springfüßigen Geschöpfs sich längst Schwade um Schwade verflüchtigt? Was wäre das dann für ein Mensch, der übrigblieb, o Gott, ein Zombie? Ein entkerntes Wesen?

»Als der Nebel dann licht war, war keiner mehr sichtbar«, zitierte Ella. Ganz recht. Sie steigerten sich bei diesen in Alltagsgewässern gründelnden Gesprächen ebenso wie bei ihren Heiterkeitsanfällen bis an irgendeine Grenze, die sie nicht zu benennen gewußt hätten. Doch am besten bezeichnete man wohl, was sie da fast rituell betrieben, wenn man sagte: Sie waren radikal. Radikale Denkerinnen des Alltäglichen, affirmative oder kritische, ja destruktive, das waren sie, nicht mehr und nicht weniger, und sie trieben ihre Zuspitzungen so weit in ihr mürbes Universum, in die engere sie umgebende Welt hinein, daß ihnen am Ende alles zu zerbröckeln drohte und sie sich gemeinsam oder wechselseitig zur Ordnung rufen mußten.

»Wenn wir erst alles mürbe finden / Wird uns die Tat zusammenbinden«, deklamierte Ella.

»O Vater, welches unerhörte Schwein«, vollendete Malli elegant.

Zuvor aber hatten sie wahre Orgien unüblicher Bestandsaufnahmen gefeiert, die, so fanden sie, in oftmals überraschend originellen Resultaten endeten. Fast immer trennten sie sich erschöpft, aber zufrieden. Fast immer nahmen sie, eine jede für sich, am nächsten Tag den Faden wieder auf, drehten und wendeten und verspannen ihn, wie sie es verstanden, und häufig kehrten sie mit dem Erreichten schon bald zueinander zurück.

Viel Stoff für Gespräche, interessante und amüsante, das war wohl richtig, mußte Karla anerkennen, die allerdings gelegentlich, wenn der universalkritische oder auch der suchttherapeutisch verengte Ballwechsel allzu furios wurde, eine Auszeit nahm, um wieder Kraft zu schöpfen für weitere Verzichtleistungen und nicht womöglich endgültig zur Stammkundin fettstinkender Wurstbuden abzusinken. Denn auch sie, die Konsumentin alles Ungesunden, stand grundsätzlich zu dem einzig leuchtkräftigen, einzig nachhaltigen Energiezuwachs, dem, der aus dem Verzicht erwuchs. O ja, ausnahmsweise. Karla stellte sich unter einem Menschen, der *ohne alles* auskam, einen Mann oder eine Frau vor, der/die in keiner Hand irgend etwas Konsumierbares hielt, während er/sie nach der nächsten Aufgabe spähte, die es zu bewältigen galt. Einfach so. Jetzt, in einem reiferen Alter, entsprach ihrer Vorstellung vom sinnvollen, von keinerlei Abhängigkeit gesteuerten Verbrauch von Lebensenergie und ihrer Erneuerung das artesische Prinzip, anschaulich verewigt in dem schönen Gedicht »Der römische Brunnen«.

Während Ella sich für keinen Fehlversuch in diesem Felde einer neuzeitlichen, noch zu definierenden Erwachsenwerdung zu schade war und aus den zumeist sauren oder edelfaulen Trauben ihrer nimmerendenden Erfahrungen die Mühlenabfüllung preßte, die, wer weiß, am Ende die Rezeptur eines wunderbaren Lebenselixiers in sich bergen würde, verfuhr Karla, wie sich bereits mehrfach erwiesen hat, eher nach dem Prinzip einer abtastenden Beobachtung, durchaus nicht unter dem Beifall ihrer Freundin, die dieser Forschungsmethode skeptisch gegenüberstand.

Ella: Wo soll das hinführen, was du da treibst? Du tastest die Oberfläche der Wirklichkeit ab wie eine Blinde.
Karla: Was ist daran verkehrt? Der Tastsinn verfeinert sich unendlich.
Ella: Aber du bist nicht blind, das ist daran verkehrt.

Ein andermal bekommt Karla von Ella zu hören, sie benehme sich der Welt gegenüber wie der Affe bei der Fütterung: Rasch abtasten, beriechen, wieder weglegen oder rasch verzehren, nur daß sie das alles auch noch langsam tue.

Sie habe ja gewöhnlich auch keine Konkurrenz bei diesem Geschäft, verteidigt sich Karla. Betasten und beriechen seien aber wohl nicht wörtlich gemeint?

Selbstverständlich nicht, antwortet Ella, oder bist du vielleicht ein Affe?

Oder sie wirft Karla vor: Und dann spürt man bei dir immer wieder diese Ungeduld, diese Gereiztheit gegen eine Dummheit, die sich erdreistet.

Und Karla erwidert: Eine Unwissenheit, die von sich

selbst nichts weiß! Was für eine schockierende Entdekkung! Ein ungeheuerlicher Webfehler der Schöpfung. Unverzeihlich. Frag mal Tergeune, was der davon hält.

(Nu aber! hätte Halblang an dieser Stelle gewiß gesagt, während sich Tergeunes Gesicht, umstanden von einem nickenden Haarkranz, bereits zornig verfärbt hätte.)

»Karla, verzeih mein Säumen«, sagte Ella in der ersten Entstehungsnacht des ersten deutschen Großen Groschenromans am Telefon zu ihrer im Nebenverlies schmachtenden Freundin, nachdem sie das Tablett vor deren Wohnungstür abgestellt hatte, »du findest alles Fette und Süße, das dir zugesagt war, vor deiner Tür.«

»Auf einmal geht's«, antwortete Karla befriedigt. »Und nun vergiß mich einfach, vergiß mich und die schöne Zeit der Gemeinsamkeit.«

Ella, die es doch tatsächlich im Hals würgte, konnte nicht feststellen, ob Karlas Stimme zu brechen drohte, denn sie hatte aufgehängt, kaum daß ihr melancholisches Lebewohl verklungen war. Und Ella hatte wieder diesen Zorn in sich gespürt und den Koffer rabiat aus der Küche in ihr Arbeitszimmer geholt, als wollte sie ihn übers Knie legen. Sie ließ ihn jedoch nur am Kopfende der Liege auf den Boden fallen und starrte dann einen Augenblick darauf nieder, als läge der Geist der unseligen Frau Krickel darin zusammengestaucht und wartete nur auf seine Befreiung.

»Da kannst du lange warten«, sagte Ella, bezog sich damit allerdings auf das obszöne Ansinnen ihrer ehemaligen Widersacherin, ihr auch noch ein Denkmal zu setzen, in welcher Form auch immer. »Dazu kommen wir später«, sagte sie, versetzte der vergifteten Barschaft einen kleinen Tritt und kehrte an ihren Schreibtisch zurück.

Erleichterung durchströmte sie. Denn durch die Stille drang leise, wie aus weiter Ferne, ein gequältes Aufjaulen, ein fiependes Sägen und stotterndes Bollern zu ihr herüber: Karla hatte den Drucker in Gang gesetzt!

So ungeduldig Ella sein mochte, wenn sie Morgenluft witterte, so solidarisch war sie doch auch, wenn es galt, die Viecherei solcher letzten Stunden vor der Öffnung der Kerkertüre zu bewältigen. Sie würde ebenfalls ihren Anteil an Leib und Leben in die Waagschale werfen, das stand fest. So rückte sie den Aschenbecher in eine gefällige Position auf der Schreibtischplatte, ein wenig außerhalb des Lichtkegels, öffnete die Zigarettenschachtel, riß die Hülle des Erdnußkaramelriegels bis zur Hälfte herunter, holte die flache Schachtel mit der Aufschrift »Rechnungen/Quittungen« aus der rechten Schublade und vertiefte sich mit geradezu fieberhaftem Eifer in die Monatsabrechnung. Was sie durch den Wust unerfreulicher Tatsachen trieb, war die abergläubische Vorstellung, solange sie nur nicht nachließe, würde auch Karlas Schaffenskraft nicht erlahmen, als befeuerte sie deren schöpferisches Lodern mit den Briketts ihrer Sorgen, und so ließ sie nicht nach und raschelte links und rechnete rechts und rauchte rechts und rechnete links, bis in den frühen Morgenstunden irgendwann kein Laut mehr von nebenan herüberdrang. Da erst stand Ella auf und wankte zu ihrer Liege hinüber.

Und in der Tat hatte sich Karla einige Minuten zuvor zum letzten Mal die Augen gerieben, den noch dünnen Stapel fertiger Seiten auf Stoß zusammengelegt, das Ganze geradezu pedantisch nach der Schreibunterlage ausgerichtet und die letzten zusammengeknüllten Blätter, die bereits Groschenroman gewordenen Notizen vom Tisch gebürstet. Sie hatte versucht, die fertigen Seiten ein letztes Mal, und diesmal gründlich, zu lesen, doch als sie, nur sekundenlang, dem Titel *Das Haus der*

Anakonda nachgehangen und das Titelblatt beiseite gelegt hatte, waren die ersten Zeilen alsbald vor ihren Augen in Bewegung geraten, eine schwache schwerelose Wellenbewegung wie von blassen, tauben Weizenähren ... *Es ging ein leichter frischer Wind an diesem frühen Sonntagmorgen* ... las sie gerade noch, ehe sie auf einer Art Barkasse Haar und Halstuch flattern ließ und schlief und träumte und erwachte, sich zu ihrer Couch schleppte, wieder einschlief und träumte.

»Heute nicht«, sagte Karla entschlossen, als sie um acht Uhr die Füße auf den Boden setzte und sich an ihren kurzen Traum erinnerte. »Wirklich nicht. Ich muß erst fertig schreiben.« Sie ließ Wasser in den Kessel laufen. »Ich bin so müde«, flüsterte sie, nur einmal und an niemanden gerichtet, nur so, wie um zu fühlen, ob sie noch die alte war, dann war auch die Versuchung eines Selbstmitleids überwunden, das sie jetzt ebensowenig gebrauchen konnte wie Traumichs nächtliche Eskapaden. Sie riß die Cellophanhülle von zwei schwammigen Törtchen, die sie sich schon am Abend fürs Frühstück beiseite gelegt hatte, kochte einen starken Kaffee und versuchte, ein bißchen zu singen, um wacher zu werden. Das ging nun gar nicht, also erfrischte sie ihr Gesicht ausgiebig mit kaltem Wasser, trug ihr Tablett zum Schreibtisch und frühstückte, bemüht, nicht auf den Anfang des Großen Groschenromans niederzublicken.

Im Hof war Bewegung: hinten an der Toreinfahrt stieg der junge Kerl von *rin & rut* gerade von seiner Vespa. Die Tür der Leihbücherei stand weit offen. Wahrscheinlich Birsen, denn heute war Putztag. Und dann schoß Lilli von links, Tergeune im Schlepptau, zum Stallgebäude hinüber. Offensichtlich hatte sie die Heimkehr ihrer Herrinnen errochen und geriet, als Ella plötzlich aus ihrer Bürotür trat, vollends aus dem Häuschen, so daß Tergeune sie loslassen mußte. Karla verzehrte sich danach, sich den anderen, und sei es nur für ein paar Minuten, hinzuzugesellen. Die kleine Versammlung, ihr Gelächter, das Gebell erschienen ihr als das Erstrebenswerteste, das Vollkommene schlechthin für den Menschen, der bekanntlich nicht gemacht war, um wie ein wildes Tier in der Einsamkeit zu leben ... Karla lachte laut auf. So eine ordentliche Übertreibung war manchmal doch hilfreich. Und sie beschloß, spätestens mittags Lilli anzufordern.

Sie war bereit.

Es ging ein leichter, frischer Wind an diesem frühen Sonntagmorgen im Juli, las Karla, *als Alexander Zefiroski aus dem Gebüsch auf den schmalen Pfad hinter dem ehrwürdigen Universitätsgebäude trat, den die Studenten als Abkürzung in das reichlich ungepflegte Grün getrampelt hatten. Zefiroski, der oft geschäftlich hierherkam, schüttelte immer wieder den Kopf, wenn er, gewissermaßen im Vorbeigehen, mitbekam, was für einen verlotterten Eindruck das Ganze machte. Das Gebäude selbst, na schön, allein sein Alter und seine Bestimmung, ein Hort des Wissens zu sein, so stellte sich Alexander das jedenfalls vor, bewahrten es davor, seinen Verfall allzu kraß herauszuschreien – jedenfalls solange man nicht näher hinsah. Aber bei den Nebengebäuden bis hin zu den verrosteten, zerbeulten Fahrradständern und erst recht bei dieser verfilzten Wildnis von einem Grundstück war kein Hauch von Anstand und Würde mehr gewahrt. Das war schiere Verkommenheit, wenn man ihn fragte. Aber wer fragte ihn schon? Er war Zefiroski, seines Zeichens Türsteher, Mädchen für alles zwischen Majordomus und Faktotum im* Haus der Anakonda. *Ein gepflegter Mann, dieser vielfältig verwendbare Alexander Zefiroski, dem jedoch vermutlich kein hohes Alter beschieden sein würde, denn er hing neben kleineren Lastern dem einen großen der Dauerverliebtheit an. Alexander der Verführer. Alexander der Wilderer. Ja, auch das. Er lächelte. Nun, dann würde er eben in seinen tadellos gewienerten Schuhen sterben – er beugte sich nieder, spuckte auf sein Taschentuch und befreite seine spitzen Halbschuhe vom bloßen Verdacht des Staubs ...*

Na bitte – dreimal dürfen wir raten, was Karla in der ersten Nacht nach einigen linkischen Fehlversuchen schließlich ein geradezu rasantes Vorwärtskommen ermöglich hatte.

Nun, Karla, was haben wir hier vor uns liegen? – Einen Auftrag, den Auftrag, einen Groschenroman zu schreiben. – Na, und was ist das für eine Art Literatur? – Das ist schlechte Literatur. – Na schön, lassen wir das einmal so stehen. Und weiter? – Weiter? Äh ... Ja, also auch schlechte Literatur folgt bestimmten Regeln, nur daß ich die eben nicht kenne, äh ... – Was kennst du denn für Regeln, Mädchen? – Ich kenne die Regeln für gute Literatur, glaube ich. Die von Elena und Glen Kullen. Die Gebote des Erzählens, äh, die fast alle Verbote sind ... – Nun, dann ist die Sache doch ganz einfach: Du drehst diese Gebote oder Verbote einfach um, und schon hast du die Regeln für schlechte Literatur! – Wirklich? Das wollen wir doch gleich mal sehen – nehmen wir mal das Gebot, nicht ständig witzig sein zu sollen – wenn ich das umdrehe: Fehlschlag. Solche schlechten Bücher sind nicht witzig. Nie. Nicht ständig zu räsonieren – daraus würde das Gebot, man solle ständig räsonieren: Fehlschlag. In solchen Büchern räsoniert doch kein Mensch. Nicht ...

Also halt mal – das haute ja alles überhaupt nicht hin: Dann war schlechte Literatur also nicht einfach das Gegenteil von guter Literatur ... Da mußte sie aber mal gründlich drüber nachdenken ... Aber doch jetzt nicht, Karla ... Nein, nein, jetzt nicht. Außerdem gab es doch immerhin eine Regel, die konnte sie ohne Wenn und Aber ins Gegenteil verkehren: Die von den ausgefallenen Namen! Diese allzu puristische Selbstbeschränkung hatte sie ja immer schon auf dem Korn gehabt. Das machte sich jetzt bezahlt, denn ein geradezu schwelgerischer Gebrauch des Ausgefallenen schien ihr nun ein Hauptmerkmal des Ordinären zu sein – sie erinnerte sich an das Namensgebungsgespräch, das sie mit den beiden Anwältinnen auf der Wiese geführt hatte. Dabei war es um Eltern gegangen, die ihren Kindern von Geburt an das Brandzeichen ihrer Großmannssucht verpaßten und Hunderttausende von kleinen Stammhaltern – von Mehlwürmchen, von Pinkies – beispielsweise mit dem Namen Alexander schmückten.

»Hunderttausende!« hatte Margot, die Hauswirtschafterin, die aus sicherer Entfernung dem üblichen Gemetzel der Säbelzahntigerinnen folgte, ungläubig hervorgestoßen.

»Jawohl, Hunderttausende!« hatte die eine Anwältin streng bestätigt. »Das ist Statistik.«

Wie gut, dachte Karla befriedigt, daß sie das Ohr so lange sozusagen am Gras der Wiese gehabt hatte. Das begann doch bereits, sich auszuzahlen. Und das würde sie Ella schon stecken, wenn man sich mal wieder sähe ...

Nun müssen wir nach dieser neuerlichen Abschweifung, nennen wir sie die Alexandrinische, kurz einen Augenblick in eigener Sache sprechen: Liebe Leser, wenn Ihnen über so viel Mangel an erzählerischer Geradlinigkeit langsam das Wachsstümpfchen der ersten Nacht zu verlöschen droht – wir haben immerhin zwei Nächte und zwei Tage glaubhaft verstreichen zu lassen! Darin bringt man Aufstieg und Niedergang ganzer Dynastien unter. Dafür haben wir aber auch viel Zeit. Niemand treibt uns. Und wenn wir auch nicht den Fehler manch eines Stückchens moderner Literatur begehen und sozusagen jeden Husten des Bewußtseins eins zu eins wiedergeben wollen, so wollen wir doch auch nicht einherstürzen, dem Ende zu wie ein Gießbach, aus diesem Gefühl heraus, daß der Mensch heute eins mit Sicherheit nicht hat: Zeit. So kann man doch auf die Dauer nicht leben. Das finden alle, die wir mittlerweile kennengelernt haben und die doch auch ihre Chance haben sollen, und deshalb müssen wir leider noch ein Weilchen durch die Tage und Nächte mäandern. Bleiben Sie bitte bei uns. Wir haben den Faden keineswegs verloren, er ist eben nur nicht so kurz und gänzlich frei von Verschlingungen wie eine Bügeleisenschnur.

Nachdem Ella sich am Abend bei Tergeune »für gewisse erwiesene Dienste« bedankt hatte, sagte der alte Aufklärer: »Eins muß ich noch aufklären. Ich war heute nacht auf dem Gelände. Ich hielt das für besser. Nach Sterbefällen weiß man ja nie. Ich wollte auf mich aufmerksam machen, ohne zu stören. Aber um zehn habe ich dann doch das Licht ausgemacht. Geschlafen habe ich allerdings wenig. Nun?«

»Wie ›nun‹?« Ella überlegte kurz, ehe sie sagte: »Wir haben ein paar Probleme. Karla muß etwas schreiben, deshalb bleibt sie vorerst in Klausur. Streit haben wir nicht, falls Sie das vermuten sollten. Und ich komme zu Ihnen und erzähle Ihnen, worum es geht, sowie ich den Wust hier gesichtet habe. Holen Sie Lilli mittags noch mal zu sich rüber? Abends kann der Auwacki sie in den Wald mitnehmen. Er soll heute in der Wohnung unten anfangen. Es muß sein. Ich gehe zwischendurch mal weg. Ach so, ja, ich habe mich glücklicherweise gerade erinnert, daß wir die *Tanne* annonciert haben. Ich denke mal, morgen lasse ich alle Bewerber herkommen. Nur damit Sie sich nicht wundern.«

Der alte Tergeune sah sie skeptisch an. »Was haben Sie denn annonciert?« Ella reichte ihm die Zeitung, die auf ihrem Couchtisch lag.

»Ich habe mir überlegt, daß man direkt die Stecknadel im Heuhaufen ansprechen muß, sonst haben wir hier eine Völkerwanderung zu erwarten. Das ist immer so sinnlos. Man kann ja doch nur einen nehmen.«

»›Unbequem, aber ausgefallen‹«, las Tergeune laut. Er lachte. »› ... ist unser Liebhaberobjekt *Die Tanne,* 54 qm auf 3 Etagen, gewerblich oder teilgewerblich zu vermieten. Kleine Agentur oder sonstige lärmfreie Firma bevorzugt. Miete 10 DM/qm, 1 Jahr Mvz angenehm. Verkehrsgünstig, Gewerbehof in Südwestberlin. Telef. Anfragen ab Dienstag‹ ... Telefonisch sollen die sich bewerben? Das ist aber lästig.« Tergeune schüttelte den Kopf.

»Es eilte doch schrecklich. So spare ich ein, zwei Tage.«

»Nach vier Jahren Leerstand kommt es jetzt auf den Tag an? Soll ich mal raten, was das PROBLEM ist ...«

»Nein, sollen Sie nicht«, sagte Ella barsch. »Gehen Sie jetzt in Ihren eigenen Stall und ...« Das Telefon läutete. Beide horchten auf den Anrufbeantworter.

»Ja, hier Iltifat. Suche ich Angebot, ja, für Backshop. Lager. Nur abladen, ja, hinstellen und wieder weg. Hörst du nichts. Gebe ich Ihnen meine Nummer achtundvierzigdreiundsiebzigzweieinseins, Name noch mal: Iltifat.«

»Die Stecknadel«, sagte Tergeune grinsend. »Nur abladen. Hah. Heben Sie mir das Band auf. Das höre ich mir heute abend alles auf einmal an.«

Ella schob ihn zur Tür. »Sie haben nicht die richtige Ausstrahlung. Gehen Sie weg, alter Mann.«

Tergeune lachte noch vor sich hin, als er seine eigene Bürotür erreichte. Wenn das so war, würde er auch die kommende Nacht wieder hier verbringen. Wer weiß, wer hier alles ablud und weg. Es lag so eine Unruhe in der Luft, eine Spannung. So etwas Gewitterähnliches, obwohl der Morgen noch frisch war. Halt dich bereit, Tergeune, auf Abruf. Mehr ist nicht gefordert.

Auch wenn damit am Abend eins seiner kleinen Laster aufflöge. Und eins dieser ›Zugeständnisse‹, wie man sie solchen kleinen Lastern zuliebe schon mal machte. Na schön.

»Höre, Malli«, hatte sich Ella bereits am vergangenen Mittwoch am Telefon gemeldet. Sie befand sich, wie gesagt, in der hypernervösen Vorschlußphase der letzten Entwöhnung, »ich bin heute wieder auf so eine Empfehlung gestoßen, es doch mal mit Autogenem Training zu versuchen, wenn man seine Nerven nicht unter Kontrolle kriegt. Trifft ja haargenau auf mich zu. Ich weiß letztlich gar nichts darüber. Nur, daß es bereits meinem jähzornigen Vater zur Eindämmung seiner Magengeschwüre empfohlen worden ist. Allerdings vergeblich. Frau Dr. Backhaus hat es mir auch schon empfohlen. Ich kenne jede Menge solcher Empfehlungen und Adressaten solcher Empfehlungen, aber, wenn ich darüber nachdenke, nicht einen einzigen Menschen, der ein solches Training einigermaßen erfolgreich betrieben hat. Oder wenigstens überhaupt betrieben. Wo sind die denn alle? Halten die das Ergebnis geheim? Oder das Verfahren? Ist es peinlich zu sagen, daß man Autogenes Training ausprobiert hat? Peinlicher, als daß man Yoga gemacht hat oder Nüngnüng?«

»Was ist denn Nüngnüng?« hatte Malli sie unterbrochen.

»Das war nur so ein Beispiel«, hatte Ella erklärt. »Also, ich tu mich mal um und erzähle es dir dann.«

Heute morgen gleich nach neun betrat Ella, nunmehr

Ella die Rückfällige, endlich die Buchhandlung Pfannenstiel. Wenn sie etwas Neues in Angriff nehmen wollte, dann tat sie das gewöhnlich umgehend. Von einem lauwarmen Ansatz hielt sie nichts. Er lag allerdings auch nicht innerhalb ihrer nervlichen Möglichkeiten. Diesmal hatte die unvorhergesehene Heidefahrt vorübergehend alle Aufmerksamkeit für sich beansprucht. Aber nun, so muß man schon sagen, stürmte sie geradezu in die Buchhandlung Pfannenstiel, deren rein weibliches Personal sich eben noch einmal mit dem Kamm durchs Haar fuhr oder die Lippen nachzog. Ella schwalbte um die beiden großen Tische mit der Hobby- und der Reiseliteratur herum und landete umstandslos vor der Auslage neuster Gesundheits-, Fitneß- und Diätliteratur. Dort fand sie erst ein dünnes Büchlein über Autogenes Training und dann noch ein dickes. Dem dünnen war eine Kassette beigefügt, mit deren Hilfe man den Grundkurs absolvieren können sollte. Für den Fortgeschrittenenkurs, las sie im Klappentext, würde dann allerdings spezifische Anleitung nötig sein. Nun, erst mal sehen. Sie trug das dünne Buch an die Kasse, dazu noch ein Taschenbuch über Bluthochdruck, ein Thema, das seine Faszination nie ganz für sie verloren hatte und sie selbst jetzt, wo sie weiß Gott anderes im Kopf hatte, sofort wieder in seinen Bann schlug, weil sie beim flüchtigen Blättern, wie schon auf dem Titelfoto, überwiegend Farbige darin entdeckt hatte. Das war doch mal ein neuer Aspekt, und falls die Bekanntschaft mit dem Autogenen Training sich als Enttäuschung erweisen sollte, hätte sie zum Trost immer noch den afroamerikanischen Blutdruck, wie es in einer Bildunterschrift der Neuerscheinung hieß. Vielleicht zur Abrundung noch eine brandneue Einkaufshilfe für die Fettbekämpfung? Für die Leihbücherei? Sie sah allerdings reichlich infantil aus, denn auf dem Titelbild grinsten hinter den Dosen mit

Fertiggerichten kleine Teufel mit Dreizack hervor, die, wie sie auf einen Blick erkannt hatte, auch das ganze übrige Buch durchtollten. Na, nun mal eins nach dem anderen. Es war außerdem ganz schön teuer.

»Hör doch mal, Malli«, sagte Ella, die bereits die nächste Nacht in Gesellschaft der roten Zigarettenschachteln kommen sah, noch am selben Tag am Telefon »das ist jetzt dringend. Ich habe mir angehört, wie das geht.«

»Ich höre«, sagte Malli darauf – knapp, ruhig, nicht unfreundlich, dritter Therapieschritt ihrer eigens für Rückfälle entwickelten 7-Schritte-Therapie.

»Wsch«, sagte Ella. »Wsch. Wsch. Das ist die Brandung. Dann: düddeldüddeldüddel. Das sind so Klänge. Ist nichts verkehrt dran, wirklich nicht. Dann wird behauptet, mein linker Arm sei ganz schwer. Das heißt, ich behaupte das eigentlich selbst. Aber du weißt ja, wenn Leute alles mehrfach wiederholen, aus Vertrotteltheit oder, noch schlimmer, weil das suggestiv auf mich wirken soll, das macht mich immer so wütend. Hier soll ich dann obendrein nachsprechen: ›Mein linker Arm ist ganz schwer.‹ Das ist wohl nicht sehr geeignet für mich. Meine Einstellung ist nicht geeignet, sagen wir mal so. Willst du's nicht mal probieren? Heh? Malli? Bist du noch da?«

»Wsch«, sagte Malli.

»Und was wird nun aus mir?« fragte Ella. »Du weißt ja nicht, was hier los ist. Hier rufen dauernd Leute an, die die *Tanne* mieten wollen, um da drin ganz leise irgendwelche Geschäfte zu betreiben. Sogar eine Wahrsagerin war dabei, stell dir vor. In meinem Kurzhoroskop, telefonischen natürlich, hat sie behauptet, ich bekäme in Kürze Männerbesuch. Ausgerechnet jetzt. Kannst nicht erst lieber du mal vorbeikommen? Irgendwann heute abend?«

»Kann ich. Es wird aber später werden. Nach zehn.

Und hol dir mal irgendwann Friedrich Tergeune rüber, der kann das für dich zu Ende machen, das mit der Vermietung. Das hört sich ja furchtbar an. Muß das denn in diesem Augenblick sein?«

»Wir brauchen Geld. Viel.«

»Wie konnte ich das vergessen.«

»Herr Tergeune, Herr Tergeune«, rief Ella aus der offenen Tür über den Hof. Tergeune erschien am Fenster vor seinem Schreibtisch.

»Wo brennt's denn?«

»Können Sie nicht mal für mich weitermachen? Ich muß doch in die Krickelsche Wohnung, und der Auwacki kann jede Minute kommen. Es sind schon wieder sieben Anrufe auf dem Band.«

»Bin gleich da, Mädchen. Mein letzter Kunde ist gerade raus. Ich bringe mir Zeitungen mit.«

Gott sei Dank, dachte Ella, Gott sei Dank. Sie hob den Kopf, während sie auf Tergeune wartete, und spähte zum Obergeschoß der Casa Pferdefuß hinauf. Karlas heller Haarwust schien unverändert über den Schreibtisch hinter dem Fenster gesenkt. Sie hätte gern gerufen oder gepfiffen oder sonst irgendwie auf sich aufmerksam gemacht, doch Tergeune kam schon über den Hof auf sie zu.

»Wo ist denn Lilli?« fragte Ella. Tergeune lächelte zu Karlas Fenster empor.

»Sie ist schon mittags angefordert worden. Wegen übergroßer seelischer Dürre, hat Karla gesagt. Darf ich fragen, wie lange das noch so weitergehen soll?«

»Bis morgen abend, glaube ich. Hoffe ich. Ich habe es selber satt, und wie.«

Das Telefon klingelte. Tergeune eilte an den Apparat. »Frau Ellas Gewerbehof, Tergeune am Apparat. Sie wünschen?«

Ella verdrehte grinsend die Augen und verschwand.

Bis acht Uhr abends passierten vor allem zwei Dinge: als erstes fuhr der Auwacki mit seinem Zweitwagen, genannt die Toilette, einem steinalten weißen Mercedes, vor und hob Farbeimer, Tapetenablöser, Deckenbürsten, Rollen und vieles andere aus dem Kofferraum, während Ella aus dem Wohnzimmerfenster der Krikkelschen Wohnung lehnte und ihn in Grundzügen über seinen Auftrag informierte, soweit dies nicht schon geschehen war. Schnell solle er arbeiten, dabei sauber und preiswert, denn es eile, Pfusch sei ihr zuwider, wie er wisse, und Geld sei derzeit knapp. Ob er bereit sei? Schweigend hob der Auwacki letzte Materialien aus dem Kofferraum und setzte sich zum Schluß ein zerdrücktes blaues Stoffkäppchen auf.

»Jetzt mal hier nicht rumstehen«, erklärte er in seiner bewährten Manier, die darin bestand, keine direkten Anredeformen zu verwenden. Er stelle nur noch den Wagen ab, in Fahrtrichtung, ja, und danach wäre er für ein ungestörtes Arbeiten dankbar.

»Ist ja gut«, sagte Ella, »ist ja gut. Mich siehst du so bald nicht wieder. Wenn du Wasser willst oder Cola, geh in die Teeküche.« Sie zog sich ins Innere der Wohnung zurück. Die Schlafzimmermöbel waren von *rin & rut* vor zwei Stunden abgeholt worden, den Rest würden sie heute noch rausschaffen. Versprochen, Frau Hermann.

Dies alles klingt doch recht geruhsam und wäre es, ohne eine gehetzt schreibende Karla im Obergeschoß, ein ständig klingelndes Telefon im Stall und drückende Probleme, wohin man sich auch wendete, zweifellos auch gewesen. Auf dem Weg nach oben, in ihre eigene Wohnung, versuchte Ella, ihre Probleme zu zählen wie die Häupter ihrer Lieben. Geldproblem ... Suchtproblem ... Krickelsches Nachlaßproblem ... Mieterproblem ...

Braves Mädchen, Carlina, avanti avanti ... Ein Klappern und Rütteln, unterlegt mit einem unaufhörlichen Brummton, kündete von einem Papierstau ... Karla kannte Papierstaus ... Damit mußte sich Ella nicht auch noch behaften. Für einen Augenblick nur schloß sie die Augen und lehnte sich zurück, kaum daß sie sich an ihrem Schreibtisch niedergelassen hatte. Sie schloß die Augen und sah eine Wand, eine schwarzbasaltene Steilwand, oder war das ein Riff?, sie öffnete sie, es mochte eine Stunde vergangen sein, denn das Licht hatte sich verfärbt, und sie sah eine beseligende Szenerie, öffnete die Augen gerade in diesem einen Augenblick, in dem alles so leicht wirkte, so harmonisch und pinselstrichfein wie eine Tuschzeichnung: eben buckelte der Kleinlaster mit der Aufschrift *rin & rut* wie auf Kautschukpfoten auf die Toreinfahrt zu, mit Krickelschen Möbeln hochbeladen, die unter flatternder Plane davonhüpften, während gleich rechts vom Torhaus ein offenbar bestgelaunter Auwacki schwungvoll sein blaues Käppchen abnahm und zugleich einer zimperlich auf den Rücksitz steigenden Lilli den Schlag aufhielt. Rosig, in Winkeln und Nischen bläulich getönt, war das Abendlicht, das einem eben armeschwenkend aus Ellas Bürotüre tretenden Tergeune eine alterslos weiche Silhouette verlieh, als er zu ihrem Fenster hinaufblickte und die noch ausstehende zweite Neuigkeit des früheren Abends verkündete. Ella stand auf und lehnte sich aus dem Fenster.

»Auftrag erledigt! Habe alle abgefertigt, alle gelöscht.«

»Und die *Tanne*? Was ist mit der?«

»Vermietet, wenn Sie wollen. An eine alte Bekannte. Die Nummer steht auf dem Blöckchen. Ich gehe jetzt mal zu mir rüber, ich erwarte heute abend ein paar Kollegen zu einem, ehm, kleinen Kollegium. Im übrigen bleibe ich heute nacht lieber hier. Bis später.«

Ella hob den Arm, um ihn aufzuhalten, doch er enteilte, ihrer Neugier ebenso gewiß wie ihrer Dankbarkeit, mit seinem flinken kurzen Schritt und verschwand in seinem Büro. Ein sägendes Schnarchen, gefolgt von einem hysterischen Aufschluchzen, zerriß die plötzliche Stille. Der Drucker druckte.

Mehr Luft

Getreulich hatte Karla auch in diesem heißen Juli zwei-, dreimal wöchentlich die Schläuche in ihrem Garten hinter der Casa Pferdefuß verlegt. Getreulich hatte sie auch in diesem Frühjahr gehackt, gedüngt, geharkt und erste Berge von Unkraut beseitigt, und ebenso würde sie ganz bald schon wieder ungezählte Säcke Laub hinauskarren. Als sie nun kurz vor dem Einfall der Sommernacht aus einem der hinteren Fenster lehnte, um ein paar Minuten Luft zu schöpfen und dem Getöse des Druckers zu entrinnen, ging ihr schlagartig auf, daß endlich, endlich mit dreijähriger Verspätung die Stunde ihres Wunschgartens gekommen wäre ... Karla spürte, wie eine angenehme Wärme sich in ihrem Gesicht ausbreitete. Die Konturen von Büschen und Bäumen, die sie, in einer Art Wartestand, so getreulich gepflegt und mit hinhaltendem Zuspruch bedacht hatte, erschienen ihr heute allzu massiv, wie Stein geworden in den langen Zeiten eines immer gleichen Jahreslaufs, da bewegte sich nichts, und nur selten einmal hob ein Windhauch in diesem mauerumgrenzten Geviert Laub und Zweige. Luft, dem ganzen Garten fehlte es an Luft, das spürte sie an diesem Abend so deutlich wie nie zuvor, und wie zur Bestätigung erzitterten die Astspitzen der Rotbuche über dem niedrigeren Grün von einem Lüftchen. »Ich komme«, sagte sie laut, »ich komme schon ganz bald. Ich schaffe euch Luft.«

Nur einen Augenblick wollte sie noch so am Fenster stehen, den Blick nun auf den unverdrossenen Wilhelm geheftet, der ihm mit dem eben verglühenden Feuer seiner Blüten noch im Halbdunkel die Richtung wies.

Karla hatte es erst nicht wahrhaben wollen, sich dann aber der Erkenntnis immer weniger verschließen können, daß ihr Garten, ihr Wunschgarten an irgend etwas krankte, sich jedenfalls nicht zu jenem üppigen Paradies entfalten wollte, das sie sich erhofft und das er ihr bei ihrer ersten Begegnung vor drei Jahren verheißen hatte. Er war ihr statt dessen zur grünen Hölle geworden. Einmal abgesehen vom Gedeihen Wilhelms, des einsamen Fackelträgers, hatte sie einen Fehlschlag nach dem anderen zu verzeichnen gehabt. Das meiste, das sie pflanzte und säte, erblühte zu einer derart kurzlebigen Pracht, daß man sich sozusagen nicht um die eigene Achse drehen durfte, um dieses rasante Werden und Vergehen nicht gänzlich zu versäumen. Das war kein Feuerwerk mehr, es war eine Stichflamme, die augenblicklich verpuffte. Immerhin blühen sie auf, dachte Karla anfangs noch, doch ihre Blumen waren einfach zu schwach auf den Beinen. Sie hatten die Fallsucht. Ausgewiesene Berater gaben einander die Klinke in die Hand. Die meisten knieten, nach einer kurzen Einschätzung der mutmaßlichen Sonnenscheindauer, nur nieder und griffen ins Erdreich, um schon kopfschüttelnd die Diagnose zu stellen. »Zuviel Sand«, murmelten sie meist. Zuviel Sand aber hatte Karla schon in ihrem alten Gärtchen, auf jenem Streifchen Erde hinter ihrer Wohnung an der Allee, und sie hatte noch immer genügend gärtnerische Kniffe gewußt, um dort von April bis in den November hinein ein wahres Feuerwerk einjähriger und mehrjährige Blütenpflanzen abbrennen zu können.

»Verdammt, Ella«, hatte sie im zweiten Herbst ihrer Bemühungen in ihrem Garten hinter der Casa Pferdefuß eines Abends niedergeschlagen gesagt und ihre erdigen Finger ganz in Gedanken gegen die Lider gedrückt, »verdammt, sie wollen nicht. Meine Pflanzen wollen nicht. Irgendwas paßt ihnen hier nicht. Aber was? Es wird doch wohl nicht die Nähe des Friedhofs sein?«

»Ach was«, sagte Ella. »Du magst doch Friedhöfe. Da blühen ja außerdem jede Menge Blumen auf den Gräbern. Nein nein, ich denke eher, du steckst sie an mit deinem Unbehagen.«

»Ich?«

»Ja, du. Du stehst da in deinem Garten, wie oft habe ich das nicht beobachtet, wie der heilige Sebastian, nur von hinten durchbohrt. Durchbohrt von Blicken, die gern töten würden. Wenn du mich schon fragst.« Ella wies unauffällig mit dem Daumen über die Schulter. »Du fühlst dich von Blicken durchbohrt, weil du hier unerwünscht bist.«

»Aber so ist es doch auch!«

»Ja ja. Doch deine Pflanzen, die würden sich deshalb vielleicht am liebsten in Luft auflösen, kaum daß sie zur Blüte gelangen. Sie fühlen sich unbehaglich. Oder?«

»Böh.« Karla klang skeptisch. »Darüber muß ich aber erst mal nachdenken. Eigentlich glaube ich nicht so recht an diese Theorie. Ich kenne sie natürlich. Aber geht das nicht etwas weit? Daß meine Blumen vor Schreck umfallen sollen, vielleicht wollen sie sogar in den Boden versinken, was weiß ich, weil sie sich unerwünscht fühlen? Ich glaube eher an ein seltenes Virus. Eine Umfallkrankheit. Das wäre doch einleuchtend genug, findest du nicht?«

»Doch doch«, sagte Ella zögernd. »Aber alle sollen für dieselbe Krankheit anfällig sein? Bis auf Wilhelm? Ich weiß nicht recht.«

»Du bist gut«, erwiderte Karla. »Ist es denn wahrscheinlicher, daß alle in gleichem Maße empfänglich für mein Unbehagen sein sollen? Bis auf Wilhelm?«

»Es leuchtet mir einfach ein. Weil dein Unbehagen ungeheuer stark ist. Du kannst dir die Auswirkung vielleicht gar nicht so vorstellen. Das ist wie eine depressive Ausdünstung, etwas in der Art. Wenn man hier hereinkommt, und du bist gerade im Garten, schlägt einem diese Atmosphäre wie ein nasses Tuch entgegen. Das kann doch nicht pflanzenfreundlich sein.«

Karla starrte sie entsetzt an. Sie konnte nicht verhindern, daß ihr vor Schreck die Augen feucht wurden. »Ach Ella«, sagte sie dann kläglich, »das erfindest du jetzt aber! Das klingt ja so schrecklich abstoßend, daß ich am liebsten nie wieder einen Fuß hierher setzen würde. Eine depressive Ausdünstung. Was soll ich dagegen denn tun?«

Ella faßte ihre erdige Rechte und quetschte sie zusammen. »Du mußt kämpfen. Und du mußt fürs erste mit Pflanzen vorliebnehmen, die nicht so sensibel sind. Erinnerst du dich an diese Pflanzen im Botanischen Garten? – so ledrige Rosetten waren das, die wirkten ungeheuer robust. Willst du es nicht vorerst mit denen probieren, bis unser kleines Problem ... ähm, sich von selbst erledigt hat?«

»Ledrige Rosetten. Kakteen und Sukkulenten«, sagte Karla trübselig, »meine Lieblinge seit eh und je.« Und doch blieb Ella nicht verborgen, daß bereits eine gewisse Erleichterung in ihrer Stimme mitschwang. »Damit wollte ich mich eigentlich erst beschäftigen, wenn ich alt und ledrig bin. Ich weiß auch nicht, warum. Aber es ist ja nur für den Augenblick. Ich könnte vorerst alles Blühende hinter dem Stall halten, das meiste in Töpfen, und hier – na ja, nur die Büsche und die Bäume, die schon da waren. Und Wilhelm natürlich.«

»Ja, das ginge doch. Und vielleicht noch den einen oder anderen Kaktus – wie wär's damit? Als Gegenwehr, dachte ich.«

»Na gut. Die brauchen ja so wenig Wasser. Ich könnte hier direkt vor den Fenstern« – Karla fing an, sich für den kriegerischen Aspekt zu erwärmen, nachdem der gärtnerische bis auf weiteres abgehandelt war – »einen Staketenkaktus pflanzen. Der bildet in kürzester Zeit eine stachlige Hecke. Dahinter setze ich zwei oder drei Orgelpfeifenkakteen, diese ganz großen, du weißt schon ...«

»Was, die in Mexiko, woraus die Gesichtscreme gemacht wird?« Ella klang interessiert.

»Ja, genau die. Das probieren wir mal aus. Da muß man so ein Eimerchen dranhängen. Zum Ernten, meine ich. Wir brauchen allerdings mehr Sand. Und etwas Geröll.«

»Geröll? O Gott. Muß es denn gleich eine ganze Plantage werden?«

»Sonst wachsen die nicht richtig. Die Drainage ist das Wichtigste. Ich gehe morgen mal in den Botanischen Garten, eine Bodenprobe nehmen. Und dann lasse ich Sand bringen. Die richtige Mischung.« Die Aussicht, nur noch zwei- oder dreimal wöchentlich den Fuß in den Garten setzen zu müssen, hatte in Karla eine perverse Glut entfacht. Ella bereute zutiefst, von Kakteen gesprochen zu haben. Aber andererseits – noch die eine oder andere kleine Sandviper ...

»Wie klappern eigentlich Klapperschlangen? Weißt du das?« In Karlas Gesicht malte sich unverzüglich das nötige Verständnis. Ihre Augen leuchteten.

»Sie rasseln. Sie klappern nicht, sie rasseln. Ein großes Exemplar rasselt wie eine ganze Combo, falls du dich erinnerst, wie Combos rasseln. Wir könnten sie melken, du weißt schon. Giftgewinnung. Ein Muß für jeden Haushalt. Komm jetzt«, sagte sie, »ich muß mal etwas nachschlagen. Das ist ja eine hochinteressante Perspektive.«

Karla lächelte, als sie jetzt an dieses Gespräch zurückdachte. Schnell getröstet war sie gewesen, so sah es jedenfalls aus. Doch das Kaktusgespräch war nur die Überlebensration gewesen, das Nötigste, was sie zum Weitermachen brauchte, um ihren Wunschgarten hinüberzuretten in bessere Zeiten. Wie schon öfter bemerkt, endgültiger Verzicht war auf Karlas Klaviatur der richtigen Antworten eigentlich nicht vorgesehen. Da war jeder Trost recht, jeder Aufschub Gewinn. Und so kam es, daß ihr Wunschgarten, als er nur mehr mit der nötigsten Pflege versehen wurde, in ihrem Innern doch alljährlich zu ebenso prächtiger wie dauerhafter, standfester Blüte gelangte. Auch wenn natürlich keine Orgelpfeifenkakteen und keine stachligen Staketen herangewachsen waren – eine kräftige Übertreibung war als gelegentliche Starthilfe nun einmal nicht zu verachten –, denn da hätte man ja ein gigantisches Glashaus für den Winter gebraucht, also auch keine Kaktuserde und kein Geröll das Auge der alten Krickel beleidigt hatte, kein nächtliches Comborasseln ihr Ohr, so war in jenem Gespräch doch, Ella sei Dank, eine salomonische Übergangslösung für Karlas Wunschgarten gefunden worden.

Blumenstück

Die Blumen blühen gut und stehen schlecht
Ich selbst nicht gut zu Fuß, im Knien
Such den Gruß von Mädchenauge ich, von
Coreopsis
Schöngesicht, Stockrose, wie der Name sagt

Symbolisch ist das nicht, und Sonnenblumen
Die zumal! Schwarzbeinigkeit und Blasenfuß
Der Thrips, das alles schwächt, das Stehen
Wird zur Qual. Auch sehe ich nicht recht
Und unterhalte doch als reine Augenweide
Mir zum Entzücken nur mit Vogelmist
Ein ganzes Blumenheer, wenngleich an Krücken
Ein lohes Schwesternmeer im Leide. Vorm Kaufmann
Aufrecht prangt, wo's schattig ist, die Fackellilie
Meine ist das nicht. Mir knickt der Windhauch
Immer wieder Lücken. Mit schiefgelegtem Kopf
Allein seh ich die Zinnie nie, sie bricht
Steifbeinig nennt man ausgerechnet sie
Und die Cosmea kenn ich nur vom Bücken

Die Gefühle der zweiten Nacht

Karla hatte bereits die Schreibtischlampe an, als Ella sich umwandte und zu ihrem Fenster emporsah. Gleich würde wieder die Nacht hereinbrechen, in ihrem Rükken dichtgedrängt die Phalanx endloser Stunden. Ella schüttelte den Kopf, als wolle sie den Eindruck dieser drohenden Bedrängnis vertreiben. Erleichtert fiel ihr ein, daß Malli heute käme und Gott sei Dank erst spät, wenn die Nacht immer länger zu werden begänne. Und Tergeune, der häufig Schlaflose, wäre da und würde ihr mit seinem Kollegium, was immer das sein mochte, mit dessen Stimmengemurmel im Hof, dem Licht, das aus den Fenstern fallen würde, auf dezente Weise die Nacht verkürzen. Und Lilli wäre da.

Es war schon erstaunlich, mit welchem Unbehagen Ella, die doch Hunderte von Nächten völlig allein auf dem Mühlenhof verbracht hatte, ohne jemals Angst oder Unruhe zu empfinden, der zweiten Entstehungsnacht des Großen Groschenromans entgegensah. Die erste war doch offensichtlich weit unerfreulicher für sie gewesen, als sie sich das, im Gefühl der Erleichterung über deren Ende, eingestanden hatte, und später war keine Zeit für irgendeine seelische Feiung gewesen, denn der Tag hatte es ebenfalls in sich gehabt.

Jetzt, als Ruhe auf dem Hof eingekehrt war und Ella ihren Büroschlüssel aus seinem Versteck in der Mauer holte, ging ihr, in dieser bangen Erwartung der nächsten Nachtschicht, auf, daß ihr Unbehagen etwas mit dem Tod der alten Frau Krickel zu tun hatte. Mit ihrem Tod, ihrem Leben, ihrem Geld. So konnte man doch nicht sterben. Wie man so nicht hatte leben können. Nun, da hatte es immerhin einmal Jost Krickel gegeben, der vermutlich Theas frühere Jahre mit Sinn erfüllt hatte, vielleicht sogar mit Liebe? Ella erschauderte beim Gedanken an diese wahrhaft garstige alte Frau, die Karla keine fünf Minuten und sie selbst nur mit Hilfe von sehr viel Disziplin und hochentwickelten Abschottungsstrategien länger hatte ertragen können. Trotzdem. Sie mußte sich noch einmal, ein letztes Mal, mit diesem Mühlstein vergangener Jahre beschäftigen, der alten Frau im nachhinein doch einen halbwegs würdigen Abgang verschaffen. Tergeune hatte das Seine getan, nun war es an ihr, den Schlußpunkt zu setzen. Und den Geldkoffer loszuwerden, so oder so. Ella beschloß, auf dem Weg in ihre Wohnung später noch einen letzten Rundgang durch das Krickelsche Reich zu machen. Noch hatte die Tilgung seiner Spuren nur das Schlafzimmer erfaßt, worin der Auwacki am frühen Abend, schwankend zwischen Ekel und Faszination, mit den Tapeten streifenweise das sich wandelnde Lebensgefühl der Jahrzehnte von den Wänden gerissen hatte.

»Hier«, hatte er zu Ella gesagt, als die kurz den Kopf

durch die Tür steckte, »das ist die von 1954, steht unten drauf.« Auf einem topflappengroßen Stück Tapete sah man ein Tischchen, einen Eisbecher, den schwungvoll sich neigenden Arm eines Obers, der die Serviette über dem Arm gefaltet trug ... »Auwacki«, sagte der Auwakki, »als Witwe muß die ja in allem schwer nachgelassen haben. Danach kommen nämlich nur noch zwei Schichten Tapete – für über vierzig Jahre!«

Auf dem Schreibtisch im Büro lag ein Block, den Tergeune offenbar zunächst gewissenhaft mit Telefonnummern und Namen vollgeschrieben hatte, um sie dann, eine nach der anderen, ebenso gewissenhaft wieder auszustreichen. Nur in der untersten Zeile stand noch eine Nummer und daneben, statt eines Namens, der Zusatz »alte Bekannte«. Ella starrte einen Augenblick darauf nieder, doch die Ziffernfolge sagte ihr nichts. Schien eine Nummer im angrenzenden Viertel stadteinwärts zu sein. Sie seufzte, setzte sich an den Schreibtisch, wählte. Guten Abend, Sie sind mit der Immobilienagentur *StadtLand* verbunden ... »Guten Abend«, intervenierte eine weibliche Stimme, und aus gar nicht weiter Ferne tauchte eine Gestalt auf, die Ella mit gemischten Gefühlen verband. »Womit kann ich Ihnen dienen?« fragte die Stimme.

»Frau Redden?«

»Ach, Ella, wie nett, Ihre Stimme zu hören. Ich hoffe, ich habe den reizenden Herrn Tergeune überzeugen können und bin die neue Mieterin der *Tanne*?«

»Wie kommt denn das zustande? Ich meine. Sie sind doch vor einem Jahr erst raus mit Ihrer Agentur, und jetzt wollen Sie wieder rein?«

»Ja, Kindchen, genauso ist es. *rin & rut* – so hießen doch diese ehemaligen Häftlinge mit dem Transporter, hm? Lustige Leute. Überhaupt, über Langeweile habe ich mich bei Ihnen nicht zu beklagen gehabt. Nur die Heizung war, sagen wir, etwas arg sportlich, hm? Nun, da läßt sich bei einem separaten Gebäude wie der *Tanne ja* vielleicht etwas machen.«

»Wir haben dort schon etwas machen lassen«, sagte Ella in abwehrendem Stolz. Da haben wir heute noch dran zu knabbern, hätte sie fast hinzugesetzt.

»Na fabelhaft, aber, wie gesagt, das ist auch kein Riesenproblem. Ja, ich möchte das kuriose Ding zu gern haben. Damals ging das ja wohl nicht, wegen Karlas Bruder, wenn ich mich nicht irre. Ich brauche eine kleine Dependance, von der aus ich meine alte Klientel bediene. Ich habe mich inzwischen in Richtung Mitte orientiert, das wissen Sie wohl?«

»Ja, ich weiß.«

»Also, wie ist es? Kann ich sie haben?«

»Wen? Ach so, die *Tanne*. Ja, können Sie haben. Da brauche ich Karla nicht zu fragen, ich weiß, daß sie gut mit Ihnen zurechtkommt.«

»Wunderbar. Ich komme dann – reicht übermorgen? –, also übermorgen vorbei, sehe mir das Ganze noch mal an und mache gleich einen Termin mit *rin & rut,* damit die mir ein paar Sachen hinfahren. Viel ist es ja nicht.«

»Frau Redden, was ist mit der Mietvorauszahlung? Wir brauchen das Geld unbedingt, wir haben ständig Probleme mit der Finanzierung der Mühle, verstehen Sie?«

»Verstehe ich vollkommen, Kindchen. Hätte ich mal einen Vorschlag machen sollen, als ich voriges Jahr ausgezogen bin. Aber Sie sind natürlich auch viel zu fein, um mal deutlicher zu werden. Gut, daß Sie das mittlerweile gelernt haben. Sie kriegen Ihre Mietvorauszahlung. Ich bringe übermorgen einen Scheck mit, ist das in Ordnung?«

»Schwer in Ordnung«, sagte Ella, die sich vor Dankbarkeit nicht einmal darüber zu ärgern vermochte, daß ihr die Röte ins Gesicht stieg.

Aus der Schlafzimmertür in der Krickelschen Wohnung drang ein Geruch heraus, den Ella, ohne zu wissen, was sich darin heute abgespielt hatte, nicht hätte benennen können. So aber bezeichnete sie ihn für sich als Tapetenmuff und machte kurzerhand die Tür zu. Sie trat ins Wohnzimmer, das im Beinahdunkel mit seiner weißen Gardine, die versehentlich hängen geblieben war, für einen Augenblick die Täuschung hervorzurufen vermochte, die Wohnung sei noch – oder wieder? – bewohnt und Ella beträte unrechtmäßig zum ersten Mal das geheiligte Privatreich ihrer Feindin. In der Tat schnürte sich ihr, die doch in bester Absicht gekommen war, beim Betreten des Wohnzimmers die Kehle zu, das Atmen fiel ihr mit jedem Schritt schwerer, und sie machte schließlich ein paar eilige Schritte zum Fenster, griff unter der Gardine hindurch zum Fenstergriff und stieß beide Flügel weit auf. Auf dem Hof, den sie, freier atmend, gebrochen wie durch ein engmaschiges, bewegtes Netz betrachtete, bis der Vorhangstoff sich wieder beruhigt hatte, war in diesen wenigen Augenblicken, seit sie den Stall verlassen hatte, eine fast vollkommene, weiche Dunkelheit eingetreten, die über dem Torhaus und dem Dachfirst der Remise zu ihrer Linken gerade noch einen tiefblauen Saum gelassen hatte. Bald würde es stockfinster sein. Dem kam jedoch Tergeune zuvor, der gerade seine Außenlampe anmachte. Ihr Schein schnitt immerhin einen ordentlichen Lichtkeil ins Dunkel. Dann trat wieder einer dieser Augenblicke der Stille ein, die vom ohnehin nur noch dünnen Verkehrslärm auf dem Sargasso Platz nur so schwach durchdrungen wurde, daß man den lautlosen Hof davor wie eine Wand empfinden mußte.

Ella entfernte sich vom Fenster und lehnte sich einen

Augenblick an den Türrahmen. Die Präsenz der alten Frau war jetzt sehr stark. Oder, dachte Ella, das, was übrigbleibt, wenn ein Mensch plötzlich nicht mehr da ist. Sein Geist? »Es tut mir leid«, murmelte sie. Und es stimmte: es tat ihr leid. So konnte man doch nicht leben und sterben, so doch nicht. Vielleicht ließ sich ja irgendwo eine kleine Tafel anbringen, zum Ausgleich für dieses Leben und Sterben der Frau Krickel.

Der Geist

Die Gardine bläht sich so
Die Geranie schwankt gefährlich
Bist du's?
Sei doch ehrlich

Ich habe einen Hauch empfunden
Harre aus seit tausend Stunden
Träume kaum
Habe ein Gedicht begonnen
Doch damit ist nichts gewonnen
Wie im Traum

Die Gardine bläht sich so
Meine Stimmung schwankt gefährlich
Bist du's?
Sei doch ehrlich

Ella näherte sich gerade der Krickelschen Wohnungstür, als sie die Haustür ins Schloß fallen hörte. Der Auwacki, der Lilli zurückbrachte? Tergeune auf der Suche nach irgendeinem Haushaltsartikel, der ihm für die Bewirtung seines Kollegiums fehlte? Karla, der das Papier ausgegangen war?

Ella machte die Tür auf und stand einem vielleicht vierzigjährigen dunkelhaarigen Mann gegenüber. Dieser Mann entsprach, sowie er den Mund zu einem höhnischen Lächeln verzog, so sehr dem Klischee des Filmbösewichts, daß Ella instinktiv den Weg ins Freie suchte, solange noch Zeit war.

»Ouh, ouh!« sagte der Filmbösewicht und trat strauchelnd einen Schritt zurück.

»Tut mir leid«, sagte Ella, »aber ich habe es eilig.«

»Ich doch auch«, sagte der Kerl und vertrat, schlau geworden, Ella blitzschnell den Weg zu den Treppenstufen, die sie von der Haustür trennten. »Ich möchte Frau Krickel besuchen, meine Tante. Ich bin Arnim Krickel, der Neffe. Sie haben wahrscheinlich schon von mir gehört. Ist sie da?«

»Gleich zweimal nein«, sagte Ella, die diesen Besucher mit den silbern überkronten Zähnen und der öligen Entenschwanzfrisur seltsamerweise nicht mehr als bedrohlich empfand, seit aus ihm ein angeblicher Neffe namens Arnim geworden war. »Ich habe noch nie von Ihnen gehört, und sie ist auch nicht da. Sie ist vor drei Tagen gestorben. Den Bestattungstermin erfahren Sie beim Beerdigungsinstitut *Silenzio.*«

Ella versuchte, mit Hilfe eines robusten Remplers ihren Überraschungserfolg der ersten Sekunden zu wiederholen, doch zweimal überraschte man einen Arnim Krickel nicht, ouh.

»Nun mal sachte«, sagte er und packte Ella beim Oberarm. Damit war für Ella allerdings Alarmstufe drei erreicht: Gewalt mit Anfassen. Machen Sie die Umstehenden durch lautes Schreien rechtzeitig auf sich aufmerksam.

»Hilfe!« Ella hatte noch nie um Hilfe gerufen, und es klang ihr doch recht gekünstelt in den eigenen Ohren.

»Hör doch auf zu zetern, du blöde Stange!« sagte der schurkische Besucher, machte den Arm lang und stützte ihn an die Wand auf dem Treppenabsatz. »Ich bin sowieso gleich weg. Ich will nur mein Erbteil. Wenn sie schon tot ist, die arme Alte.«

»Erbteil?« fragte Ella und überlegte fieberhaft, was das alles für Konsequenzen haben könnte. »Sie meinen doch wohl nicht diesen Sperrmüll, der heute abgefahren worden ist? Die Wohnung ist leer – bitte, überzeugen Sie sich. Außerdem, Frau Krickel war ohne Nachkommen. Ich kann Ihnen da nicht weiterhelfen.«

»Wie leere Wohnungen aussehen, weiß ich«, sagte Arnim der Neffe böse. »Ich will auch keinen Sperrmüll abholen, sondern nur ein Köfferchen. Ganz klein – ein Geldköfferchen, sozusagen. Kann ich das jetzt mal haben?«

Seine Haltung wirkte insofern wieder bedrohlicher, als er die eine Hand in die offene Lederjacke geschoben hatte.

»Hiiiilfe!« Diesmal kam Ellas Schrei schon überzeugender heraus, und der Eindringling blickte sich blitzschnell um, als könnten von der Seite des nachtdunklen Hofs bereits die Hilfstruppen herantrappeln.

»Verdammt, willst wohl still sein, Stange, ich bin es langsam leid ...«

Geräuschvoll flog Karlas Wohnungstür auf. Sie erschien auf dem oberen Treppenabsatz, das Haar wirr, das Gesicht gerötet, und zischte in äußerster Gereiztheit: »Fassen Sie sie nicht an ... Fassen Sie sie ja nicht an!«

»Ach herrje, was ist denn das jetzt noch für 'ne Knackwurst?« Arnim der Neffe starrte mit aufgerissenem Mund zu Karla hinauf und überlegte offensichtlich, wie es in einem Zwei-Fronten-Krieg um seine Chancen bestellt wäre. »Schscht! Schscht!« machte er versuchsweise. »Willst du wohl ...«

»Verlassen Sie sofort unser Haus ... Sofort!«

»Er will einen Geldkoffer abholen«, erklärte Ella einer unbeeindruckten Karla, die ja glücklicherweise von einem Geldkoffer ohnehin noch nichts wußte. »Er sagt, er war der Neffe von Frau Krickel. Der Erbe.«

»Höh! Einen Geldkoffer hätten wir auch gern. Wir haben nämlich noch einiges zu kriegen. Also, wo Sie schon mal da sind – es sind noch eine Miete und eine vollständige Renovierung zu bezahlen. Könnten Sie das dann mal übernehmen?«

Der Bösewicht lachte ein häßliches Lachen. »Wie komme ich denn dazu?« Er spuckte in Richtung Treppe.

»Ein Erbe hat nicht nur Rechte, er hat auch Pflichten. Das müßten Sie aber wissen. Erben kann sehr teuer werden. Wenn Sie uns Ihre Telefonnummer ...«

»Verdammt noch mal, hast du 'n Radio verschluckt? Halt doch mal die Luft an. Meine Tante hat mir den Koffer gezeigt, also wo ist er?«

»Im Himmel«, sagte Ella, brach unerwartet durch die feindlichen Linien, sprang die wenigen Stufen hinab und riß die Haustür auf. Noch ehe sie den dritten Hilfeschrei in Folge loswerden konnte, stürmte der unangenehme Neffe an ihr vorbei, ins Freie.

»Na wartet, ihr Schachteln«, rief er, während er im schwachen Lichtschein der Haustür davoneilte.

»Hau bloß ab, du Neffe!« Ella hatte eigentlich Affe sagen wollen, aber so war es ihr auch recht.

Karla kam die Treppe heruntergesprungen, deutlich erfrischt durch das Labsal einer unflätigen Auseinandersetzung. »Du Neffe!« schrie sie durch die offene Haustür. »Daß du hier ja nicht noch mal auftauchst!« Sie atmete tief durch. »Dir fehlt doch nichts?« fragte sie

Ella dann. Ella schüttelte den Kopf. Sie konnte schon wieder lachen.

»Wir sollten vielleicht doch die Kampfsportschule reinnehmen«, sagte Karla. »Die könnten uns in solchen Fällen zur Hand gehen.« Sie wandte sich um und stieg, sehr langsam jetzt, die Treppe wieder empor. Ella stand stumm am Fuß der Treppe. Karla sagte: »Ich weiß, wie es in deinem Innern jetzt aussieht, hochsinnige Ella. Wie in einer runtergefallenen Kuckucksuhr, habe ich recht?« Sie wandte sich um und lächelte milde zu Ella herab. »Morgen, denke ich, morgen um diese Zeit darfst du wieder.«

»Was darf ich wieder?« Ella schwankte zwischen Rührung und Mißtrauen.

»Stören, an meinen Nerven reißen, es kommen sehen und doch nicht kommen sehen, alles, was dich so anziehend macht.«

Ella lachte. Es klang befreit, das hörte sie selbst. »Karla, ich werde dich morgen abend an der Treppe erwarten, Stund um Stunde.«

»Ja, und zwar mit einem Topf Kartoffelbrei, wenn das möglich ist.« Karla winkte mit zwei Fingern und schloß die Tür hinter sich.

»Sie schafft es«, sagte Ella bewegt, »sie schafft es. Wir schaffen es.«

Sie stieg die Treppe zu ihrer eigenen Wohnung empor. Vor der Tür lauschte sie einen Augenblick, und da war er schon, dieser beglückende, dieser entsetzliche Pfauenschrei: die zweite Nacht der Entstehung des Großen Groschenromans hatte begonnen.

Wenig später, Ella hatte gerade das Zubehör für einen ausgiebigen Gedankenaustausch mit Malli in den Stall hinuntergetragen, erblickte sie durch ihr Bürofenster die unverwechselbare Silhouette der zerrenden Lilli und des Auwacki, der sich in Tergeunes Lichtpfütze befand und wie sturmgepeitscht vor dessen halbgeöffneten Fensterläden vorbeizog. Ella machte einen schnellen Schritt zur Tür: »Auwacki, ich bin hier!« Der Auwacki blieb ruckartig stehen, was Lilli zu einem ausgiebigen Geröchel veranlaßte, ehe sie zu einem ihrer kraftvollen Begrüßungssprints ansetzte. »Ihr habt ja eine Ausdauer heute«, sagte Ella, während die Begrüßung tobte, »es ist doch stockdunkel.«

»Wüldschweine«, erklärte der Auwacki. »Ich muß gleich weiter. Morgen früh komme ich wieder.«

»Danke und bis morgen«, sagte Ella. Sie saß mittlerweile in der Hocke, hielt mühsam das Gleichgewicht unter Lillis Kopfstößen und starrte zu Tergeunes Fenstern hinüber. Das Licht, das herausfiel, und das milchige Außenlicht – das war anziehend, fand Ella, unwiderstehlich angezogen. »Geh schon mal rein«, flüsterte sie Lilli zu, »ich komme gleich.«

Sieh da, die Frau Andermatte

Sie zog die Tür zu und näherte sich lautlos Tergeunes Büro. Es war nicht so leicht, die Mitglieder des Kollegiums in den Blick zu bekommen, ohne daß ihr eigenes Gesicht im Lichtschein vor den Fenstern auftauchte und sie sich verriet. Geduckt näherte sie sich von der Seite. Vielleicht horchte sie einfach einen kleinen Augenblick – Stimmengewirr erhob sich gerade. Männliche Stimmen – halt, auch eine weibliche, die sie nie gehört hatte. Einen Augenblick lang war gar nichts zu hören.

»Spaltarsch«, sagte die Stimme Tergeunes dann klar und deutlich. Ella hätte sich fast hingesetzt.

»Also wirklich, Tergeune«, murmelte sie und wartete wieder. Lange war nichts mehr zu hören, und sie wollte schon den Rückzug antreten.

»Herzlich liebt mich meine Tante«, sagte da plötzlich eine Männerstimme. Halblang? Ihn hatte Karla ihr bereits vorgestellt. Wie kam der denn hierher? Zu Skatrunden war er anscheinend zugelassen.

Eine weibliche Stimme, die sie nicht kannte, sagte: »Warum legen Sie Ihr Blatt nicht gleich auf den Tisch? Dann ersparen wir uns die langweilige Partie.«

»Nu aber, Frau Andermatte.« Das war wieder der mutmaßliche Halblang. »Das gehört doch dazu. Und der Herr hinter Ihnen, der Herr Kiebitz mit dem bürgerlichen Namen Grauschnaut, hat der Ihnen etwa noch gar nichts geflüstert?«

»Bestimmt nicht die Trumpffarbe«, sagte Frau Andermatte unwirsch.

Doch das alles hörte Ella nur noch mit halbem Ohr. »Herzlich liebt mich meine Tante«, murmelte sie. Zum zweitenmal innerhalb weniger Tage packte sie plötzlich heftige Sehnsucht nach ihrer Tante Lellek. Da mußte etwas geschehen, und zwar schnell. Wenn sie nun plötzlich starb?

Herzlich liebt mich meine Tante
Liebt mich schon von jungen Jahren
Schon von ihren jungen Jahren
Meinen Kindesbeinen an ...

Jahre Liebe Kindesbeine
Alle wuchsen im Vereine
Niemand wird das Ganze trennen
Und uns auseinanderkennen

»Von wegen!« sagte Ella laut. Hier irrte wenn nicht Goethe, so doch die sonst so ahnungsvolle Gelegenheitsdichterin Karla Distelkamp. Sie war eben auch eine Schwärmerin, eine Möglichkeitsfanatikerin, und zwar besonders dann, wenn es um Ellas Patentante ging. Wie hatte noch dies andere ältere Gelegenheitsgedicht über ihre Tante Lellek begonnen ...? *Glühend sing ich dir, du schön bekränzte Ziege ...*

Morgen, versprach Ella ihrer Tante in Kassel, morgen, spätestens übermorgen rufe ich an. Du schön bekränzte Ziege.

Sie öffnete ihre Tür und warf noch einen Blick zurück auf die vage erkennbaren Köpfe in Tergeunes Büro. Sie kniff die Augen zusammen. Den stehenden Kiebitz mit dem bürgerlichen Namen Grauschnaut kannte sie nicht, wohl aber war ihr die vor ihm sitzende Frau Andermatte aus Karlas Wiesenmythologie bekannt.

Sieh da, die Frau Andermatte, dachte sie dann, so lernt man sich doch noch kennen. Frau Andermatte war die Sprachpflegerin. »Die ist hochinteressant«, hatte Karla ihr versichert, »weil sie die Leute direkt auf ihre sprachlichen Irrtümer anspricht. Wer tut das schon? Manche werden stocksauer. Manche verlegen. Andere frech, wie der Auwacki. Der provoziert dann noch. Aber alle anderen vermeiden es, denselben sprachlichen Irrtum noch einmal zu begehen. Stell dir das vor! Wenn man die rumschicken würde, hätte die den ganzen Saustall binnen eines Jahres ausgemistet.« Mit Saustall meinte Karla selbstverständlich den professionellen wie den privaten gegenwärtigen Gebrauch ihrer Muttersprache, die sie sehr liebte, bestimmt ebensosehr wie Ella, die sich beruflich auf demselben Feld, nämlich spracherzieherisch, betätigte wie die frühpensionierte Schulleiterin Andermatte, nur daß sie selbst freiberuflich beinah täglich mit dem Stift in der Hand ein wahres Gemetzel unter den sprachlichen Irrtümern deutscher Druckerzeugnisse vollführte. Sie wurde dafür sogar bezahlt. Ella war, es hat sich bereits angedeutet, aus Neigung und Überzeugung eine Frau von weitgespannten Interessen, doch die

Sprachpflege war vermutlich das Gebiet, dem sie mit der größten, der reinsten Leidenschaft anhing. Sie hätte es auch ohne jede Bezahlung getan, und wenn es für manche Ärzte immer noch eine Selbstverständlichkeit ist, mit allem Einsatz um die Gesundung oder das Leben eines Kassenpatienten zu kämpfen, so kämpfte Ella mit demselben Einsatz und derselben Selbstverständlichkeit um die Gesundung oder das Leben eines schlichten Wortes. Da ihre Art nun eine andere war als die der gelernten, acharnierten Pädagogin Andermatte, von der sie offenbar vieles, vor allem aber ein ausgeprägtes Taktfühl trennte, war sie in der Spracherziehung des Auwacki bis heute keinen Schritt weitergekommen und hatte, solange Karla allabendlich mit frischen mikrokosmischen Erkenntnissen und Eindrücken von der Wiese zurückgekehrt war, in den kolportierten geißelscharfen Maßnahmen der Frau Andermatte mehr als einmal süße Genugtuung gefunden.

Worauf wir alle stolz sein können

»Nun hör sich das einer an«, hatte Frau Andermatte ausgerufen, als der Auwacki in einen Augenblick der Stille hinein »Ick jeh im Wald« sagte. Er hatte, umstanden von sechs, sieben Wiesengängern, am Boden gehockt und an seinem Metalldetektor herumgebastelt, mit dem er, wie bereits berichtet, gelegentlich verlorengegangene Schlüsselbunde aufspürte. »Sie sollten sich wirklich schämen. Es ist ja schließlich nicht so, daß Sie keine Gelegenheit gehabt hätten, die Schule zu besuchen. Zufällig weiß ich von Ihrer Schwester, daß Sie etwa zwei Drittel ihrer Hauptschulzeit mit Schwänzen verbracht haben. Kein Wunder, daß Sie die deutsche Grammatik heute schlechter beherrschen als jeder Türke der ersten

Generation oder sonst irgendwelche Einwanderer, über die Sie sich so gern aufhalten.«

»Icke?« antwortete der Auwacki, dem die Mehrheitsverhältnisse am heutigen Abend nicht geheuer waren.

»Ja, Sie.«

»Nu aber, Frau Andermatte«, hatte Halblang sich eingeschaltet. »Ick jeh im Wald – das ist doch nur Berlinisch und nichts Schlechtes.«

»Im Gegenteil«, schnappte die Andermatte, »das ist etwas, worauf wir alle stolz sein können. Man sollte das Berlinische in Spiritus einlegen. Außer Balkongrillen, katastrophalen Manieren und dem ständigen Gejammer über die neuen Zustände wird davon bald nicht mehr viel übrig sein ...«

»Ach, Quark«, hatte die eine Anwältin ihr entschieden widersprochen. »Seht mal her, zu diesem Thema habe ich auch etwas beizutragen.« Sie war auf einen Sandfleck inmitten des Stücks räudiger Grasnarbe getreten, das Buddelwiese genannt wurde. Während die anderen sich um sie geschart hatten, hatte sie ein Stöckchen aufgehoben.

»›Heute‹, sagt der Lehrer in der dritten Klasse, ›schreibt mir mal jeder auf, was für einen Beruf seine Mutter hat.‹ Als er später die Hefte einsammelt, liest er in dem von Manfred Mahnke« – die Anwältin hatte dem grinsenden Auwacki zugezwinkert und mit dem Stöckchen in den Sand geschrieben: »›Jet nen‹.«*

Selbst Frau Andermatte hatte diesem schönen Exempel des zeitgenössischen Berlinisch eine gewisse Bewunderung nicht versagen können.

Zurückhaltender in manchem als Karla, hatte Ella darauf verzichtet, den Auwacki nach Herzenslust als Stiesel

* Auflösung: ›Geht nähen‹.

zu titulieren, wie ihre Freundin das grundsätzlich tat, wenn dieser doch so maulfaule – nun ja, Stiesel einmal mehr seine stammtischerprobte Eloquenz unter Beweis gestellt hatte.

»Da kann er's dann auf einmal«, hatte Karla anfangs diese unerwartete Redseligkeit kommentiert.

Ella hatte sich nur notdürftig durch zivile Mißfallensäußerungen wie »Also, Auwacki, so kannst du hier aber nicht reden« abreagiert und rollte mittlerweile eine umfängliche Mistpille vor sich her, die aus Überdruß und Straflust gebacken war. Irgendwie schien der Auwacki, wie so mancher aufreizende Flegel im Umgang mit seinem Lehrer, jedoch zu wittern, wann die Lage prekär wurde, und legte dann zeitweise ein einnehmendes Verhalten an den Tag, das sich vor allem in gelegentlichem, geradezu zierlichem Wortwitz und einem gehäuften, unnachahmlich gutmütigen Grinsen äußerte. Da kann er's dann auf einmal, dachte Ella in solchen Augenblicken seufzend. Den werden wir wohl nicht wieder los.

Und so war es auch gekommen.

»Wer weiß, wie der nächste wieder ist«, hatte mal Karla, mal Ella resigniert erklärt, wenn der stieselige Auwacki wieder besonders stieselig gewesen war.

Der Große Groschenroman 2, Forts.

Während Ella nun eine Flasche Weißwein aufmachte und auf Schritte im Hof lauschte, blickte Karla mit einem Anflug von Verzweiflung auf den Stapel Seiten auf ihrem Schreibtisch nieder. »Zweiundfünfzig«, murmelte sie. »Wie soll einer daraus fünfhundert Seiten machen? Und wer versucht so etwas denn überhaupt? Das kann nur uns einfallen, so etwas im Alleingang herstellen zu wollen. Oder jedenfalls höchstens zu zweit, denn Ella muß ja auch noch ran.«

Karla wurde jetzt in immer kürzeren Abständen müde. Es war ja nicht so, daß sie ihre Geschichte, dieses Haus der Anakonda, überhaupt nicht gefesselt hätte. Nur eben nicht genug. Wenn sie statt dessen an diese Fahrt in die Heide zurückdachte und an diese merkwürdige Archäologie, die Ella und sie in ihrer gemeinsamen Geburtsstadt zu treiben begonnen hatten, an diese Vorstellung, Land gewinnen zu können, Hinterland, es dringend zu wollen, als habe einem schon immer ein wichtiger Teil seiner selbst gefehlt, als sei einem ein Teil des Lebens wie durch das Verbotsschild »Nur für Erwachsene« versperrt geblieben ...

»Ella«, hatte Karla auf der Rückfahrt von der Heide gesagt, »ich komme mir auf einmal vor wie unsere *Tanne*, irgendwie unzureichend ausgeformt, wie hinten platt, als hätte ich schlecht gelegen«, und Ellas Seitenblick hatte ihr gesagt, daß sie genau verstanden worden war. Und daß da noch Hoffnung bestand.

Karla fühlte sich wieder besser. Einen kleinen Augenblick wollte sie noch in den Hof hinunterschauen, einen kleinen Augenblick noch. Sie fragte sich, was Tergeune wohl heute abend Außergewöhnliches treiben mochte, daß er sogar die Deckenlampe angeschaltet hatte. Sie fragte sich, was Ella herausgefunden hatte. Sie hatte sehr wohl gesehen, wie ihre diskrete Freundin mal wieder auf der Pirsch gewesen war. Bestimmt nicht ohne Erfolg, denn lange genug hatte sie, knapp außerhalb der Lichtbahnen, die aus den halboffenen Fensterläden fielen, da draußen gehockt. Und nun kam Malli aus der Toreinfahrt in den Hof getrippelt. Sie wirkte auf Karla wie eine dieser kleinen molligen Italienerinnen, die alle in dem Laden für kleine Größen ihre Schuhchen kauften, wie hieß der noch? Es fiel ihr jetzt nicht ein: Die mit kleinen Eichhörnchenpfötchen in die Schüsselchen mit den Erdnußlocken langten oder, zu Hause, in Italien, mit den Pistazien. Und lebhaft waren, wer weiß wie lebhaft. Aber Malli erinnerte ja nur daran, an diese Schuhchen und Nüßchen und diese Lebhaftigkeit. Vielleicht war es ihre Art zu gehen, so wie in Puppenschuhchen. Malli war gut für Ella und gut für sie, das stand mal fest. Sie hatte diese grundsätzliche Bereitschaft, die Dinge immer ein wenig zu weit zu treiben, über die Kante hinaus, und dann gründlich über das Ergebnis nachzudenken. Wie Isobel Wittig, die in ihre Klasse gegangen war, ja, genau wie die, die war allerdings irgendwann verunglückt, als sie es wieder einmal zu weit getrieben hatte ... Im buchstäblichen Sinne über die Kante hinaus, denn Isobel Wittig war mit ihrem Rodelschlitten von einem steilen Abhang über die Bordsteinkante direkt unter ein parkendes Lastauto gesegelt ...

Karla seufzte und zog die Tastatur zu sich heran. Ihr Hunger nach Gesellschaft wurde groß, dafür war diese Erinnerungswut das erste gravierende Symptom. Wenn alles sie an irgend etwas erinnerte. Wenn sie sich daran erinnerte, daß die *Tanne* sie an etwas erinnerte ... wenn sie sich an kleine Italienerinnen erinnert fühlte, an den Laden mit den kleinen Schuhen, an Isobel Wittig, wie lange das her war ...

Warte, Alexander Zefiroski, heute bekommst du erst Gesellschaft und dann deine gerechte Strafe, weil du nicht die Pfoten von der Dulcinea deines Chefs lassen konntest, Wilderer. Darum bekommst du den Hirschfänger. Noch 21 Seiten, bis dein Auge bricht und meins endgültig zufällt. Ich bin jetzt verdammt müde, Alexander Mehlwurm Zefiroski. Also hebe die Beine, hebe den Blick auf zu jenem gläsernen architektonischen Juwel gleich hinter der Nirosta, was immer du selbst dort für ein Gebäude gesehen zu haben glaubst. Hebe den Blick auf zu den Parkdecks und schicke ihn suchend umher, und du wirst deinem Schicksal begegnen, dem Neffen Krickel wirst du nämlich begegnen, der heute seine Bewährungschance bekommt, die darin besteht, dich ins Reich der Brombeerleichen zu schicken, Gott sei Dank, denn ich bin jetzt verdammt müde, das darfst du mir glauben.

Karla schlug sich an die Stirn ... Was für ein Blödsinn! Seit wann endeten Groschenromane tragisch oder auch nur traurig? So endeten doch schon viele Geschichten im Leben, dafür zahlte doch niemand eine rote Kopeke. Schwein gehabt, Zefiroski! Du darfst leben, aber ich fürchte, der Neffe wird seine Chance vertan haben und zurückgeschickt werden ins Heer der Würstchen, der Frauenerschrecker-Würstchen. Vielleicht würde aber auch doch ein Schuß durch das untere Parkdeck hallen ... Zefiroski ist eben schneller, er ist eben tüchtig ... Ja, und wer wartet denn da, man sieht vorerst nur die Glut der 27. Zigarette, auf dem oberen Parkdeck, im Lancia des Chefs – die glutvolle Perla, mit zitternden Fingern den Showdown durchlebend, ohne viel Hoffnung für den Geliebten, so viel steht fest – wohnt sie hier auf Geheiß des Chefs doch einer Hinrichtung bei. Und was aus ihr werden würde ... *Perla war mit der linken Hand ans Lenkrad gefesselt ... Der Schuß war gefallen, der Würfel war gefallen ... Sie hörte schnelle Schritte die Rampe emporkommen, sah den Schatten, der an der Betonwand entlanghuschte ... Sah den Glanz der Schuhe im schwachen Laternenschein, die blinkende Gürtelschnalle, sah das geliebte, bleiche Gesicht – Perla erblickte Alexander, Alexander Perla ... Halt dich fest, Liebste, ganz fest, ich kann deine Hand noch nicht befreien, wir müssen erst weg von hier, schnell, ganz schnell ... Mit kreischenden Reifen setzt der Lancia zum Tigersprung an, mit kreischenden Reifen umfährt er die kantigen Pfeiler der Parkdecks, einmal, zweimal, dreimal ... Raus, bloß raus aus dieser oberirdischen Katakombe, ins Freie.*

Karla wird sich am nächsten Tag, wenn sie das im Augenblick noch recht grob skizzierte Happy-End einer verbotenen Liebe durchliest, erfreut klarmachen, daß in diesem Fall selbst eine spätere Wiederversöhnung mit dem Chef nicht ausgeschlossen scheint. Ist er doch ohne einen Erben geblieben ... Karla will sich dem Gedanken an eine Fortsetzung dieser wunderbaren Geschichte nicht grundsätzlich verschließen ... Auch die Wasserleitungen würden schließlich nicht mehr ewig halten und ...

(... und stellen wir uns einfach probehalber mal vor, es wäre bereits der frühe Abend des nächsten Tages, und nun rafft sie ihre Seiten zusammen, stößt den Stuhl um, reißt das Fenster auf. Ella, schreit sie, man weiß nicht, ob nach draußen oder drinnen, Ella, Ellaaa, fertig! Ich bin fertig, Bolschoi Groschowij Roman ist fertig!)

Malli hatte einstweilen ihre Schuhchen ausgezogen und die Füßchen auf den Rücken der schnarchenden Lilli gelegt. Sie blickte Ella über den Rand ihres Weinglases hinweg an und dachte offenbar nach. Schließlich sagte sie: »Ich frage mich, was an der Geschichte mit dem Großen Groschenroman nicht stimmt. An der Ausführung, meine ich. Wahrscheinlich irritiert mich am meisten, daß Karla da oben eingesperrt ist, wie die Gans, die goldene Eier legen soll. Das sind doch die denkbar schlechtesten Bedingungen, oder?, die dazu dienen sollen, daß sie was Schlechtes liefert. Sie darf nichts von dem tun, was sie in ihrem Leben gern tut – keinen Menschen sehen, mit niemandem reden, nichts lesen, nichts Gutes essen und trinken und was noch alles.«

»Du hast ja recht«, sagte Ella, die die Situation mit

immer größerem Unbehagen erfüllte, »nur Karla fällt, wenn sie sich keinerlei Beschränkungen auferlegt, ständig etwas Neues ein. Und dann redet sie gern, das weißt du doch, ganze Kaskaden, ganze Girlanden, alles was du willst, alles wunderschön, aber es läßt sich nun mal schlecht etwas Zählbares daraus machen. Was sie sonst arbeitet, bringt nur die paar Korinthen für alle Tage.«

»Und wenn ihr doch noch mal drüber nachdenkt, die Mühle zu verkaufen?«

»Das tun wir ab und zu, doch inzwischen ist unser Verhältnis zu diesem Gemäuer hier so innig geworden, daß wir darin nichts Verkäufliches mehr sehen können. So wie man seine Körperteile nicht verkauft, auch wenn man das eine oder andere zur Not entbehren könnte. Jedenfalls ist das für die meisten Menschen ein Tabu, wie das, daß man seine Haustiere nicht aufißt.«

Mallis Blick wanderte unwillkürlich zu Lilli. Sie seufzte. »Es kommt mir nur so grausam vor, daß eine allein das in der totalen Isolation bewältigen soll. Selbst wenn du sagst, du kämst später auch noch dran. Das ist nicht dasselbe. Wahrscheinlich kannst du das sogar inmitten des größten Getümmels machen. Vergiß nicht – so wie du mir den russischen Großen Groschenroman beschrieben hast, waren die immer zu viert oder fünft und haben sich die Geschichte aufgeteilt. Das ist doch etwas ganz anderes.«

»Was sollte ich denn machen!« Ella rang zwar die Hände, war jedoch fest entschlossen, sich kein schlechtes Gewissen einreden zu lassen. »Wir sind nun mal nicht vier oder fünf, und es eilt ganz furchtbar. Und Karla ist die einzige, die, wenn sie nur will, jede überhaupt denkbare Geschichte zu Papier bringen kann. Jede. Und außerdem hat sie nicht ›lebenslänglich‹, sondern sie sitzt zwei, drei Nächte und ebenso viele Tage in ihrer Komfortwohnung und macht Gebrauch von ihrem Talent. Ist das denn so schlimm?«

»Das ist für Karla die Höchststrafe, und das weißt du natürlich auch, aber du hast zugleich recht. Weiß ich doch. Nur seht zu, daß morgen Schluß damit ist, oder legt wenigstens eine größere Pause ein. Was hast du von einer Karla, die dem Wahnsinn verfallen ist?«

»Es wird keine dem Wahnsinn verfallene Karla geben. Bei denen, wo man das ehesten erwartet, tritt das in den seltensten Fällen ein: das ist doch gerade das Geniale. Du packst sie beim Schwanz, und sie trennen sich zur Not einfach davon und lassen sich einen neuen wachsen ... Genial. Bewundernswert. Darum hält sich mein Mitleid auch in Grenzen. Oder sagen wir, ich versage es mir in dieser Situation, sentimental zu werden.«

»Und dann ist da noch etwas, Malli«, sagte Ella später, als sie beide lange Hälse machten, um den Abgang von Tergeunes skatdreschendem Kollegium zu verfolgen. »Sogar eine Frau, sagst du?« Malli flüsterte, als vollzöge sie Ellas Indiskretion noch einmal nach. »Und der vierte, wozu dient der?«

»Der kiebitzt«, flüsterte Ella zurück. »Er heißt Grauschnaut, und wahrscheinlich knufft er die Andermatte nach einem vereinbarten System, um ihr die Trumpffarbe zu stecken.«

»Also wirklich!« Malli war aufrichtig schockiert. »Mit Betrügen spielen die?«

»Mit Betrügen«, antwortete Ella befriedigt. (Sie fand das gut. Später würde sie auch öfter betrügen, das hatte sie bereits für sich beschlossen. Denn so ein normales Altenleben war doch keinem Menschen zuzumuten. Dagegen waren handfeste Strategien zu entwickeln, die sie demnächst in ihr Forschungsprogramm aufnehmen würde. Weshalb es auch höchst legitim war, fand sie, wenn sie dem alten Tergeune gelegentlich lauschend oder spähend zu nahe trat. Man hatte sich das schlicht vorzustellen wie beim Bird-watching.)

Tergeune hatte seine Gäste zur Toreinfahrt geleitet und schloß nun seine Tür. Sekunden später verlosch seine Außenlampe.

»Also?« fragte Malli. »Was wolltest du noch erzählen?«

Ella erzählte von dem Geldkoffer, den Thea Krickel auf dem Küchentisch für sie bereitgestellt hatte. Während sich Malli bereits hysterisch krümmte, ging ihr selbst, die unbeirrt an ihrem etwas gestrengen Erzählton festzuhalten suchte, erst auf, was für eine überaus unterhaltende Geschichte diese ganze Geldkofferaffäre war.

»Henks Hospiz! Das wär doch was. Ihr nehmt einfach die Casa Pferdefuß und macht daraus das Thea-und-Jost-Krickel-Heim. Oder eine Gedenkkapelle. Dafür reicht vielleicht sogar das Geld. Müßte man mal durchrechnen ...«

Ella lachte immer noch etwas gequält. »Niemals! Dies ist keine Gedenkstätte, sondern ein Haus für die Lebenden, damit das ganz klar ist ... Da nehme ich lieber alte Matrosen –«

»Alte Matrosen! Ein Seemannsheim und weit und breit keine See«, jauchzte Malli, erneut geschüttelt von ihrem ansteckenden Gelächter. Sie wischte sich die Augen. »Jetzt aber mal im Ernst. Was soll nun damit geschehen? Das müßt ihr schleunigst entscheiden, denn wenn jetzt schon die falschen Erben auftauchen, dann kommen bestimmt auch noch die richtigen ... und die Ämter, herrje. Was hast du also vor?«

Ella zuckte die Achseln. »Ich habe noch nicht richtig darüber nachdenken können, und mit Karla habe ich natürlich kein Wort über den Koffer gewechselt. Das hätte sie doch die ganze Zeit abgelenkt. Ich dachte, ich gehe damit zu Tergeune. Der ist zwar ein reizbarer alter Kampfhahn, aber wenn es drauf ankommt, ist er ganz kühl. Irgend etwas fällt ihm bestimmt dazu ein.«

Malli nickte. »Geh gleich morgen hin, Ella, hörst du?« Ella nickte.

Pumpen, einfach aufpumpen

Am anderen Tag saß Karla, wie vorhergesehen, in der Abenddämmerung an Ellas Küchentisch und aß Kartoffelbrei. Als der Topfboden sichtbar wurde, sagte sie: »Ella, du machst dir jetzt bestimmt schon wieder Sorgen« – sie wies mit dem Kopf auf das säuberlich gestapelte Konzentrat des Großen Groschenromans –, »doch das mußt du wirklich nicht. Erstens helfe ich dir ja dann sowieso, das sehe jetzt *ich* mal kommen. Und zweitens habe ich mir schon genau überlegt, wie man das am besten ganz professionell durchzieht. Du mußt dir das vorstellen wie beim Blätterteigbacken. Ausrollen, falten, wieder ausrollen, wieder falten, wieder ausrollen ... je nachdem, wieviel Volumen man braucht – und puff, geht das Ganze auf. Das ist doch genial, findest du nicht?« Ella starrte sie mit halb geöffnetem Mund an. »Verstehst du, was ich meine?«

Ella nahm hastig einen Schluck Wein, doch ihr heftig zustimmendes Nicken entglitt sogleich in die Horizontale, was eine sonderbare Rüttelbewegung des Halses ergab.

»Ella!« Karla klang vorwurfsvoll. »Ich kann es auch anders sagen. Wir versuchen nicht, auf Anhieb die richtige Länge von, sagen wir, vierhundertfünfzig Seiten zu treffen. Das ist ja eigentlich gar nicht möglich. Wir pumpen die Geschichte erst mal nur um hundert

Seiten auf. Dann pumpen wir einfach wieder – wieder um hundert Seiten ...« Karla pumpte jetzt kraftvoll mit einer Hand und zeigte dann mit der anderen anhand eines Brötchens, um wieviel der Umfang gewachsen war. »Ungefähr so.«

So wunderbar ist das Leben gemischt

Es war eine wahre Erleichterung für den alten Tergeune, endlich wieder dieses Papageienhaus, diesen Tropenkoller, wie er die Lachanfälle der Frauen bei sich nannte, durch die Abenddämmerung zu hören. »Na Gott sei Dank«, sagte er befriedigt und reckte den Kopf empor, um möglichst viel davon mitzukriegen. Er hatte sich schon vorsorglich auf die Bank unter seinen Bürofenstern gesetzt, und nun war es soweit. In Kürze würden Ella und Karla samt Lilli zu ihm herunterkommen, das hatte Ella ihm schon am Morgen angekündigt. Sie brauche einen Rat, dringend. Auf Andeutungen hatte sie sich nicht einlassen wollen. Sie müsse erst Karla noch ins Bild setzen. Und außerdem wolle sie ihm etwas zeigen. Und nun war das Papageienhaus schlagartig verstummt. Wurde jetzt Karla »ins Bild gesetzt«? Schon möglich. Viel Zeit hatten sie ja zuvor nicht gehabt. Karla war vielleicht vor einer Stunde mit ihrem Stoß Seiten in den Hof getreten. Er hatte sich bereits leicht besorgt aus dem Fenster gebeugt, weil er drei-, viermal ein durchdringendes »Ella! Ella, Ellaaa!« gehört hatte. Ella war mit fliegenden Blusenärmeln und emporgerissenen Armen aus dem Stall gestürzt gekommen, Umarmungen, ein Tänzchen, sie hatte den Stapel Papier an ihre Brust gedrückt, Karla in Richtung Haustür geschoben, und dann waren beide – der alte Tergeune hatte sich längst taktvoll in die Zimmermitte zurückgezogen, von wo aus er immer noch einen guten Überblick hatte –, in die Casa Pferdefuß verschwunden, vermutlich um zu essen. Denn Tergeune wußte mittlerweile nicht nur, was die beiden hier seit Tagen trieben, er wußte auch, daß Karlas Hauptnahrung in klebrigen Riegeln bestanden hatte, die dann auch noch mit wiederum Klebrigem heruntergespült worden waren. »Gott, ist das denn nötig?«, hatte er Ella gefragt, obwohl er längst wußte, daß viele jüngere Menschen und insbesondere Karla dieses Zeug mit wahrer Wollust verzehrten, seinen eigenen Apfel aber anschauten, als handelte es sich um das Ei eines Dinosauriers. »Kinder, Kinder«, sagte er dazu gelegentlich kopfschüttelnd. Da Ella seinen Standpunkt uneingeschränkt teilte, kam er sich in solchen Augenblicken nicht einmal sonderlich alt vor. Doch immerhin hatte Karla für den Augenblick ihrer Befreiung Kartoffelbrei bestellt. Der war offenbar immer noch nicht als Riegel zu haben.

Tergeune hatte das Riegel-Gespräch am Morgen genutzt, um Ella die erfreuliche Mitteilung zu machen, daß er einen neuen Mieter für sie habe – für den größten leerstehenden Raum in der Remise. Den störten die Brummgeräusche der Heizung nicht.

»Wirklich?« Ella war so viel Glück, und noch dazu im Unglück, fast unheimlich. »Und wer ist das – ich meine, was macht er denn beruflich?«

»Er ist Felidologe.«

»Das klingt ja gefährlich. Ist das nicht ein Katzenforscher?«

»Ja. Er war es zumindest, denn er ist pensioniert. Er braucht den Raum, um seine Sammlung unterzubringen.«

Ella dachte sofort an einen Mann, der neben Karla wohnte und ebenfalls als Katzenforscher galt. Sie erschauderte. »Er ist doch wohl kein – Ausstopfer?«

Tergeune krächzte vor Vergnügen. »Nein, nein, keine Bange. Er macht keinen Krach, und es stinkt auch nicht. Der ideale Mieter. Ich kenne ihn schon lange. Sie kennen ihn sozusagen auch schon – seine Stimme, meine ich. Er war gestern abend bei mir. Er heißt Ermelin Grauschnaut und ist ein Verehrer von Frau Andermatte. Von der müssen Sie ja schon gehört haben.«

Ella trat sich selbst auf den Fuß, so schmerzhaft sie konnte, weil das angeblich für einen Augenblick das Blut daran hinderte, in den Kopf zu schießen. »Ähm, ja, ich habe Männerstimmen gehört. Ist das mit Frau Andermatte denn schon eine richtige Beziehung?« fragte sie, nur um das Thema in eine andere Richtung zu lenken.

»Aber Ella, so was fragt man doch nicht!« Tergeune weidete sich sichtlich an Ellas Verlegenheit. »Aber soweit ich weiß, nein – noch hängt die Hose nicht am Bett.«

»Pfui«, sagte Ella aus vollem Herzen.

Und mehr ist nicht gefordert

Als nun wenig später das Treppenhauslicht in der Casa Pferdefuß anging, goß Tergeune den Wein in die Gläser, die er, dem ernsthaften Anlaß entsprechend, auf seinem Schreibtisch aufbaute, hinter dem er nun Platz nahm, ein Mann, der wußte, was er seinen Klienten schuldig war. Als die beiden Frauen hereinkamen, erhob er sich, ging ihnen mit ausgestreckter Hand einen Schritt entgegen und wies auf die beiden Besucherstühle vor seinem Schreibtisch. Er lächelte ihnen aufmunternd zu, während er seine Brille aus dem Etui nahm und aufsetzte. »Meine Damen?« sagte er.

Ella, aber auch Karla, waren wider Erwarten mit völlig ungewohnter, geradezu betretener Ernsthaftigkeit bei der Sache. Ella hob schwungvoll ein Köfferchen auf die Tischplatte, ließ den Deckel aufspringen und schob es zu Tergeune hinüber. Den Begleitzettel hatte sie wieder obenauf gelegt. Der alte Mann warf ihnen einen seiner Habichtsblicke zu, ehe er wieder auf den Kofferinhalt hinabblickte. Rasch hob er die Banknoten an, holte den braunen Umschlag hervor und legte ihn neben den Koffer.

»Gedenkstätte für Thea Krickel«, sagte er. »Das ist so gut, daß ich Lust habe, noch mal dieselbe Summe draufzulegen. Hah!« Er ergötzte sich so ausgiebig an dieser Aussicht, daß Ella schließlich Karla anstieß und sagte: »Ein schöner Berater! Er selbst kommt jedenfalls voll auf seine Kosten.« Auch das erregte wieder nur die Heiterkeit des alten Tergeune. »Mädchen, nun mal ruhig. Ich denke die ganze Zeit nach. Wenn in dem Umschlag drinsteckt, was ich vermute, ändert das an der Sachlage nicht das mindeste. Da ist mehr oder minder Jost Krickels Tagebuch eines Geknechteten oder so etwas drin – ich werde es mir nachher vornehmen. Die einzige harte Tatsache ist in Theas Begleitbrief zu finden: ›Dieses Geld bitte zur Pflege unseres Andenkens verwenden.‹ Dankenswerterweise fällt ihr dazu sonst nicht viel ein. Hat wohl zu lange gezögert, und dann stand der Sensenmann schon mitten in der Küche …« Die beiden Frauen schüttelten sich. »Man muß die Dinge beim Namen nennen. Wann nun genau das Geld ausgegeben werden soll und ob für ein Standbild im Hof oder ein paar Gedenkräume in der Casa Pferdefuß, wissen wir gottlob nicht. Und werden es auch nicht erfahren. Punktum.«

»Und was heißt das?« fragte Ella verblüfft.

»Das heißt, daß dieses Geld zwar immer bereitliegen muß, letztendlich aber niemals verwendet werden wird.

Oder jedenfalls vorerst nicht. Da aber zufällig gerade dringend Geld benötigt wird, schlage ich vor, wir nehmen dieselbe Summe zur sofortigen Verwendung von meinem Konto, legen das Krickel-Geld fürs erste treuhänderisch an, und jeder ist zufriedengestellt. Alles ganz legal, würde ich sagen. Na?« Er lehnte sich befriedigt zurück und grinste beide Frauen an, als wäre ihm der größte Coup aller Zeiten gelungen. Als Ella ungläubig fragte: »Von Ihrem Konto?« lachte er laut heraus. »Ja, Mädchen, nicht jeder trägt seinen Wohlstand auf dem Tablett vor sich her. Aber ein bißchen was habe ich auch. Das tauschen wir jetzt mal gegen das Krickel-Geld aus. Und dann liegt der Gegenwert da – genauso stumm und still und nutzlos, wie mein eigenes Geld dagelegen hat. Bis es seiner Verwendung zugeführt werden würde, irgendwann – jetzt. Ihr seht ja: man muß nur abwarten können. Meiner Erfahrung nach wird Geld irgendwann unruhig, dann will es bewegt werden, sich bewegen, sich vermehren. Es wird läufig. Das merkt man dann schon, wenn es an der Zeit ist. Und mehr ist nicht gefordert.«

Eine Weile war es ganz still in Tergeunes Büro. »Ella«, flüsterte Karla dann, »kann ich unter diesen Umständen vielleicht erst mal mit *Der feurige Saum* anfangen, ehe ich den zweiten Bolschoi Groschowi Romanzeff in Angriff nehme?«

»Was ist das denn, um Gottes willen?«

»Das ist mein Roman über das Erinnern, du weißt schon. Ich wollte nur nicht gleich davon reden ...«

Ella tat, als überlegte sie gründlich. Über der Champagnerflasche, die Tergeune herbeigeholt hatte und nun öffnete, funkelte in seinen Augen ausnahmsweise einmal die reine Vorfreude. Sein unternehmungslustig gesträubter Haarkranz wippte, als er die Gläser zu sich heranzog und füllte.

Ella nickte endlich.
»Na denn«, sagte Tergeune, »nasdarowie!«
»Und druschba!« Karla strahlte.
»Jetzt aber mal im Ernst!« setzte Ella hinzu.

Lily Brett

Einfach so

Aus dem Amerikanischen von Anne Lösch
suhrkamp taschenbuch 3033
446 Seiten

Einfach so erzählt die Geschichte einer Frau, die in New York zu Hause ist. Sie schreibt Nachrufe für eine Zeitung, ihr Ehemann, mit dem sie glücklich ist, spielt eine gewisse Rolle in der New Yorker Kunstszene, zu der sie allerdings eine ironisch-direkte Beziehung pflegt. Sie lebt in einem weitläufigen Loft, hat drei aufmüpfige, aber wohlgeratene Kinder, und wenig Außergewöhnliches, nichts Dramatisches drängt sich in den Ablauf ihrer Tage. Das Außergewöhnliche liegt in ihr selbst, in ihrer Art, die Umwelt wahrzunehmen: Soll sie ein koscheres Huhn kaufen, oder darf sie auf die Instanthühnerbrühe zurückgreifen? Kann sie sich von den reichen Gastgebern mit deren Mercedes zur Dinnerparty kutschieren lassen? Ihre Lebensgeschichte – sie ist die Tochter jüdischer Eltern, die den Holocaust überlebt haben – ist immer präsent. Gegenwart und Vergangenheit sind für sie untrennbar verbunden, und ihr Beruf – durch den sie häufig Begräbnisse zumeist völlig fremder Menschen besuchen muss – verstärkt das Gefühl der Zerbrechlichkeit des Glücks.

NF 246/1/7.00

Louise Erdrich

Der Club der singenden Metzger

Roman
Aus dem Amerikanischen übersetzt
von Renate Orth-Guttmann
suhrkamp taschenbuch 3750
506 Seiten

Als der junge Metzgermeister Fidelis Waldvogel aus dem Ersten Weltkrieg heimkehrt, heiratet er Eva, die schwangere Verlobte seines gefallenen Freundes. Die kleine Familie wandert Anfang der zwanziger Jahre nach Amerika aus, um dort ihr Glück zu suchen. In North Dakota gründet Fidelis nicht nur ein Geschäft, sondern auch einen Gesangverein. Eva sorgt mit Geschick und Energie dafür, daß die Metzgerei Waldvogel der immer größer werdenden Familie ein sicheres Auskommen schafft. Eines Tages lernt sie die Artistin Delphine kennen und findet in ihr eine Seelenverwandte. Zwischen den beiden entwickelt sich eine wunderbare Freundschaft – bis Eva schwer erkrankt.

»Eine fast im Flüsterton erzählte Geschichte voller kleiner und großer Gefühle. Was folgt, wird Sie süchtig machen … ein Meisterwerk.« *Cosmopolitan*

»Liebes- und Lebensgeschichte voll eigenwilliger Figuren, poetisch und fesselnd.« *Elle*

»Meisterlich erzählt.« *New York Times*

Marie Hermanson

Saubere Verhältnisse

Roman
Aus dem Schwedischen von Regine Elsässer
suhrkamp taschenbuch 3703
243 Seiten

Yvonne Gärstrand, erfolgreiche Chefin einer Firma für Zeitmanagement, hat Zeit. Zeit, um sich in fremden Gegenden herumzutreiben und in fremde Häuser zu schauen. Als suche sie dort nach dem wirklichen Leben, das ihr selbst, verheiratete Mutter eines inzwischen erwachsenen Sohnes, abhanden gekommen ist. Die Bewohner im Orchideenweg 9 aber bleiben ihr fremd. Als dort eine Putzfrau gesucht wird, bewirbt sie sich. Als Nora Brick tritt sie ihren Dienst an in dem gepflegten Haus Bernhard Ekbergs, dem offensichtlich die Hausfrau fehlt – und verliebt sich in ihn. Wo ist Helena, Ekbergs Frau? Und wer ist die geheimnisvolle Schöne auf dem Foto, das sie in Ekbergs Jackentasche findet? Yvonne alias Nora macht sich auf Spurensuche und wird zur Mitwisserin eines dunklen Geheimnisses.

»Eine unheimliche Reise in die schwärzesten Winkel der Seele. Überraschend und intelligent. Lesen!« *Jönköpings-Posten*

NF 523/1/6.05

Fattaneh Haj Seyed Javadi

Der Morgen der Trunkenheit

Roman
Aus dem Persischen von Susanne Baghestani
416 Seiten. Gebunden

Teheran Anfang der dreißiger Jahre. Nachdem die selbstbewußte Mahbube mit ihren fünfzehn Jahren den Sohn einer Prinzessin abgelehnt hat, weist sie auch ihren Cousin zurück, der in sie verliebt ist. Warum? Das Mädchen hat sich in einen jungen Schreiner verguckt, und sie besteht auf ihrer Wahl. Wider Willen ringt der Vater sich dazu durch, ihr nachzugeben. Die Tochter erhält zur Hochzeit ein Häuschen und monatlich Kostgeld, aber das Elternhaus darf sie nicht mehr betreten. Die persische Autorin zeigt, daß Mahbubes Leidenschaft den Bedingungen dieser Ehe nicht gewachsen ist. Die junge Frau findet sich mit Ärmlichkeit und verletzenden Umgangsformen nicht ab. Nachdem ihr Sohn im Alter von fünf Jahren ertrunken ist, hält sie nichts mehr zurück – sie flieht zurück zu den Eltern und wird die Nebenfrau ausgerechnet des abgewiesenen Cousins.

»Einen Gabriel García Márquez oder eine Isabel Allende gab es aus dem Orient noch nicht zu vermelden. Das könnte sich jetzt ändern ... Der Roman ist ein Glücksfall für die orientalische Literatur. Er ist ein Glück für seine Leser.« *Stephan Weidner, Berliner Zeitung*

Fattaneh Haj Seyed Javadi, geboren 1945 in Schiraz, lebt in Isfahan.

NF 264/1/9.00

Robert Menasse

Die Vertreibung aus der Hölle

Roman
suhrkamp taschenbuch 3493
496 Seiten

Bei einem Klassentreffen, 25 Jahre nach dem Abitur, herrscht fröhliche Selbstzufriedenheit – bis Viktor seine Schulkollegen mit der Nazi-Vergangenheit ihrer Lehrer konfrontiert. Es kommt zu einem Eklat.
Viktor Abravanel, geboren 1955 in Wien, stammt aus einer Familie von Nazi-Opfern. Bei einem Spinoza-Kongreß soll er einen Vortrag halten über das Thema »Wer war Spinozas Lehrer?«. Diese Arbeit und die damit verbundenen Recherchen mögen ihn auf die Idee gebracht haben, beim Klassentreffen die Frage zu stellen: »Wer waren *unsere* Lehrer?«
Der Lehrer von Baruch Spinoza war der Rabbiner Samuel Manasseh ben Israel, geboren 1604 in Lissabon, der vor der Inquisition nach Amsterdam flüchtete. Die Rekonstruktion dieser Biographie und Viktors Erinnerungen an seine Schüler- und Studentenzeit zeigen verblüffende Parallelen.

»Robert Menasse, über dessen Verwandtschaft mit dem berühmten Rabbi spekuliert werden darf, ist der Rembrandt unter den deutschsprachigen Schriftstellern. Im Großformat pinselt er das Leben des Rabbis und seines vielleicht letzten Wiener Nachkommen. Das Porträt der beiden jüdischen Gelehrten, das dabei entsteht, ist ein Glücksfall literarischer Ahnenforschung.« *Die Zeit*

NF 416/1/2.04